Tracy Wolff enseigne l'écriture à l'université et passe le plus clair de son temps plongée dans les univers de son invention. Mariée depuis plus de dix ans au héros de ses rêves, elle est l'heureuse maman de trois garçons, qui s'appliquent à lui faire s'arracher les cheveux. Tracy a signé de nombreux romans, relevant aussi bien de la fiction contemporaine que du paranormal ou du suspense érotique.

De la même autrice :

Ethan Frost :
1. *Dévastée*
2. *Enchaînée*
3. *Terrassée*
4. *Ravagée*

Backstage :
1. *Déchaîne-moi*
2. *Enlève-moi*
3. *Emporte-moi*

Hotwired :
1. *Dérapage contrôlé*

Extreme Risk :
1. *Enfiévré*
2. *Enflammé*
3. *Embrasé*

Tracy Wolff

Ravagée

Ethan Frost – 4

Traduit de l'anglais (États-Unis) par Claire Allouch

Milady

Milady est un label des éditions Bragelonne

Titre original : *Flawed*

ISBN : 978-2-8112-2042-6

Bragelonne – Milady
60-62, rue d'Hauteville – 75010 Paris

E-mail : info@milady.fr
Site Internet : www.milady.fr

À ma mère

Chapitre premier

Tori

— Alors, tu aimes le sexe brutal ?

Ai-je bien entendu ? Je baisse un peu mon menu pour jeter un regard aux yeux bleu délavé de Stephen Blake, comptable bien élevé le jour et, apparemment, expert en BDSM la nuit.

— Pardon ?

Je garde le ton le plus neutre possible, au cas où mes oreilles m'auraient en effet trompée. Notre premier rendez-vous n'a démarré que depuis vingt minutes, après tout. Un rendez-vous arrangé, qui plus est.

— Pour ma part, je suis un peu plus « brute » que la moyenne. Une bonne fessée, quelques coups de martinet de temps en temps et, quand vraiment les circonstances s'y prêtent, une croix de Saint-André. Avec des fers, pas des menottes. Sinon, elle est trop serrée pour bouger quand elle a mal. Ah oui, et j'ai un nouveau fouet que j'ai envie d'essayer. Et des pinces à tétons toutes simples, et puis des bâillons-boule, bien sûr.

— Bien sûr.

C'est vrai, quoi : qui n'apprécie pas une bonne petite pince à tétons ou un bâillon-boule ? Ah, oui : moi. Et même si je n'ai rien contre les menottes quand je suis d'humeur, je ne laisserai jamais quelqu'un m'approcher avec un fouet.

— Et des aiguilles, ajoute-t-il.

Manifestement, mon sarcasme lui a échappé.

— Des aiguilles.

Je n'y crois pas.

— J'aime le sang, explique-t-il, croyant que j'ai répété ses mots pour obtenir des précisions. Rien de trop méchant, bien sûr, mais j'adore planter des aiguilles dans les tétons. Pas d'uro, évidemment…

— Évidemment.

Bordel. J'attrape mon verre de jus de canneberge et le bois en deux gorgées avides. J'aurais dû commander quelque chose de plus fort. Voilà ce qui arrive quand on essaie de se ranger. On se retrouve coincée avec une version proprette du Marquis de Sade en costume bleu marine et cravate rayée, et pas même une goutte de vodka pour amortir le choc.

— Et la strangulation. Tu as déjà essayé ? demande-t-il, le souffle un peu coupé, justement, par l'excitation. Je ne connais rien de tel que de placer les mains autour du cou de ma partenaire quand elle jouit. Regarder son regard s'affoler quand l'air lui manque, puis devenir vitreux alors qu'elle commence à dériver…

— Il faut que j'aille aux toilettes.

Je me lève si vite que les pieds de ma chaise grincent sur le sol cimenté design du restaurant ultra chic où Stephen, « un jeune homme très gentil et très sérieux », m'a invitée.

— Tu m'étonnes, commente-t-il d'un air sagace. Tu veux que je t'accompagne ? Je serai ravi de m'occuper de…

— Ça va aller, merci. Je sais m'essuyer toute seule depuis l'âge de deux ans.

Je prends mon sac sur la table pour m'éloigner, mais il m'attrape par le poignet avant que j'aie fait deux pas.

— Prends une photo… et envoie-la-moi, ordonne-t-il d'une voix sombre, autoritaire, qui ne me paraît pas du tout sexy.

Beurk.

— De moi en train de faire pipi ?

— De toi en train de te faire du bien. C'est ton intention, n'est-ce pas ?

Avant même que je comprenne ce qu'il a en tête, il m'empoigne la main pour la poser sur son entrejambe, où je découvre une érection qui n'a rien pour m'impressionner. Non que ça soit une surprise. Mais il faut dire qu'arrivée à ce point de la rencontre, je ne pense plus que quoi que ce soit puisse m'étonner.

— Et pendant que tu seras partie, je vais me donner du plaisir ici même.

Je serre assez fort pour lui arracher un halètement – et pas de volupté – avant de me dégager. La pensée qu'il se branle en pensant à moi me file la nausée à vie. Je tends la main vers le whisky-coca qu'il n'a pas touché, et l'avale d'un trait.

Ma nouvelle sobriété peut bien attendre demain. Si je me remets du traumatisme de ce dîner, en fait.

— Excitant, pas vrai ? dit-il lorsqu'il a retrouvé une voix normale. Quand tu auras fini, enlève ta culotte et apporte-la-moi. Je veux sentir l'odeur de ton plaisir.

Je hoche la tête nerveusement et me dirige vers les toilettes, que je dépasse pour entrer dans la cuisine.

— Eh ! proteste un employé en blouse blanche. Vous n'avez pas le droit d'être ici.

Manque de bol, ce n'est pas le genre de blouse blanche qu'il me faudrait. Et je ne vois pas non plus de camisole de force. Dommage. Stephen le gentil garçon en aurait bien besoin.

Enfin, sauf qu'il risquerait de prendre ça pour un fétichisme bizarre et de me demander de le photographier pendant qu'on l'attache… Avec un taré pareil, qui sait ? Mais peu importe, je ne vais pas chercher la réponse à cette question.

— Ne vous en faites pas, les gars. Je ne fais que passer.

Je chipe quelques tranches de pomme sur le plan de travail le plus proche tout en me dirigeant d'un pas nonchalant vers la porte de derrière et la douce nuit de San Diego.

J'enfourne un morceau de fruit et sors mon téléphone pour commander un Uber. Avant que j'aie fini de mâcher, une Mercedes noire s'arrête à ma hauteur, et j'embarque. Parfait. À ce rythme, je serai rentrée avant que ce Christian Grey de pacotille comprenne pourquoi la photo qu'il attend avec tant d'impatience n'arrive pas.

J'ouvre l'appli des messages et fais défiler les contacts jusqu'au nom de ma meilleure amie. Je tape cinq mots :

Chloe Frost, tu es MORTE.

Il ne faut que quelques secondes avant que les petits points commencent à danser sur mon écran.

Chloe : Qu'est-ce qui ne va pas ?????
Moi : Rien.
Moi : Ah, si. À part que le type super intelligent et trop, trop responsable avec qui tu m'as monté un coup ce soir veut m'attacher à une croix de Saint-André et m'étrangler jusqu'à ce que je « commence à dériver ».
Moi : Et le tout avec des pinces à tétons et un bâillon-boule.
Moi : Pas de quoi en faire un fromage.
Chloe : Quoi ?!?
Chloe : Stephen a dit ça ?
Moi : Oh, Stephen a dit BIEN PLUS que ça, et, même après un an de mariage et un an de master de droit, je pense que ça devrait te choquer.
Chloe : Oh ! Je suis vraiment désolée ! Ça va ?
Moi : Oui, ça va. Mais plus de rendez-vous avec des psychopathes, d'accord ??? J'aime bien une petite fessée, comme tout le monde, mais la strangulation ? Franchement ? ☹
Chloe : Mais il a l'air tellement gentil.
Moi : C'est ce que les gens pensent de tous les serial killers DE LA TERRE !!! Tu es beaucoup trop naïve ! Si tu me disais que…
Chloe : Tu es rentrée ?
Moi : Pas encore. Presque. Je l'ai planté dans le resto quand il m'a demandé de lui envoyer une photo de moi en train de me caresser dans les toilettes.

Chloe : QUOI ?!?!?! Beeeeeeurk !
Moi : 100 % d'accord. Où tu les trouves, ces mecs ? Je veux dire, le gars du marketing n'était pas terrible, mais Stephen, c'est carrément un autre niveau de taré.
Chloe : Je suis vraiment, vraiment désolée !!!
Chloe : En fait, c'est Ethan qui l'avait déniché, celui-là. Je te promets que c'est la dernière fois que je le laisse choisir un homme pour toi.
Moi : C'est la dernière fois que je laisse l'un ou l'autre de vous deux me choisir un garçon. Je ne veux plus en entendre parler.

Elle marque une pause, et les petits points disparaissent de mon écran. Je me dis que Chloe a été distraite par ma nièce honoraire, ou le dieu du sexe qui lui sert de mari. Je viens à peine de ranger mon téléphone dans mon sac qu'il vibre de nouveau.

Chloe : Ethan veut que je te dise qu'il est vraiment désolé. Et il demande si tu as besoin qu'il t'envoie une voiture.
Moi : J'ai pris un Uber. Mais dis-lui qu'il me doit une robe parce que je vais brûler celle-ci. Dieu sait ce que j'ai pu attraper comme vermine avec ce type.
Chloe : Il dit qu'il t'en offrira deux, et une paire de Louboutin. C'est le moins qu'il puisse faire.

Je souris. Bordel, ma meilleure amie a vraiment décroché le gros lot avec ce gars. Si c'était quelqu'un d'autre, je serais sans doute jalouse, étant donné que le mieux que je réussisse à appâter en ce moment, c'est Monsieur Je Vais

T'Attacher Dans Mon Cachot Rouge Sang. Mais Chloe a traversé tant d'épreuves que je pense que c'est juste le karma qui essaie de rétablir une sorte d'équilibre.

Moi : Dis-lui qu'il est presque pardonné.

Chloe : Tu devrais peut-être venir dormir chez Ethan et moi ce soir, au cas où Stephen n'ait pas bien compris.

Moi : Ça va, ne t'inquiète pas.

Chloe : Tu es sûre ? Tu sais bien que ma porte est toujours ouverte.

Moi : Je sais. Mais je rentre. Je vais prendre un bain et boire un petit verre de vin. Avec un peu de chance, les bulles effaceront cette soirée de ma mémoire.

…

…

…

Je regarde les petits points qui dansent sur l'écran en attendant que Chloe crache ce qu'elle a sur le cœur, au lieu de réfléchir pendant de longues secondes. Mais je sais déjà ce qu'elle va dire, alors peut-être que je ferais mieux de lui couper l'herbe sous le pied.

Moi : Un verre de vin, Chlo, pas toute la bouteille.

Chloe : Je ne m'inquiète pas.

Moi : Bien sûr que si. Mais je te jure, je ne rechute pas. Je contrôle.

Chloe : Je sais.

…

Chloe : Tu devrais peut-être t'éloigner un peu de San Diego. Viens nous voir à San Francisco.

Moi : Voyons, je ne peux pas. Je dois trouver un boulot.
Chloe : Tu ne DOIS pas trouver un boulot. Tu sais très bien que tu peux travailler chez Frost Industries quand tu veux. En plus, peut-être qu'Ethan pourrait te trouver un job ici !
Moi : Je ne veux pas qu'Ethan me dégote un boulot !!!
Chloe : Pourquoi ?
Moi : Parce que j'ai ma fierté.

J'ai obtenu mon diplôme il y a deux semaines, fin août, et je suis prête à me lancer dans le monde. D'où le trip je-deviens-sage-comme-une-image dans lequel je me suis embarquée. Dommage que le monde – et le marché de l'emploi – n'ait pas été époustouflé par ma soudaine apparition.

Chloe : ☹
Chloe : Tu me manques.
Moi : Tu me manques aussi.

Il n'y a rien à ajouter, et je glisse mon téléphone dans mon sac. Pose la tête contre le dossier de la banquette. Ferme les yeux. Je suis consciente que les Frost sont obligés d'être à San Francisco en ce moment : Chloe ne peut pas suivre ses cours à Stanford et vivre à plein temps à San Diego, après tout… Mais l'absence de ma meilleure amie laisse un grand vide. Ainsi que celle de sa petite fille, Violet, le bébé le plus adorable de tous les temps. On n'est qu'en septembre, et ils ne sont partis que depuis quelques semaines à peine – sans compter qu'ils sont déjà revenus à San Diego deux fois, dont une pour ma remise de diplôme –, mais ce n'est pas pareil. On se voyait tous les jours, avant, et les messages, ce n'est pas comparable. Sans parler du fait que j'ai raté le moment où Violet s'est assise toute seule pour la première fois, hier. Bien entendu, le bébé d'Ethan fait tout un peu en avance…

Dieu merci, le Uber se gare devant ma résidence avant que je me mette à ruminer pour de bon. Je fourre quelques dollars dans la main du chauffeur comme pourboire avant de me diriger vers mon appartement. Je sais ce que je devrais faire. Monter, me servir ce fameux verre de vin et prendre un bon bain avec de la mousse. Mais ma voisine, une amie de longue date, Kathy Styffe, fête ses fiançailles ce soir, et je lui ai promis de passer si je rentrais de bonne heure.

Et comme ma soirée a été un désastre absolu, je suis de retour tout ce qu'il y a de plus tôt. C'est pourquoi, lorsque la porte de l'ascenseur s'ouvre, je monte dans la cabine et appuie sur le bouton qui conduit au dernier étage au lieu du mien. J'ai aidé à préparer la soirée, après tout. C'est plus ou moins obligatoire que je me montre. En plus, la future mariée est une crème. Et elle est tellement ravie de cette fête que je ne voudrais pas la blesser par mon absence.

Un seul verre, c'est promis…

J'arrive sur la terrasse aménagée sur le toit. Un verre, je me sociabilise un peu, et puis je redescends vers mon pyjama tout doux et *Dix bonnes raisons de te larguer*, une valeur sûre quand rien ne marche comme je le voudrais. C'est difficile de rester triste, ou agacée, ou tout autre sentiment négatif alors qu'un Heath Ledger jeune et beau parvient à charmer une Julia Stiles plus que ronchonne.

Je me fraie un chemin à travers la foule de riches et séduisants héritiers, et regarde autour de moi. Reconnaissance du terrain. Pas de doute : la terrasse sur le toit a été entièrement transformée en temple de l'élégance mélancolique. C'est encore plus joli que ce que nous avions imaginé, Kathy et moi, lors des préparatifs.

Les balustrades en fer forgé sont ornées de festons de roses pourpres entremêlées de guirlandes lumineuses.

Les tables, recouvertes de nappes noires, ont été décorées avec des assortiments de roses et de bougies dans des photophores sertis de strass. D'autres roses pourpres flottent à la surface de la piscine éclairée. Dans la lumière qui les baigne par en dessous, elles semblent surgies d'un autre monde.

Même les cabanes ont été enjolivées. Les lourds rideaux de toile ont cédé la place à des voiles diaphanes, noués par des guirlandes de fleurs qui ruissellent de lumières.

L'atmosphère est aussi éthérée que sexy. C'est exactement ce que souhaitait Kathy.

Différents stands de nourriture sont installés en divers points, et les deux bars sont situés chacun dans un angle, en diagonale, comme prévu. C'est une bonne disposition : les gens circulent facilement et se mélangent. L'ambiance est joyeuse alors que je me dirige vers le comptoir le plus proche.

Astuce de soirée numéro 101 : c'est toujours plus facile de trouver sa place quand on a un verre à la main. Ça détend, ça donne envie de bavarder, et on peut aller le remplir lorsque la conversation devient pénible. Ce qui ne manque jamais d'arriver. Surtout avec des invités comme ceux-là.

Malheureusement pour moi, je ne parviens pas à atteindre le bar. Je suis sans cesse arrêtée par des gens qui veulent prendre de mes nouvelles. Je connais la plupart des participants depuis ma première couche-culotte, et avoir joué à la femme invisible pendant les deux derniers mois n'est pas passé complètement inaperçu. Et comme je ne me vois pas leur expliquer que je les ai sciemment évités pour tenter de me ranger un peu, la discussion devient vite embarrassante.

Or, il y a peu de choses que je déteste autant que les silences gênés. J'ai l'impression d'être tombée dans l'*Enfer* de Dante.

Peut-être que c'est pour ça que je prends le premier verre que me propose un serveur sans vraiment regarder ce que c'est. Puis un deuxième. Et un troisième. Parce que je ne supporte pas la façon dont tout le monde me regarde pour tenter de deviner ce qui se passe dans ma vie amoureuse ou ce qui ne va pas. Les regards, l'examen perpétuel : c'est la raison pour laquelle je change tout le temps de coiffure, me fais de nouveaux tatouages, ou porte des vêtements excentriques et des chaussures extravagantes. Leur donner des détails extérieurs à commenter histoire qu'ils me lâchent sur ce qui se passe en dedans.

Mais ce soir, même ma robe rose bonbon et mes cheveux huilés, avec leurs reflets roses, violets et turquoise sur fond noir, ne peuvent les empêcher de gratter un peu. J'esquive de mon mieux, mais, lorsque quelqu'un m'enlève mon quatrième verre des mains pour m'entraîner sur la piste de danse improvisée, au bout de la terrasse, je ne dis pas non. Pas même lorsque je m'aperçois que la personne qui me guide à travers la foule n'est autre que le frère de Chloe, mon ennemi juré, ce connard de Miles Girard.

Chapitre 2

Miles

Tori est amochée. Magnifique, avec ses cheveux courts et multicolores qui partent dans tous les sens, et sa robe fourreau rose bonbon qui souligne ses courbes douces, mais amochée quand même. Ses yeux bruns sont flous, ses joues rouges, et elle tremble un peu alors que je l'attire sur la piste de danse, puis dans mes bras.

En temps normal, elle ne me permettrait pas de la toucher. Ce qui se comprend, vu qu'elle me déteste. Mais ce soir, elle me suit sans protester. Le fait qu'elle soit si docile est en soi une raison de m'inquiéter, mais sa façon de frissonner, de me laisser presser son corps contre le mien, d'avoir descendu trois flûtes de champagne en moins d'une demi-heure – oui, je la couve des yeux depuis qu'elle est sortie de l'ascenseur –, tout me prouve que quelque chose ne va pas.

Bien sûr, elle ne me dira pas de quoi il s'agit, et je ne vais pas lui poser la question. Mais je ne laisserai pas non plus la meilleure amie de ma petite sœur prendre une grosse cuite… pas quand la moitié des types de l'assistance ont l'air à l'affût pour la mise à mort.

Le deuxième signe indiquant que ça ne va pas est qu'elle ne me parle pas du tout, même une fois dans mes bras. Dans son état normal, Tori a la langue bien pendue, et elle ne se gêne pas pour me faire savoir à quel point elle me méprise. Alors, la voir aussi silencieuse ne me laisse aucun doute sur l'existence d'un problème. Je suis inquiet.

La chanson se termine dans un murmure et le DJ enchaîne avec le morceau suivant, nous entraînant, par un glissement de doigt sur l'écran, d'un rythme lent et sensuel à un tempo rapide, endiablé. Je la fais tournoyer autour de la piste. Sur le refrain, je l'écarte en un tourbillon avant de la ramener vers moi d'un geste sec qui plaque son corps contre le mien. Délicieux.

C'est alors qu'elle lève la tête pour la première fois et que nos yeux se rencontrent. Je vois un éclat dans les siens, qui me rappelle cette attitude qu'elle endosse comme une seconde peau. J'en suis tellement heureux que c'en est déraisonnable, surtout quand on sait combien elle m'agace en temps normal.

— Tu es au courant que, habituellement, on demande à une dame son avis avant de la faire danser ? Au lieu de la traîner sur la piste comme un homme des cavernes.

Elle arrive à me regarder de haut, bien qu'elle fasse largement dix centimètres de moins que moi, même perchée sur ses talons absurdes.

Je tente de ne pas prêter attention à la bouffée de soulagement que suscite sa provoc. Au contraire, je dois rester sur mes gardes. S'il y a une chose que j'ai apprise durant l'année écoulée, c'est qu'avec Tori, quand on donne le doigt, elle prend le bras. Et parvient même à vous faire dire « merci » quand elle exerce sa vision personnelle de la liberté d'expression.

— Ouais, certes, mais normalement, on ne se bourre pas la gueule lors d'une soirée de fiançailles. Et ça n'a pas l'air de t'arrêter.

Elle plisse les yeux, et je sais qu'elle s'apprête à me fermer le clapet par une répartie bien piquante. Et franchement, je ne suis pas d'humeur. Surtout qu'elle me répète la même chose en boucle depuis qu'on s'est rencontrés pour la première fois.

Aussi, au lieu d'attendre l'insulte qu'elle va choisir de m'envoyer, je l'écarte de moi en la faisant tourner sur elle-même à toute vitesse, puis la tiens là le temps de compter jusqu'à cinq pour la ramener ensuite lentement vers moi.

Avant que nos mains se rejoignent, elle reprend la parole.

— Je suis loin d'être bourrée, merci beaucoup.

— Peut-être, mais tu es bien partie pour, dis-je en plissant les yeux à mon tour. Tu as descendu trois flûtes de champagne en vingt minutes.

— Waouh ! Tu aimes bien suivre les gens, on dirait ?

— J'allais te poser la même question, chérie. Après tout, j'étais là avant toi.

Sans lui laisser le temps de répondre, je l'écarte de nouveau, puis la reprends dans mes bras avant de la renvoyer dans la direction opposée, juste pour le plaisir. Et parce que ça l'énerve, et que Tori Reed est magnifique quand elle est énervée.

— Ne m'appelle pas « chérie », gronde-t-elle à la seconde où je l'enlace de nouveau. Et crois-moi, Miles, la seule raison que j'aurais de te suivre serait de planter un pieu dans ton cœur froid et noir.

— Les pieux, c'est pour les morts-vivants, rétorqué-je en la serrant fort afin qu'elle sente la chaleur de mon corps à travers le tissu de nos vêtements. Et je peux t'assurer, *chérie*, que j'ai encore du sang chaud dans les veines…

— Ah ouais, et bien, les couteaux de cuisine, en revanche, ça marche pour tout le monde. Tu ne veux pas descendre chez moi tout de suite ? Je serais ravie de te faire une démonstration.

— Oh, comme c'est charmant ! Tu m'invites chez toi, dis-je avec un sourire volontairement prétentieux. D'abord, tu me rejoins ici, et ensuite tu me proposes de venir dans ton appartement ? Tu es certaine que ce n'est pas plutôt toi qui me suis ?

Elle est furieuse, et je vois bien qu'elle a une réponse acerbe sur le bout de la langue. Je l'éloigne de nouveau pour le plaisir de la voir froncer les sourcils en s'empourprant.

— Eh bien, descends, tu verras bien, siffle-t-elle lorsque je l'étreins derechef.

Cette fois, au lieu de lui attraper la main, je pose un doigt sur ses lèvres avant qu'elle ait pu me cracher toutes les insultes que je lis dans ses yeux.

— Allons, allons, chérie, je sais que tu as faim. Mais je ne suis pas ce genre d'homme. Si tu veux que je te saute, il va falloir que tu me laisses d'abord t'inviter à dîner.

— Ne rêve pas.

— Eh bien, dans ce cas, tu ne m'auras jamais dans ton lit. Même si tu me supplies à genoux.

— Je ne te veux pas dans mon lit. Et je n'ai pas l'habitude de supplier. Jamais de la vie.

— Humm. Alors, je me contenterai de t'entendre me le demander gentiment.

— Oh, inutile de retenir ton souffle. Ou plutôt, si. De préférence pendant environ six minutes.

Elle m'adresse un sourire coupant comme du verre brisé, et aussi étincelant. J'admire son éclat… Je l'admire, elle, alors que la chanson va decrescendo. Je ne peux m'empêcher de déplorer qu'elle ait la personnalité d'un piranha asocial, car elle est intelligente et sublime. C'est une combinaison gagnante, et je serais fou d'elle si elle était un tout petit peu plus aimable. Et si ce n'était pas la meilleure amie de ma petite sœur. Et si elle n'était pas au courant pour…

Je repousse cette pensée, refuse de me laisser entraîner dans cette direction une fois de plus. Surtout en sa présence. Je préfère me concentrer sur l'instant, sur la sensation de la tenir à ma merci. Et le fait que je ne vais pas la sauter ne signifie pas que je ne peux pas m'amuser un peu avec elle. Surtout qu'elle vient de me menacer de mort cérébrale.

Alors que la chanson touche à sa fin, je lui serre les doigts avec force tout en descendant ma main de son dos vers ses fesses. Elle bondit et me lance un regard furibond, mais je ne la lâche pas. Et, lorsque le refrain final s'envole crescendo, je la penche en arrière, de plus en plus bas.

Elle halète et, de sa main libre, s'agrippe au revers de ma veste de costume pour garder l'équilibre. Je ne tente même pas de réprimer mon sourire alors que je l'approche encore davantage du sol.

— Fais-moi remonter, exige-t-elle.

Mais elle n'est pas en position d'ordonner quoi que ce soit, et il est temps qu'elle le comprenne. Aussi, au lieu de la redresser, je l'incline un peu plus. Elle se retrouve obligée de me passer un bras autour du cou et de serrer de toutes ses forces. Ce à quoi je ne m'attendais pas – mais je suis bien loin de m'en plaindre –, c'est qu'elle enroule une jambe autour de ma cuisse.

Et je ne la relève toujours pas. Je la maintiens ainsi, un peu en déséquilibre et sous mon contrôle. Ça lui va bien au teint.

Tout autour, les gens commencent à nous observer, mais je m'en fous. Toute ma vie, on m'a regardé de travers. J'ai toujours été le génie distrait, aux idées un peu folles. Ce n'est pas maintenant que je vais m'en soucier.

— OK, Miles, siffle-t-elle. Tu as fini de t'amuser ?

— Si tu crois que, là, je m'amuse, attends de voir ce que je te réserve pour la suite.

Je laisse glisser ma main avec une lenteur délibérée.

— Miles, arrête ! s'écrie-t-elle en s'agrippant encore plus fort. Redresse-moi. S'il te plaît.

Dès qu'elle prononce les mots magiques, je me relève et l'attire avec moi.

— Tu vois. Je te l'avais bien dit, que tu finirais par me le demander gentiment.

Ses lèvres charnues, ornées de rose, s'amincissent en un rictus menaçant. Cette fois, je ne vais pas y couper. Ses yeux marron brillent d'un éclat dangereux, et elle a les poings serrés. J'ai suffisamment subi la colère de Tori depuis un an pour savoir en reconnaître les signes.

Je le mérite… Dieu sait que je l'ai taquinée depuis que je l'ai entraînée sur la piste de danse. Mais ce n'est pas pour autant que je me sens obligé de rester pour assister au spectacle. Un homme intelligent connaît la valeur d'un repli stratégique.

C'est l'option que je choisis. Je lui adresse un clin d'œil arrogant et un sourire qui l'est encore plus avant de m'éloigner en la plantant là, bouche bée, les yeux écarquillés. Furieux, certes, mais vifs aussi, car la colère a chassé le reste d'ivresse due au champagne.

L'un dans l'autre, ce n'est pas mal pour une danse qui n'a duré que cinq minutes. Le maître à danser que ma mère avait recruté lorsque j'étais encore lycée serait tellement fier de moi…

Chapitre 3

Tori

Miles Girard est un connard. Un gros, gros connard. Je dois lutter avec toute la volonté dont je suis capable pour ne pas m'élancer derrière lui et l'en informer, en ajoutant d'autres renseignements du même type. La seule chose qui m'arrête est la conscience que c'est ce qu'il attend et, qu'en plus, il arriverait sans doute à faire croire que je suis obsédée par sa personne au point de lui courir après.

Ça ne risque pas, pourtant. Je sais de quoi il est capable. Chloe est ma meilleure amie depuis suffisamment longtemps pour que je n'ignore rien de ce qu'elle a enduré. Il faut être un vrai salaud pour vendre sa sœur en échange d'un capital afin de lancer sa société. Surtout quand ça implique de laisser le gars qui l'a violée échapper aux poursuites. Et à la prison.

Leurs parents étaient certes les cerveaux de l'affaire, mais il a marché dans la combine. Il peut bien prétendre qu'il n'était au courant de rien à l'époque, mais il a un QI encore plus élevé que celui d'Ethan, alors je ne marche pas. S'il y a bien une chose que j'ai apprise à son sujet cette année, c'est qu'il obtient toujours ce qu'il veut. Avec sa sœur, avec ses inventions, avec les femmes. Hors de question que je tombe dans ce piège, même si je dois me mordre la langue jusqu'au sang.

Ce qui, ne nous mentons pas, risque de m'arriver. La boucler, ce n'est pas exactement ma spécialité. Mais je reste où je suis, à le regarder en grinçant des dents dans un effort pour ne pas lui faire savoir à quel point son comportement m'a atteinte. Cela dit, je suis presque certaine qu'il le sait déjà. Les hommes comme Miles sentent toujours quand ils perturbent une femme. Et ils en jouent, juste pour le plaisir.

Je suis bien placée pour le savoir. Après tout, je fais la même chose avec les mecs, mais pour des raisons bien différentes.

Je le suis des yeux jusqu'à ce qu'il arrive au bar, sans regarder une seule fois en arrière, puis je secoue la tête et me détourne. Plutôt mourir que de lui accorder davantage de mon temps ce soir. Il ne le mérite pas.

Mais alors que je chipe une dernière flûte sur le plateau d'un serveur qui passe à proximité – après cette rencontre, il me semble que j'y ai droit –, je ne peux m'empêcher de penser encore à lui. À ses mains puissantes qui me faisaient tourbillonner sur la piste, et à la chaleur de son corps lorsqu'il me collait contre lui. S'il ne s'était pas agi de Miles, j'aurais peut-être été tentée de lui grimper dessus comme un chat dans un arbre. Mais c'est lui. Miles Girard, le salaud de grand frère de Chloe.

Une fois de plus, je me demande comment ces deux-là peuvent être frère et sœur.

Ils n'ont rien en commun. Enfin, rien, sauf leur cerveau ultra puissant et leur éblouissante beauté. Ils sont tous deux grands et minces, avec des pommettes auxquelles on pourrait suspendre la lune, des traits que l'on a envie de contempler une deuxième fois. Et une troisième. Seuls leurs yeux sont différents.

Si ceux de Chloe sont d'un vert profond, brillants de compassion et de gentillesse, ceux de Miles luisent d'un calcul glacial et bleuté. Ce type ne s'arrête jamais de réfléchir, de manigancer, de rêver à de nouvelles inventions et de concevoir des stratégies. Sur tout. Il est tellement dans ses pensées que c'est un miracle qu'il s'en sorte dans le monde réel.

Je m'en fiche complètement, d'ailleurs. Ce n'est que l'abruti de frère de Chloe, rien de plus et rien de moins. Sans elle, je ne saurais même pas qu'il existe.

C'est sur cette joyeuse pensée que je porte la flûte à ma bouche et la vide cul sec. Je suis peut-être coincée à cette soirée pour le moment – hors de question de le laisser croire qu'il m'en a chassée –, mais ça ne signifie nullement que je ne puisse pas en profiter pour m'amuser. Je prends une nouvelle flûte que je descends aussi vite avant de me mêler à la foule, bien décidée à dénicher un gars sexy avec lequel flirter un moment. De préférence dépourvu de la crinière brune de Miles ou de son horrible personnalité.

J'ai à peine fait plus de dix pas lorsque je me trouve nez à nez avec Alexander Parsons. Membre de la meute des acteurs anglais sexy qui connaissent un succès grandissant à Hollywood ces dernières années, il est superbe, rusé, et c'est un sacré trou de balle. Je suis bien placée pour le savoir : on était tout feu tout flamme l'un pour l'autre il y a deux ans, jusqu'au jour où je l'ai surpris dans mon lit avec des jumelles.

Je n'ai pas très bien réagi. Non que j'aie été amoureuse de lui ou quoi que ce soit du même genre, mais je ne tolère pas l'infidélité. Soit tu es avec moi, soit non et je m'en fous. Mais si on est ensemble, même si ce n'est pas pour longtemps, on est *vraiment* ensemble. Pas avec moi et en même temps avec deux top models brésiliens, même si elles sont magnifiques… et très souples.

Pourtant, quand il me lance un sourire tout en charme et en air désolé, je ne peux m'empêcher de le lui rendre. Je ne sortirai plus jamais avec lui, mais rien ne m'empêche de traîner un peu en sa compagnie. De lui montrer que je n'en ai plus rien à cirer et, en même temps, de faire comprendre à Miles à quel point c'était absurde de suggérer que je l'avais suivi.

— Tori Reed ! s'écrie-t-il en me serrant juste un peu trop fort. Il me semblait bien que c'était toi qui mettais le feu à la piste.

— En effet. Comment vas-tu ?

Je dois lever un peu la tête pour le regarder. Il n'est pas aussi grand que Miles, qui dépasse le mètre quatre-vingts, mais je ne mesure qu'un mètre cinquante-huit – soixante-huit en Louboutin.

— Très bien. Je suis à L.A. ces jours-ci, je joue dans le nouveau film de Chris Nolan. Je ne pouvais pas louper les fiançailles de Jim alors que j'étais dans le coin.

Il prend deux flûtes sur un plateau et m'en tend une. Pendant quelques secondes, je songe à refuser, mais je commets l'erreur de balayer la foule des yeux. Aussitôt, je rencontre le regard de Miles et décèle l'imperceptible mouvement de négation qu'il esquisse en nous observant, Alexander et moi.

Il ne m'en faut pas plus pour saisir le verre avec le rire cristallin que je réserve aux hommes plus prétentieux qu'intelligents.

— Oh, ça a l'air génial ! Chris Nolan est un metteur en scène tellement fabuleux. C'est quoi, ce nouveau film ?

Alexander se lance dans une réponse si longue et détaillée que je suis certaine de ne pas tarder à regretter d'avoir posé la question. Mais cela ne me décourage pas de passer mon bras libre sous le sien tout en tournant le dos à Miles avec mon air le plus décidé. Si le frère de Chloe s'imagine qu'il peut me dire ce que je dois faire, il va être bien déçu.

Je passe l'heure suivante avec Alexander et sa bande rapprochée, dont Jim, son frère, le fiancé de Kathy. Alexander tente de m'enlacer à deux reprises, mais je ne le laisse pas faire. C'est une chose de passer un peu de temps avec lui pour bien montrer à tout le monde que je l'ai oublié, mais une autre de le laisser me tripoter. Hors de question que je retombe dans son piège.

Aussi, dès que j'ai le sentiment d'avoir accompli mon devoir – c'est-à-dire passer un moment avec Kathy et Jim, rassurer mon amie sur la réussite fantastique de sa soirée et flirter avec deux copains d'Alexander juste ce qu'il faut pour m'assurer que Miles sache qu'il ne m'intéresse pas –, je dis au revoir et me dirige vers l'ascenseur… et mon lecteur de DVD.

C'était sans compter Alexander, qui me suit tel un chiot perdu. À peine sorti de la foule, il manque de se frotter contre ma jambe comme s'il était en rut.

— Si je me rappelle bien, murmure-t-il en passant les bras autour de mes épaules et de ma taille pour serrer mon dos contre son torse, tu as un joli petit appartement dans cet immeuble.

Son souffle est brûlant contre ma joue, ce que je trouve tout sauf sexy.

— Tu as bonne mémoire. C'est d'ailleurs là que je me dirige. Mon oreiller m'appelle, lancé-je, cassante, en me dégageant.

— Ça ne m'étonne pas. Je suis sûr qu'il m'appelle aussi.

Il penche la tête de côté comme pour écouter.

— Tiens, ça recommence. Tu l'entends ?

— Non. Ça doit être le lit de quelqu'un d'autre. Je sais que ça t'arrive souvent.

— Tu l'as encore mauvaise à cause des jumelles, hein ?

Il rit comme si tout ce qui s'était passé entre nous n'était qu'une grosse blague.

— Non, je ne l'ai pas mauvaise. Je suis prudente, c'est tout.

Il essaie de me reprendre dans ses bras, mais je recule, et il se retrouve avec les mains tendues dans le vide.

— La prudence, c'est pour les mamies. Tu es jeune et sexy. Et je sais que tu aimes le sexe. Et comme on peut en dire autant de moi…

Waouh ! Un vrai prince charmant. Est-ce qu'il a toujours été comme ça ou est-ce que ça a empiré depuis deux ans ? Je préfère opter pour la seconde hypothèse, mais je sens dans mes tripes que c'est le contraire. Beurk. J'ai du mal à croire que j'ai pu, à un moment, ne pas trouver minable cette façon de se glorifier à outrance. Peut-être que mes choix de mecs ne sont pas meilleurs que ceux que Chloe et Ethan font pour moi. Au moins, Stephen était franc à propos de ses attentes. Alexander cache sa connerie derrière un sourire candide et une beauté de mec bien comme il faut.

— Et comme on peut en dire autant de toi, on devrait se faire plaisir, hein ?

Il acquiesce, ses yeux bleus brillant dans la lumière des guirlandes.

— Exactement.

— Pourquoi attendre d'être chez moi ? On n'a qu'à le faire dans l'ascenseur.

Son visage s'illumine, mais il décline.

— Je ne peux plus. Il y a des caméras dans les ascenseurs, et maintenant que je suis tellement célèbre... c'est un problème.

— Oh, arrête. Une bonne sextape, ça ne peut que booster ta popularité, pas vrai ?

C'est évidemment ironique, mais la lueur soudaine de son regard montre que le sarcasme lui est passé loin au-dessus de la tête. Ce qui n'a rien pour me surprendre. Il faudrait plus qu'une remarque acerbe pour dégonfler cet ego surdimensionné. À ce point-là, je ne sais même pas si une bombe nucléaire y parviendrait.

— Tu as peut-être raison.

Cette fois, quand il tend à nouveau le bras vers moi, il va trop vite pour que j'aie le temps de m'écarter, et je me retrouve collée à lui.

— Tu veux me donner un petit coup de pouce, alors ?

— Non, merci, sans façon.

Je glisse mes mains entre nous et réussis à le repousser.

— Mais je suis sûre qu'il y a plein de femmes, ici, qui seraient ravies de faire tout ce que tu demandes.

— Sans doute, répond-il avec la désinvolture de ceux à qui tout est dû. Mais ça ne me tente pas. C'est toi que je veux.

— Ouais, ben, tant pis. Comme dit la chanson : « Même si tu revenais, je crois bien que rien n'y ferait. »

— Je n'ai jamais dit que je voulais revenir, réplique-t-il avec mépris. Je veux baiser, c'est tout.

— Oui, eh bien, tu vas devoir te vider les couilles avec quelqu'un d'autre, mon vieux. Je vais me coucher. Toute seule.

Les portes de l'ascenseur s'ouvrent. Je me penche pour l'embrasser sur la joue. Cette joue aux pommettes ciselées et à la barbe parfaite. Je finis par lui lancer :

— C'était sympa de te croiser. Faudra le refaire.

Ou pas.

— Tu sais ce qui serait encore plus sympa ?

Il me suit dans l'ascenseur et appuie sur le bouton de mon étage sans avoir à me le demander. Il semblerait qu'il ait gardé davantage de souvenirs de nos deux mois ensemble que ce que j'aurais cru. Ça ne me fait pas plaisir, cependant, alors que la dernière chose que j'aperçois avant que la porte se referme, c'est le regard tempétueux de Miles rivé sur moi.

Que Miles me voie quitter la soirée avec Alexander me dérange plus que ça ne le devrait. Je me fiche de ce qu'il peut penser – je n'ai aucun compte à lui rendre, et n'en aurai jamais –, mais je n'ai pas envie qu'il en parle à Chloe. Depuis deux mois, je me suis donné beaucoup de mal afin de me racheter une conduite et devenir une marraine parfaite pour Violet. La dernière chose que je souhaite, c'est que Miles aille déblatérer sur le fait que j'ai trop bu et ramené un coup d'un soir à mon appartement. Chloe ne m'en voudrait pas, mais je n'ai pas envie qu'elle s'inquiète. Pas maintenant, alors qu'elle vient juste de sortir de toutes les merdes qui lui sont arrivées ces dernières années. Et qu'elle a enfin la vie qu'elle mérite.

— Retourne à la soirée, Alexander. Je te l'ai dit, je ne suis pas intéressée.

— Certes, tu l'as dit, acquiesce-t-il tout en me passant un bras autour de la taille. Mais ça sonnait faux.

J'écarte sa main qui s'approche de mon entrejambe. Si je lui tords un peu les doigts au passage, disons que c'est un accident.

— Peut-être que c'est parce que tu étais trop occupé à regarder ton reflet dans la porte pour m'écouter vraiment. Mais je ne coucherai pas avec toi.

— Allez, ça sera sympa. En souvenir du bon vieux temps.

— Au cas où tu l'aurais oublié, je n'ai pas gardé que de bons souvenirs.

— Bien sûr que si. Tu es tellement déchaînée au lit…

— Peut-être, mais en ce moment, je suis plutôt plan-plan.

— C'est parce que tu n'as pas le bon mec.

Pfffiou… Ce type a vraiment les chevilles qui enflent. Ça serait comique si ce n'était pas aussi agaçant. Et, quand il tente une nouvelle fois de m'embrasser, je décide que ça suffit.

— Écoute, Alexander, on a passé de bons moments. Mais je fais toujours de mon mieux pour ne pas répéter mes erreurs. Surtout avec les hommes.

— Tu es en train de dire que je suis une erreur ?

Il est tellement outragé que son accent britannique ressort.

— Non. Disons que j'ai appris une leçon. Tournons la page.

Par bonheur, l'ascenseur s'arrête et les portes s'écartent. Je lui adresse un sourire en sortant et m'arrête juste le temps de presser le bouton pour le renvoyer vers le toit.

— Bonne fin de soirée, Alexander.

Il me dévisage, bouche bée.

— Tu es vraiment sérieuse quand tu dis que tu ne veux pas coucher avec moi ?

— Je suis tout ce qu'il y a de plus sérieux.

Je lui adresse un petit salut de la main, puis regarde avec satisfaction les portes se refermer avant qu'il ait eu le temps d'ajouter un mot.

— Abruti, celui-là est, asséné-je de ma voix de Maître Yoda sur le chemin de mon appartement.

Je mentirais si je prétendais que je n'ai pas honte d'avoir laissé ce type introduire la moindre partie de son anatomie dans mon corps. J'ai un peu envie de méditer sur les erreurs de mon passé – voire de ruminer carrément –, mais je respire un grand coup et décide d'oublier. J'ai changé, et je ne redeviendrai jamais comme avant. C'est déjà bien, non ?

Je me débarrasse de mes Louboutin et me laisse tomber sur le canapé avec un soupir de soulagement. J'ai un peu envie de me lever pour fouiller dans ma pile de DVD à la recherche de *Dix bonnes raisons de te larguer*, mais je me sens incapable de m'arracher au canapé. Je m'empare de la télécommande et parcours mes vidéos téléchargées.

Je choisis l'un de mes épisodes préférés de *Scandal*, et me répète une fois de plus que cette nouvelle Tori, cette nouvelle *moi*, est suffisante. Il le faut bien, parce que, tout de suite, je n'ai rien d'autre à mettre en avant.

Chapitre 4

Miles

Je regarde les portes de l'ascenseur se refermer sur Tori et ce crétin de blondinet. Et je décide que ça suffit. Je suis resté aussi longtemps que l'exige la politesse. Je peux rentrer et me remettre enfin au travail.

Je n'avais pas envie de venir, de toute façon : j'ai encore trop de choses à corriger sur mon dessalinisateur, mais Jim est un bon copain de travail, et je me suis senti obligé de me montrer. Chloe n'arrête pas de me répéter que je devrais au moins faire semblant d'être un garçon équilibré.

Du coup, je suis venu, et maintenant je le regrette. Non que je me soucie de qui Tori décide d'emmener chez elle pour un plan cul ; après tout, ça ne me regarde pas qu'elle ait envie de coucher avec le pire trouduc de l'assistance. C'est juste que j'ai du travail.

Après m'être dégagé de la conversation assommante dans laquelle j'étais coincé avec une très jolie femme ennuyeuse à mourir, je salue rapidement Jim et sa fiancée, puis me dirige vers l'ascenseur. Avec un peu de chance, je serai de retour dans mon atelier d'ici moins de quinze minutes. Et là, avec un long week-end sans interruption devant moi, je vais peut-être enfin réussir à résoudre le dernier problème qui a surgi dans mon dessalinisateur.

En temps normal, je parviens à travailler des jours entiers sans être dérangé. Ça fait partie des privilèges du savant fou. Mais, à présent que je suis chez Frost Industries – après avoir claqué la porte de la société familiale en découvrant ce que mes parents avaient fait à Chloe –, j'ai moins souvent l'occasion de jouer les scientifiques hirsutes. Déjà parce qu'Ethan a un QI égal au mien, et il se débrouille pour se comporter de façon raisonnable et respectable quatre-vingt-dix-neuf pour cent du temps. Et aussi parce qu'il n'arrête pas de me refiler en douce des tas de responsabilités qui ne sont pas liées au projet.

Ma sœur ne cesse de me taquiner, de prétendre que, si je ne fais pas attention, je vais finir bras droit d'Ethan. Je n'y crois pas une seconde. Si Chloe m'a pardonné pour mon rôle dans son cauchemar, les personnes qui l'aiment ne sont pas aussi promptes à m'absoudre… et encore moins à oublier. Tori est certes plus agressive qu'Ethan, mais je vois bien que lui aussi réserve son jugement à mon égard pour le moment.

Je ne l'en blâme pas. Je me suis détesté dès l'instant où j'ai découvert que nos parents avaient vendu Chloe pour monter une boîte avec mes inventions. Elle a bien essayé de me dire que ce n'était pas ma faute, mais comment la croire ? Comment ai-je pu me montrer si aveugle alors que c'était tellement important ? Comment ai-je pu ne pas voir ce qu'ils manigançaient juste sous mon nez ?

Ce sont ces questions qui m'empêchent de dormir, et l'absence de réponses satisfaisantes, même des mois après, me ronge comme seuls mes projets le peuvent.

Je n'ai pas intégré Frost Industries pour obtenir un poste de directeur technique, même si c'est un job très lucratif. Ce que je voulais, c'était renouer avec ma sœur et réparer les dégâts occasionnés par mes parents. Compenser toutes ces années passées sans famille, quand elle ne pouvait pas rentrer à la maison et refusait de me dire pourquoi.

Oh, je sais qu'elle a désormais une famille à elle : Ethan, le bébé, et même Tori. Tous l'adorent. Mais elle était *ma* petite sœur bien avant de devenir celle d'adoption de Tori, et je veux retrouver cette relation. Tout comme elle.

Me voilà donc ici, à travailler sur mon plus gros projet jusqu'à présent, pour un homme qui ne sait pas s'il doit me faire confiance ou me mépriser. Tant qu'il n'aura pas décidé, je sais que lui et ses subordonnés me surveilleront comme le lait sur le feu.

Je suis prêt à supporter cette situation parce que je sais, après tout ce qui s'est passé, que je le mérite, même si je ne veux que leur bien à tous les deux.

L'ascenseur s'ouvre enfin, et je m'apprête à y entrer lorsque je m'aperçois qu'il est toujours occupé par le crétin blond qui n'arrêtait pas de peloter Tori. À en juger par son air grincheux, il n'est pas allé jusqu'où il aurait voulu avec elle.

Je ne peux réprimer un sourire de hyène. Je sais bien que ça ne devrait pas m'importer, mais c'est comme ça. Je suis content qu'elle n'ait pas couché avec lui et qu'elle soit davantage capable de juger les gens que ce que je croyais.

D'un autre côté, ce n'est pas très bon signe pour moi, vu qu'elle me déteste.

La nuit est agréable, et bien que le chemin depuis chez Tori ne prenne normalement qu'une vingtaine de minutes, je traîne un peu. Au lieu de suivre le trajet le plus direct, je me déchausse pour marcher sur le sable, juste assez près de l'océan pour que l'eau vienne lécher de temps en temps mes orteils.

Cela fait un peu plus d'un an que j'ai retrouvé ma sœur, et à peine moins que je me suis installé à San Diego. Je ne comprends pas pourquoi je ne suis pas venu plus tôt. J'aime l'océan, les montagnes, et à peu près tout le reste dans ma nouvelle ville. Et j'adore encore plus être près de Chloe et de Violet. Sans compter que l'idée de ma récente invention ne me serait jamais venue ailleurs qu'en Californie. Et comme je suis convaincu que ce gros bébé-là va tout changer – pour Frost Industries, pour la Californie et pour l'environnement –, je suis très reconnaissant de mon sort.

Lorsque je ne suis plus qu'à deux minutes de la maison, je laisse tomber mes chaussures sur le sable et m'approche un peu plus de l'eau. Je sors trois tubes à essai de mes poches et, sans me soucier du courant qui tire sur mon pantalon, je me penche et attends qu'une vague de bonne taille veuille bien déferler. Je remplis les trois tubes d'eau de mer et les rebouche.

En fonction des résultats des tests de ce soir, ça ne suffira peut-être pas. Mais, par chance pour moi – et, si tout va comme je le veux, pour la Californie –, l'eau salée, ce n'est pas ce qui manque.

Après avoir rangé les trois tubes dans la poche de ma veste, je monte l'escalier qui mène à la rue, puis marche sur deux pâtés de maisons jusqu'à mon logis. En empruntant l'allée, je ne peux m'empêcher de me retourner vers la résidence de Tori et de me demander ce qu'elle fait maintenant qu'elle a envoyé bouler Monsieur Je Suis Un Acteur Alors Léchez-Moi Les Pieds. Mais ça m'agace de penser à elle, alors qu'elle ne pense pas à moi. Pourtant, ce n'est pas ma faute si elle est tellement sexy avec son cul en forme de cœur et ses œillades coquines. Sans parler de sa bouche. Je ne suis même pas certain de l'apprécier – et je sais qu'elle ne m'aime pas de son côté –, mais ça ne m'empêche pas de fantasmer sur ses lèvres sensuelles en diable.

Je suis peut-être un geek, mais je n'en reste pas moins un homme, et je mentirais si je prétendais que je n'ai pas la queue qui palpite rien qu'à l'idée de ces lèvres magnifiques qui s'en approcheraient.

Alors que je tape le code de la grille, je songe à piquer une tête dans la piscine, histoire de me vider l'esprit et d'améliorer ma concentration. Une fois dans mon atelier, les lèvres de Tori – ou toute autre partie de son anatomie – sont la dernière chose à laquelle je dois penser.

Mais, finalement, j'appuie sur le bouton de la télécommande pour ouvrir le garage climatisé qui me sert d'espace de travail. Une fois à l'intérieur, avec mes recherches, mes instruments et mes jauges tout autour de moi, j'oublie la bouche de Tori et tout le reste. Plus rien n'existe, sauf le projet dans lequel j'ai mis mon cœur et mon âme depuis de longs mois.

Je sors les éprouvettes de ma poche et les dépose avec soin sur la table. Puis, j'enlève veste et cravate, que je laisse tomber sur la chaise la plus proche. Ensuite, avec mon bas de pantalon toujours mouillé, je me remonte les manches et me mets au travail.

J'ai modifié quelques réglages du dessalinisateur ce matin. Rien de majeur, mais assez pour que j'aie envie de voir ce qu'il produit avec cette nouvelle cuvée d'eau de mer. Il faut que je sache quelle quantité de sel il filtre au premier passage, puis au deuxième et au troisième. Si mon but ultime est d'obtenir de l'eau pure après un seul passage, pour le moment je me contenterais de quelques traces de sel après seulement trois. Au moins, ça montrerait que les derniers changements me mènent dans la bonne direction.

Le temps file alors que je travaille, et ce n'est que lorsque mon PC portable se plante – entraînant le logiciel de reconnaissance vocale avec lui – que je lève les yeux. Je quitte ma paillasse pour partir en quête d'un chargeur. Normalement, j'en garde quatre ici, mais je n'en vois aucun. La principale raison pour laquelle j'ai autant de chargeurs à portée de main est d'avoir une solution de secours quand j'en égare un – ce qui arrive souvent, je dois bien le reconnaître. Et comme j'ai chargé ce putain d'ordinateur ici ce matin, je ne sais pas comment tous les chargeurs ont pu disparaître.

Je me dirige vers l'intérieur de la maison en marmonnant, et ce n'est qu'en regardant la baie vitrée que je m'aperçois que le soleil se lève sur l'océan. Une fois de plus, j'ai travaillé toute la nuit sans m'en rendre compte. Pas étonnant que j'aie l'impression d'avoir été roué de coups de marteau de la tête aux pieds.

Avec l'aube arrive la fatigue – cela fait plus de vingt-quatre heures que je suis debout – et je décide que le chargeur peut attendre. Je le trouverai en me levant.

Je suis assez satisfait du travail que j'ai effectué jusqu'ici, et je peux donc m'accorder quelques heures de repos.

Je me déshabille, puis me couche avec ma tablette. J'ai la vague intention de faire une partie de WordBubbles pour m'endormir, mais, alors que je parcours ma page d'accueil Yahoo, une image de quelqu'un qui ressemble fort à Tori attire mon regard. Sa photo voisine avec celle d'Alexander Parsons, autrement dit le blondinet, sous le titre graveleux : « Alex est-il aussi *hot* au lit qu'en dehors ? »

Je manque de faire défiler l'info sans m'arrêter, car je me moque pas mal de savoir s'il assure au lit. Mais le fait de le voir apparaître en haut du fil d'actualité ainsi que la présence de Tori alertent mon sixième sens.

Avec un grand dégoût de moi-même, je clique sur le lien, et le regrette aussitôt en tombant sur un site people bien connu. Une vidéo s'affiche, dont le titre annonce une sextape de l'acteur Alexander Parsons avec la jet-setteuse Tori Reed.

Merde. Bordel. Putain !

Il semblerait qu'elle n'ait pas si bon goût en matière d'hommes, finalement. Comment a-t-elle pu être aussi stupide ? Faire une sextape avec ce naze ? Il allait en ressortir quoi, à son avis ?

Il est tellement du genre à poster ça pour faire parler de lui et augmenter sa popularité ! Surtout si on pense qu'il n'a rien à perdre. Ce n'est pas sa réputation qui est en jeu, après tout. Si la vidéo est bonne, on le considérera comme un étalon, et elle, comme une traînée. C'est horrible, mais c'est comme ça. Depuis toujours. On fait semblant d'avoir évolué, d'être plus civilisés. Plus égalitaires. Mais la triste vérité, c'est que ce sont toujours les femmes qui paient les pots cassés dans ce genre de situations.

Putain de merde!

Je quitte le site pour googler « Alexander Parsons sextape ». Près d'un million de résultats s'affichent, et la catastrophe ne s'est pourtant produite qu'il y a quatre heures. Je relance la recherche avec, cette fois, le nom de Tori. Moitié moins de réponses, ce qui est logique puisque c'est lui la star, mais un demi-million, ce n'est tout de même pas rien… Et, quand le matin se lèvera vraiment et que l'Amérique se réveillera, cette histoire va prendre des proportions délirantes. Elle est la fille de l'un des hommes d'affaires les plus en vue du moment, et lui, le héros du plus gros blockbuster de l'été. Ça ne risque pas de passer inaperçu…

Je parcours l'un des articles les plus lus, attentif à ne surtout pas appuyer sur *play*. C'est sûr que je suis curieux de savoir à quoi ressemble cette vidéo, et de découvrir si Tori est aussi sexy sous la couette que dans mes fantasmes, mais ce n'est vraiment pas comme ça que je voulais l'apprendre.

Quand ça s'est passé, d'ailleurs ? Ça ne fait que six heures que Parsons est revenu à la soirée, manifestement frustré. À moins que j'aie très mal interprété son expression. Ce qui est possible, car je n'ai pas non plus passé des heures à étudier cet abruti pour mieux le connaître. La possibilité est certes infime, mais elle existe.

Ce n'est qu'en atteignant la deuxième moitié de l'article, qui indique que Tori et lui sont sortis ensemble il y a deux ans, que je commence à comprendre. Surtout que la vignette de la vidéo – l'image fixe que le monde entier va contempler – montre Tori avec des cheveux d'un bleu vif.

Ça n'a donc pas été filmé hier soir. Ni à aucun moment depuis que je la connais, en fait.

Je ne sais pas pourquoi ça m'apaise, mais c'est le cas, même si je regrette de ne pas avoir collé mon poing dans la figure de ce connard quand j'en avais l'occasion. J'aurais dû faire plus attention à elle. Parce qu'à présent que les détails s'éclairent, je saisis de mieux en mieux.

Il s'est vengé, c'est aussi simple que ça. Bien sûr, il y a aussi certainement vu une façon de consolider son image d'étalon hollywoodien, mais son premier mobile est digne d'une cour de récré. Il voulait coucher avec elle, elle a dit « non », et voilà comment ce sale petit con sans cervelle prend sa revanche.

Putain. Faut vraiment pas avoir de couilles pour jeter une femme en pâture aux internautes simplement parce qu'elle a exercé son droit de dire « non ».

Une image me passe dans la tête, celle de Chloe après cette nuit, il y a si longtemps, quand elle a été violée. Cassée, en morceaux, démolie, parce qu'un salaud s'est arrogé le droit de prendre ce qu'il voulait. De faire ce qu'il voulait.

Parsons n'a certes pas violé Tori, mais cette affaire de sextape, c'est une histoire de pouvoir, exactement comme le viol.

Tu vois ce que je te fais ? Tu vois comme tu ne peux pas lutter ?

Quel connard ! Hors de question de le laisser s'en tirer comme ça. Jamais de la vie. Je n'ai pas pu empêcher

Brandon – puis mes parents – de blesser Chloe. Mais ça… Je peux agir, c'est sûr.

Je repousse mes couvertures, sors du lit et fais ce que j'aurais dû faire il y a une heure : retrouver le chargeur de mon ordinateur. Et je me mets au travail.

Chapitre 5

Tori

Je suis réveillée par des coups martelés sur la porte d'entrée de mon appartement. Pas un petit « toc-toc », mais un vacarme qui m'arrache au canapé et au sommeil en même temps.

J'attrape mon téléphone sur la table basse et entrouvre les yeux juste assez pour constater qu'il est 7 h 27. Sachant que je ne me suis pas endormie avant 3 heures, c'est encore le milieu de la nuit pour moi. De toute évidence, la personne de l'autre côté du battant ne partage pas cette opinion.

— C'est qui ? marmonné-je en luttant avec la chaîne.

Je n'enlève la sécurité qu'après avoir entendu la voix de mon père.

— C'est moi, Victoria. Laisse-moi entrer.

— Papa ? m'écrié-je en ouvrant en grand. Qu'est-ce qui se passe ? Y a un problème ?

Il ne débarque jamais chez moi sans s'annoncer. En fait, il ne vient jamais tout court. Pour qu'on se rencontre, il faut qu'un événement ait été inscrit dans nos deux agendas des semaines à l'avance.

— Est-ce que maman…

— Ta mère va bien. Elle est en France pour faire les boutiques, déclare-t-il d'un ton brusque qui indique que « faire les boutiques » est un euphémisme pour « prendre des vacances avec son amant ».

Ça ne doit pas d'ailleurs le déranger : lui aussi a ses propres noms de code pour ses escapades avec sa pléthore de maîtresses.

Tout se passe de façon très civilisée entre eux, et j'ai toujours connu cette situation. Oh, mes parents sont très discrets au sujet de leurs intérêts parallèles, et, quand ils sont ensemble, personne ne pourrait deviner que leur mariage n'est pas cent pour cent authentique. Mais le fait est qu'ils ont cessé de se soucier l'un de l'autre – vraiment, je veux dire – depuis des années. Qu'ils aient par la même occasion cessé de se soucier de moi, c'est une chose dont nous évitons de parler lors de notre dîner de famille mensuel.

— Ah. D'accord.

Je le dévisage bêtement pendant quelques secondes, jusqu'à ce que je m'aperçoive qu'il me détaille de la tête aux pieds – et que ce qu'il voit ne lui plaît pas particulièrement.

— Tu veux entrer ?

— Évidemment. Sinon, je ne me serais pas retrouvé à cogner sur ta porte pendant que tu refusais de répondre au téléphone.

— Désolée. Je dormais.

Je m'écarte pour le laisser passer, avec son mètre quatre-vingt-deux, sa chevelure grisonnante, son diplôme d'Harvard et toute sa désapprobation. Il fouille l'appartement du regard, ses yeux froids et gris passant en revue le moindre recoin. Je m'apprête à lui dire, pour rire, que je ne pratique la débauche que dans ma chambre, mais quelque chose dans son expression m'avertit que mon humour ne sera pas apprécié.

En même temps, il n'a jamais admiré mon sens de la formule… Ni le reste de ma personne, d'ailleurs.

— Tu veux un café ?

Je me dirige vers la sécurité relative de la cuisine. Au passage, j'aperçois mon reflet dans le miroir du salon. Je prends conscience de l'état dans lequel je suis. J'ai les cheveux complètement aplatis sur les côtés du crâne, mon maquillage qui dégouline sous les yeux et me barbouille la figure. Sans parler de ma robe de soirée rose bonbon que je porte encore.

Pas étonnant que mon père me regarde comme si j'étais une créature à mi-chemin entre la strip-teaseuse et le cafard, et dont il aurait la tâche ingrate de se débarrasser. Peut-être pense-t-il que ce serait mieux pour tout le monde qu'il soit autorisé à me traiter comme un insecte rampant afin de m'écraser du talon de sa chaussure hors de prix. Je serais ratatinée, mais, au moins, il aurait la paix. Dieu sait qu'il n'a jamais caché qu'être mon père était une rude épreuve pour lui.

— Je vais juste faire passer le café pendant que je me change, et ensuite…

— Assieds-toi, Victoria.

J'ai beau avoir vingt-trois ans, quand mon père me parle sur ce ton, j'obéis. D'instinct.

— Qu'est-ce qui ne va pas ? demandé-je après un long silence.

Je ne sais pas pourquoi, mais je me sens soudain très, très nerveuse.

— À en juger par ton… apparence, je devine que tu n'as pas encore eu le temps d'aller sur Internet ce matin ?

— Non, confirmé-je, l'estomac serré devant toutes les possibilités qui se présentent à mon esprit. Qu'est-ce qui s'est passé ? Tu es sûr que maman va bien ?

— Ta mère va bien, déclare-t-il pour la seconde fois d'une voix qui laisse clairement entendre qu'il n'aime pas devoir se répéter.

Je n'ai pas besoin qu'on me le rappelle : c'est une leçon qu'on m'a enseignée depuis mon plus jeune âge.

— Tu ferais mieux de t'inquiéter pour *toi*.

Il fait exprès d'être mystérieux, et, pendant un instant, je songe à retourner chercher mon téléphone sur la table basse du salon. Mais son expression me dissuade de bouger. J'ai intérêt à rester assise là, et à l'écouter.

Je m'apprête à lui demander pourquoi je devrais m'inquiéter, mais il attend que je pose la question, et je n'ai pas envie de lui faire ce plaisir. En outre, il est évident qu'il n'est venu que pour me sermonner. Je préfère donc me taire et laisser venir. Plus tôt il m'aura dit à quel point je ne vaux rien, plus vite il aura débarrassé le plancher. C'est un scénario que je ne connais que trop bien.

Les secondes s'égrènent sans qu'il ouvre la bouche, pourtant. Il se contente de me dévisager de ses yeux durs, froids. Je soutiens son regard, refusant de perdre la face. De céder du terrain. C'est vraiment infantile, un comportement de gamine, mais l'expérience m'a appris que plier maintenant ne ferait qu'empirer les choses un peu plus tard. Mon père ne me respecte peut-être pas, peut-être même ne m'aime-t-il pas, mais il me respectera et m'aimera encore moins si je capitule.

Finalement, c'est lui qui détourne les yeux. Mais c'est une maigre victoire puisqu'il enchaîne presque aussitôt.

— Depuis combien de temps connais-tu Alexander Parsons ?

Chaque cellule de mon corps se met en alerte rouge. Ce n'est pas une coïncidence qu'il me parle d'Alexander maintenant, alors que je l'ai justement vu hier soir.

— Qu'est-ce qui s'est passé ?

Il ignore ma question.

— Alexander Parsons. Depuis combien de temps le connais-tu ?

— Deux ans. Pourquoi ?

J'esquisse le geste de me lever pour aller chercher mon téléphone, malgré le regard désapprobateur de mon père. Mais il me prend de vitesse et sort le sien, dont il effleure l'écran du doigt deux fois avant de le poser sur la table de la cuisine entre nous.

Il ne faut qu'une ou deux secondes avant que le bruit, reconnaissable entre tous, d'un couple en pleins ébats emplisse mon appartement. Quelques instants plus tard, je m'aperçois que le gars dans le film n'est autre qu'Alexander. Pendant un moment – un bref moment –, je me dis que cet imbécile a suivi à la lettre le conseil que je lui ai donné hier soir par ironie. Mais la femme sur l'écran lève la tête et regarde la caméra. Et c'est alors que ça me frappe. Ce n'est pas n'importe quelle sextape qu'Alexander aurait faite avec une femme rencontrée à la soirée de Kathy et Jim.

Non, c'est bien pire. Parce que la femme aux cheveux bleus qui me dévisage depuis le téléphone de mon père – et qui se fait prendre en levrette par l'un des jeunes acteurs les plus sexy d'Hollywood –, c'est moi.

Oh, non.

Oh, non !

Oh non, oh non, oh non, oh non. OH NON !

Pendant un certain temps, c'est la seule pensée que j'arrive à formuler alors que mes yeux restent rivés à l'écran. Mon père, à l'inverse, regarde absolument partout, sauf là. Les grognements d'Alexander – et le bruit des claques qu'il m'assène sur les fesses – résonnent dans la cuisine.

Quand il entame sa version pathétique du dialogue coquin – comment ai-je pu oublier qu'il était si minable ? –, je me jette sur le téléphone pour mettre la vidéo sur pause avant que mon père entende des choses qu'il ne devrait jamais écouter à propos de sa fille.

Mais, à en juger par le froid glacial de ses yeux et ses mâchoires crispées, c'est trop tard.

Merde. Est-ce trop demander que le sol s'ouvre sous mes pieds et que je disparaisse en cet instant ?

Le fils de pute. L'enculé de fils de pute. Je ne sais même pas ce qui me choque le plus. Qu'il ait livré une sextape de nous à la presse ou qu'une telle sextape existe. Parce qu'à aucun moment je ne lui ai donné mon accord pour être filmée. Je n'ai, pour rien au monde, accepté ça de quiconque.

Je n'ai jamais eu suffisamment confiance, car, soyons francs, qui sait ce qu'un ex en colère peut inventer pour vous pourrir la vie.

Et j'en ai bien la preuve aujourd'hui, bordel.

Je voudrais prétendre que ce n'est pas moi sur la vidéo, raconter à mon père qu'Alexander a fait un montage parce qu'il était furieux contre moi hier soir. Mais ce ne serait pas la vérité. Je me souviens de la nuit où il a enregistré ça, avec exactitude. D'une part parce que je ne me suis teint les cheveux en bleu que quelques jours avant notre rupture, et d'autre part parce qu'Alexander est un vrai fan du missionnaire. Cette nuit-là, c'était un peu plus olé olé parce qu'il avait fumé de l'herbe et bu un peu trop.

— Je pensais que tu avais enfin grandi, gronde mon père au bout d'une minute.

Je n'arrive toujours pas à détacher le regard du téléphone ni à fixer mon géniteur dans les yeux.

— Je croyais que tu avais enfin compris ce que signifie être une Reed.

— C'est le cas. Cette vidéo date d'il y a deux ans, quand j'étais à Paris.

— Et tu crois que, du coup, ce n'est pas grave ? Tu laisses ce type te filmer…

— Je n'étais pas au courant.

— C'est ça, siffle-t-il. Je ne sais même pas pourquoi je suis surpris. Tu as toujours aimé t'exhiber. Regarde-toi…, conclut-il avec un geste de la main.

— Tu es sérieux ? Ce n'est pas parce que je me teins les cheveux que je me laisse filmer au lit !

— On dirait pourtant que si.

— Je te jure que je ne savais pas. C'était la chambre d'hôtel d'Alexander. Il a dû installer la caméra avant de m'amener là. C'est sa faute, papa. C'est lui qui a fait ça. Et c'est lui qui a diffusé la vidéo parce que j'ai refusé de coucher avec lui la nuit dernière.

— Mais pourquoi tu as dit non, bordel ?

Sa réponse est tellement absurde qu'il me faut une minute pour la comprendre. Et c'est en trébuchant sur les mots que je demande :

— Qu'est-ce que tu veux dire ?

— Je veux dire que, de toute évidence, ça ne t'a pas toujours dérangé de coucher avec lui. Pourquoi tu ne l'as pas fait hier soir, alors que tu savais qu'il avait quelque chose comme ça en sa possession ? Bon sang, Victoria, comment as-tu pu laisser cela se produire ? Est-ce que ça t'arrive, même juste une seconde, de penser à autre chose qu'à ta petite personne ?

Pendant un moment, je suis incapable de répondre, trop occupée à le scruter pour savoir s'il plaisante ou non. Il n'a pas pu dire ce que je crois avoir entendu, pas vrai ? Il ne peut pas m'expliquer que j'aurais dû coucher avec un homme pour l'empêcher de poster une vidéo dont j'ignorais l'existence et qui nous montre tous les deux en pleine action ?

Enfin, dans quel univers un abus de pouvoir aussi flagrant est-il acceptable ?

Je comprends que mon père me blâme… tout comme je me fais des reproches pour ne pas avoir imaginé Alexander capable d'un coup comme celui-là. Mais me critiquer de ne pas avoir couché avec lui pour qu'il garde la vidéo secrète… alors que je ne savais même pas qu'elle existait ? Comment peut-il me tenir pour responsable ? De ça, et d'avoir fait confiance à mon petit ami de l'époque ?

— J'ignorais qu'il y avait une vidéo, papa, expliqué-je de nouveau. Et, quand je lui ai dit « non » hier soir, je ne me doutais pas qu'il se vengerait ainsi. Franchement, quel genre de salopard ferait une chose pareille ?

— Le genre de salopard avec lequel tu te fourres toujours. Tu ne crois pas qu'il serait temps que tu comprennes que tu te fais du mal ?

Il se penche, trop près de moi, et, pour la première fois, son masque glacial glisse et je vois la rage – et le dégoût – qu'il dissimulait. Ça me flanque un coup de découvrir tant d'écœurement à mon encontre, si visible sur ses traits. Et, plus encore, ça m'effraie.

J'ai toujours su qu'il ne me comprenait pas, qu'il ne respectait pas mes choix. Et je ne lui donne pas tort. Vraiment. Bordel, même moi, je n'éprouve pas de respect pour certains des choix que j'ai faits par le passé, et c'est pour ça que j'entreprends tant d'efforts pour me racheter une conduite. Mais découvrir tellement de haine dans son regard lorsqu'il me dévisage…

Ça me fait beaucoup plus mal que je le voudrais. Beaucoup plus que ça ne devrait, si on songe à notre relation compliquée.

— Peut-être que tu n'étais pas au courant pour la vidéo, Victoria, mais tu es quand même responsable de ce bordel, me crache-t-il d'une voix d'autant plus convaincante qu'elle est basse, grondante. Depuis que tu as quinze ans, tu es hors de contrôle. Tu bois, tu couches à droite et à gauche, tu crées le maximum de problèmes possible. Chaque fois que j'ai essayé d'intervenir pour t'arrêter, ça n'a fait que te rendre encore pire. Encore plus incontrôlable, encore plus décidée à rejeter mon autorité et me renvoyer ton style de vie à la figure. Et maintenant, nous voilà avec toi en chute d'une blague salace qui amuse le monde entier. Pourquoi ?

Parce que tu ne prends jamais la peine de te demander à qui tu fais du mal par ta conduite, et quelle lumière tes actes jettent sur les autres.

Pour la énième fois, je regarde l'image figée sur le téléphone de mon père.

— À qui est-ce que je fais du mal ? C'est à moi qu'on fait du mal, au contraire. C'est sur moi qu'on raconte des blagues salaces !

— Et tous les sites qui les relaient mentionnent ton patronyme… qui se trouve être aussi le mien. J'ai une importante réunion de conseil d'administration cette semaine, en vue d'une autre encore plus importante avec les actionnaires, et j'ai besoin d'inspirer confiance à mes interlocuteurs. J'ai passé des semaines à chercher la meilleure façon de leur montrer que la nouvelle direction que je veux faire prendre à l'entreprise est la bonne. Et toi, tu inventes ça ? Comment veux-tu qu'ils me confient l'avenir de la société alors que je ne suis même pas capable de contrôler ma propre fille ?

Sa société. *Sa société ?* Je ne sais même pas pourquoi je suis surprise. Bien sûr, c'est de cela qu'il s'agit. Pas de moi, pas de ma réputation, pas de la souffrance que ça peut me causer. Non, tout ce qui compte, c'est son entreprise et le cours de ses précieuses actions. Je devrais avoir honte d'avoir cru un instant autre chose.

Après tout, ce n'est pas la première fois – et sûrement pas la dernière – que ses affaires passent avant moi. Mais ce n'est pas une raison pour que je reste là à me laisser insulter.

— Écoute, papa, je ne pense pas que tes actionnaires, ou ton conseil d'administration, se soucient de ce que je fais de ma vie privée. Tout ce qui les intéresse, c'est l'argent que tu leur apportes. Et ça ne va pas changer parce qu'un pauvre type m'a baisée.

— La réputation est une chose fragile, Victoria... et elle est la clé de tout. Je voudrais que tu le comprennes une fois pour toutes et que tu cesses de te fourrer dans ce genre d'histoires.

— Mais je ne me suis fourrée dans rien du tout. C'est Alexander qui a enregistré cette vidéo, et c'est également lui qui l'a diffusée. Je ne ferais jamais une chose pareille, crois-moi.

— Non, toi, tu te contentes de te prostituer pour ce type...

— C'est juste du sexe, papa. Pas de la prostitution ni du porno. Une relation sexuelle entre deux adultes consentants...

— J'aurais dû me douter que tu essaierais de le tourner comme ça.

Je suis sidérée.

— « De le tourner comme ça » ? Je suis juste honnête. Alexander et moi, on est sortis ensemble pendant deux mois il y a deux ans. C'est si choquant que ça, qu'on ait eu des rapports ?

— Je ne vais pas discuter avec toi, et surtout pas alors que tu n'es même pas désolée !

— Pourquoi je devrais avoir des remords ? Je n'arrête pas de te répéter que je n'ai rien fait de mal !

— Bien sûr. Comme d'habitude.

— C'est faux.

C'est tout l'enjeu de ces dernières semaines. Prendre de meilleures décisions. Changer de vie. M'accepter comme je suis et agir en fonction de mes souhaits, et pas par colère ou dépit, ou pour prouver que je vaux la peine d'être aimée.

— C'est vrai, et il est temps que les choses changent. Que tu apprennes comment ça marche dans la vraie vie, jeune fille !

J'ai envie de lui dire que je le sais déjà très bien, mais ce ping-pong dure depuis quinze minutes pour rien. Mon père et moi, on ne sera jamais d'accord sur quoi que ce soit, et c'est absurde de rester là à se disputer alors que j'ai une migraine carabinée. C'est pour cette raison que je choisis de capituler.

— Tu as raison. Je suis désolée. Ça ne se reproduira pas.

— Effectivement, ça ne se reproduira pas, parce que c'est fini. C'est fini de te laisser tout faire, de réparer tes conneries, de te donner tout ce que tu veux tout cuit dans le bec alors que tu ne fais que merder.

Il m'attrape par le bras, me force à me lever et me pousse vers la chambre.

— Tu as cinq minutes pour préparer tes affaires.

— Mes affaires ?

— Tu as besoin d'apprendre le sens des responsabilités, et ça n'arrivera pas tant que je paierai ton appartement, ta voiture, et tout le reste de ta petite vie. Alors, tu fais ta valise. Tout de suite.

— Tu me fous à la porte de chez moi ?

— Ce n'est pas chez toi. C'est chez moi. Et il ne te reste que quatre minutes et quarante-cinq secondes, déclare-t-il en regardant sa montre d'un air déterminé.

— Tu n'es pas sérieux. J'habite ici depuis ma deuxième année de fac.

— Et il est désormais temps pour toi d'aller vivre ailleurs. Quatre minutes et trente secondes.

— Papa…

— Pas la peine de gaspiller ta salive, Victoria, et chaque seconde que tu perds, c'est une chose de moins que tu pourras emporter avec toi.

Et il me tourne le dos. Un signe de plus qu'il ne discutera pas plus longtemps.

Je ne sais pas quoi répliquer, quoi faire de plus, et j'emprunte le couloir vers ma chambre. Je sors un petit sac de l'armoire et, pendant un moment, je reste plantée à regarder mes vêtements alors que les paroles de mon père tournent en boucle dans ma tête.

Mais je l'entends crier « Trois minutes ! » depuis la cuisine, et ça me galvanise. J'attrape au hasard une poignée de vêtements et les fourre dans le sac. Je m'arrête devant mon tiroir de lingerie et prends deux soutiens-gorge et deux culottes – plus les deux cents dollars que je garde là en cas d'urgence –, puis je me dirige vers la salle de bains pour emballer mes affaires de toilette. Je n'emporte que l'essentiel. J'achèterai le reste une fois installée dans un hôtel. Je fouille ensuite l'armoire à pharmacie en quête d'Advil parce que ma tête va littéralement exploser si je ne m'en occupe pas.

Je suis en train de prendre de l'eau dans ma main pour avaler les deux comprimés lorsque mon père surgit sur le pas de la porte.

— C'est l'heure, annonce-t-il en m'attrapant à nouveau par le bras.

— Très bien, dis-je en me dégageant. Laisse-moi juste me changer, et je suis prête.

— Désolé. J'ai dit cinq minutes. Elles sont écoulées.

— Tu es sérieux, papa ? Je suis en robe de soirée ! Et j'ai mon maquillage qui a coulé.

— Eh bien, dans ce cas, je suppose que tu n'aurais pas dû picoler au point de ne pas être capable de te changer en rentrant.

— Bien sûr, comme ça je serais en pyjama, et ça serait tellement mieux.

Pour toute réponse, il hausse les épaules et me fait signe de marcher devant lui.

Je reste un moment bouche bée, puis passe mon sac sur mon épaule et m'exécute. Mais, lorsque je m'arrête près de ma table de chevet pour prendre mon ordinateur et le ranger dans la poche de devant, mon père me l'arrache.

— Je crois que j'ai payé cet ordinateur, qui m'appartient donc.

— Je l'ai acheté avec mon fonds de placement.

— Qui vient de moi.

— Qui vient de grand-papa et grand-maman.

— Et que je dois gérer jusqu'à tes vingt-cinq ans. Donc, pour faire simple, ça vient de moi.

Il prend l'ordinateur sous le bras et s'éloigne dans le couloir, vers le salon.

Je suis bien obligée de le suivre. Une fois dans la pièce, j'aperçois mes cartes de crédit et mon chéquier, posés en une pile bien nette sur le comptoir. Quand il me tend mon porte-monnaie, vide de tout ce qui pourrait m'aider à survivre, une part de moi n'est même pas surprise.

Il m'a déjà enlevé tout le reste au fil des ans : son amour, son attention, son soutien émotionnel. Est-ce tellement étonnant qu'il me retire cela aussi ? Ça aurait été bien de me prévenir, mais je ne peux pas faire la difficile, n'est-ce pas ?

Je sais qu'il s'attend à ce que j'émette une remarque concernant les cartes de crédit, mais je m'abstiens. Ça ne servirait à rien. Mon père ne change jamais d'avis une fois que sa décision est prise. De plus, il en a de toute évidence fini avec moi. Non seulement c'est très clair dans ses actions, mais son visage ne laisse pas le moindre doute.

Je m'approche de la table basse en quête de mon téléphone, mais il a disparu également. Évidemment. Je paie la facture chaque mois avec l'argent de ma famille aussi.

Je me retourne vers lui pour lui demander si je peux retourner dans ma chambre chercher des chaussures. Mais il sourit avec satisfaction, de cet air qu'il a quand il vient de gagner. Je ne peux rien y changer, et je finis par me résigner. Je ne lui demanderai plus rien. Ni maintenant ni jamais.

Je suis entrée dans cette vie de richesse et d'élite nue comme un ver, et c'est déjà bien beau que j'aie une robe pour en sortir.

Chapitre 6

Miles

À 9 heures, je suis toujours au travail, à tenter d'éradiquer cette vidéo débile d'Internet. Plusieurs de mes bots écument le Web et me signalent la sextape chaque fois qu'ils la repèrent, afin que je la retire. Mais ce truc se répand à une vitesse exponentielle, posté en boucle sur les médias sociaux plus vite que mes bots ne peuvent le trouver. Et je suis maintenant certain que cet abruti d'Alexander Parsons n'est pas seulement l'auteur de la fuite, mais aussi celui de son expansion fulgurante. Quelqu'un donne aux plus grands sites mondiaux le droit de publier la vidéo, et ça ne peut être que lui. S'il n'était pas d'accord, son service de relations publiques aurait employé tous les moyens de pression imaginables pour qu'elle soit retirée. Que le film soit repris sur de nouveaux sites à chaque heure qui passe en dit long.

Tellement long que je vois bien qu'il est encore plus con que ce que je pensais hier soir.

Je finis avec un site, puis je passe au suivant. Mais l'écran devient flou devant mes yeux. Ça fait plus de vingt-quatre heures que je n'ai pas dormi, et je suis épuisé.

Je sais que je devrais poser mon PC et laisser travailler les bots, mais, entre la quantité de caféine que j'ai absorbée ces dernières heures et mon niveau de colère, essayer de dormir ne servirait à rien. Alors, autant continuer à travailler.

Je suis convaincu que ce n'est pas la faute de Tori, que c'est ce connard qui est responsable de l'étalage de cette vidéo. Mais il y a quand même une part de moi qui voudrait la secouer, lui dire qu'elle vaut mieux que les pauvres types avec lesquels elle va toujours se fourrer. OK, ça arrive à tout le monde de faire entrer quelques crétins dans sa vie, mais, statistiquement, elle aurait quand même dû rencontrer au moins un ou deux types bien. Au lieu de ça, si j'en crois Chloe, elle enchaîne les taches. Je me demande si Tori tente de se détruire. Et si oui, pourquoi.

La question me taraude toujours quelques minutes plus tard, quand je pose enfin mon ordinateur pour aller me préparer un café de plus dans la cuisine. Mais j'ai à peine versé la poudre dans le filtre que l'alarme se déclenche, m'informant que quelqu'un vient d'ouvrir la porte d'entrée.

Curieux plus qu'inquiet – il arrive que l'employée de maison d'Ethan et Chloe fasse un saut lors de ses jours de repos pour vérifier que je n'ai besoin de rien –, je mets la cafetière en marche avant de me diriger vers l'entrée pour voir de qui il s'agit. J'arrive juste à temps pour découvrir Tori en train de tripoter le clavier de l'alarme caché derrière le tableau qu'Ethan a accroché sur le mur, près de la porte.

Elle a le souffle court, les épaules qui tremblent un peu, et je m'arrête à l'autre bout du hall pour lui donner le temps de se reprendre. La dernière chose que voudrait Tori, c'est de la pitié ; et, si elle se rend compte que je l'ai vue pleurer, elle fera de notre vie à tous les deux un enfer dans le seul but de nous prouver qu'elle est une dure à cuire, jusqu'à ce qu'elle ait la certitude que j'ai oublié ce moment de faiblesse.

En attendant, je l'observe. Je me demande ce qui a bien pu se passer. Je comprends qu'elle ait décidé de venir passer quelques jours ici pour fuir les paparazzis sur les traces de la nouvelle copine d'Alexander Parsons, mais la logique voudrait qu'elle se chausse et enfile une tenue fraîche, tout de même. Et, éventuellement, qu'elle peigne ses cheveux courts, car sa tête n'est qu'un champ d'épis. Je préfère ne pas savoir ce qu'une photo d'elle dans cet état attirerait comme commentaires dans les torchons les plus virulents. J'aimerais que ça ne se produise pas, mais il faudrait être très optimiste – ou très bête – pour y croire.

Quand elle a fini de tapoter le code, elle laisse glisser son sac de son épaule vers le sol. Toutes ses forces semblent la fuir en même temps, comme si son corps allait s'écrouler. J'ai un peu envie de m'approcher d'elle, de lui dire que tout va s'arranger.

Mais plus je la regarde, plus je suis convaincu qu'elle n'a nullement besoin de compassion pour l'instant. Je recule donc de quelques pas, juste assez pour ne plus être visible. Et je me mets à siffler bien fort.

Je lui laisse quelques secondes pour reprendre contenance avant d'entrer dans le hall. Quand j'arrive, elle a les épaules droites, les yeux vifs, et toute trace de vulnérabilité a été masquée, sauf son maquillage d'hier, toujours étalé autour de ses yeux.

L'expression *amochée mais sexy* me vient à l'esprit, et je me sens soudain mal à l'aise. Sextape ou pas, depuis un an que je la connais, je n'ai jamais vu Tori dans cet état. Alors que je constate l'étendue des dégâts, je ne peux m'empêcher de me demander si elle va se montrer plus accommodante ou encore pire que d'habitude.

— Qu'est-ce que tu fous là ? grogne-t-elle dès qu'elle m'aperçoit.

Bon, j'ai ma réponse. Encore pire.

— Je me permets de te retourner la question, répliqué-je avec un haussement de sourcils délibérément agaçant.

Ça marche. Elle lève le menton, ses lèvres pulpeuses pincées par la colère.

— Tu ne m'as pas répondu !

— Et toi non plus.

La rage qui bout dans ses yeux couleur café est telle que je lève la main pour l'apaiser.

— Je veux bien répondre le premier, même si ça semble plutôt évident. J'habite ici.

— Tu habites ici ? Dans la maison d'Ethan et Chloe ?

— Oui.

Manifestement, elle attend davantage d'explications, mais je m'abstiens de lui en fournir. Pourquoi lui faire ce plaisir, alors que c'est tellement drôle de la voir serrer les mâchoires et grincer des dents ?

— Depuis quand ?

— Depuis qu'ils ont déménagé à San Francisco.

— Et Chloe est au courant ?

— C'est elle qui me l'a proposé. Je fais de gros travaux chez moi, et c'était la meilleure solution pour m'éviter le chaos. On dirait qu'elle a oublié de t'en parler quand tu lui as demandé si tu pouvais passer quelques jours ici, commenté-je en regardant son sac.

— La porte est toujours ouverte pour moi, ici, je n'ai pas besoin de demander. Mais j'aurais peut-être dû le faire. Ça aurait été sympa d'être prévenue que j'allais devoir te supporter.

Elle passe devant moi d'un pas désinvolte pour se rendre dans la cuisine. Elle prend une grande tasse dans le placard et la remplit à ras bord de café. Ce qui ne me laisse que quelques gouttes au fond de la verseuse.

Cette fois, c'est moi qui plisse les yeux. Ça ne me dérange pas de partager la maison avec elle quelques jours, le temps que les choses se calment, mais je veux bien être pendu si je dois renoncer à mon café alors que j'ai été debout toute la nuit à tenter de l'aider. À peine a-t-elle posé la tasse pour prendre de la crème dans le frigo que je fonce pour attraper le récipient.

Je me brûle la langue à la première gorgée, mais sa tête quand elle se retourne en vaut bien la peine.

— C'est à moi ! s'écrie-t-elle, outragée.

— Vraiment ? ironisé-je en reprenant une gorgée, plus lentement cette fois. C'est toi qui l'as préparé ?

— Tu es sérieux ? Tu veux vraiment jouer à ça ?

— Je ne joue pas avec le café !

— Si tu savais quelle matinée je viens de passer, tu me laisserais boire cette putain de tasse.

— Et si, toi, tu savais quelle nuit j'ai passée…

Elle me fusille du regard, mais, à la fin, elle doit comprendre que je ne lui rendrais pas la tasse, et elle se contente de lever les yeux au ciel et de prendre le paquet de grains que je n'ai pas encore remis au frigo.

— Parfait. Je vais m'en préparer un moi-même.

— N'oublie pas d'en moudre suffisamment pour une cafetière entière, précisé-je en m'appuyant au comptoir pour la regarder.

Elle me dévisage, incrédule.

— Tu ne t'imagines quand même pas que je vais t'en offrir ?

— Je t'en aurais offert, si tu m'avais appelé au lieu d'entrer ici comme une voleuse.

— J'ai une clé et je suis la bienvenue. Je n'appellerais pas ça « entrer comme une voleuse ».

— Je ne t'ai pas donné la permission.

— Je n'en ai pas besoin. Ce n'est pas ta maison.

— Peut-être pas, mais je suis la seule personne qui y habite en ce moment. La courtoisie aurait voulu que tu appelles.

— À ta place, je n'y compterais pas trop.

— Ce n'est pas ton truc, la politesse ?

— Ce n'est pas ce que je voulais dire, mais, puisque tu en parles… Je ne vois pas comment j'aurais pu respecter l'étiquette, sachant que je n'étais même pas au courant que tu étais ici, à jouer les pique-assiette. Mais bon, c'est un peu ta spécialité, non ? ajoute-t-elle en haussant la voix par-dessus le bruit du moulin.

Elle a tapé là où ça fait mal, et son sourire malveillant prouve qu'elle le sait. La culpabilité familière me serre le ventre, mais j'essaie de ne pas me trahir. Si l'année écoulée m'a appris quelque chose à propos de Tori, c'est qu'elle aime l'odeur du sang. Ça redouble son ardeur au combat. J'attends d'être capable de sortir autre chose que « va te faire foutre » pour répliquer.

— C'est l'hôpital qui se fout de la charité, princesse. Je ne crois pas que tu paies un loyer, ici.

— Parce que toi oui, peut-être ? demande-t-elle en mettant la cafetière en marche.

— Tous les mois.

Je ne lui révèle pas que je le verse sur un compte pour le bébé, puisque Chloe refuse de l'accepter.

— Vraiment ? grince-t-elle en applaudissant d'un air moqueur. Mais tu vois, c'est toute la beauté, pour moi, de ne pas avoir forcé Chloe à se prostituer. Je ne me sens pas obligée de lui donner tout le temps de l'argent pour acheter son pardon.

Cette fois, c'est moi qui serre les dents, si fort qu'elles manquent de se fêler. Elle n'a pas tort, je porte en moi chaque jour le remords de ce que Chloe a subi, et une grande partie de mes actes a pour but d'obtenir son pardon. Pas l'argent du loyer ; ça, c'est juste normal, mais le reste…

Donner cette invention à Ethan pour une fraction du prix auquel j'aurais pu la vendre grâce à la société familiale.

Déménager à San Diego pour me rapprocher de ma sœur et de sa famille.

Assumer de plus en plus de responsabilités quotidiennes chez Frost Industries en l'absence d'Ethan, alors que, tout ce qui m'intéresse, c'est de m'enterrer dans mon labo pour développer de nouveaux trucs.

Tout ce que je fais, c'est pour me racheter aux yeux de Chloe après ce qui lui est arrivé il y a de nombreuses années. Ce que mes parents et moi lui avons infligé.

Ça ne suffira jamais. Rien ne peut effacer ça. Mais c'est tout ce que je peux faire actuellement, et la façon qu'a Tori de toujours me balancer mon passé dans la gueule commence à m'emmerder. Chloe peut m'adresser autant de reproches qu'elle le veut – c'est son droit. Mais ce n'est pas vrai pour Tori, et je commence à en avoir ma claque de retenir mes coups avec elle et de toujours la laisser parler parce que c'est la meilleure amie de Chloe.

Je préfère ne pas répondre. Je ne me fais pas confiance. Je me concentre plutôt sur mon café et fais de mon mieux pour la boucler. Chloe ne serait pas franchement ravie si j'agressais verbalement sa meilleure amie, surtout aujourd'hui.

Mais Tori ne saisit pas. Elle prend mon silence pour de la faiblesse et repart à l'attaque. Une fois de plus.

— Franchement, Miles, tu n'as pas l'impression d'être une pute ? Abandonner ta dignité et ton amour-propre, abandonner ta sœur, et tout ça pour de l'argent ?

Ma maîtrise de moi-même se rompt comme un élastique sur lequel on aurait trop tiré. J'ai essayé d'être gentil, mais, si elle veut que je me comporte en connard, j'en suis capable.

— Apparemment, les putes se reconnaissent entre elles, Tori, non ? À moins que ce ne soit pas toi qu'on voie bouffer de la bite sur la page d'accueil de tous les plus grands médias du monde occidental ?

Elle reste sans voix, bouche bée, les yeux écarquillés, et c'est avec un sourire condescendant que je tends le bras devant elle pour saisir la verseuse de café qu'elle a préparée juste pour m'emmerder.

— Non, c'est bien toi, continué-je en vidant le breuvage dans ma tasse, en prenant bien soin de ne pas lui en laisser une goutte. Je reconnais ton expression. Maintenant, casse-toi de chez moi.

Chapitre 7

Tori

Les paroles de Miles résonnent dans ma tête alors qu'il prend sa tasse et passe devant moi en silence pour rejoindre le hall. J'entends le mot « pute » sortir de sa bouche sans relâche. La condescendance, la dérision dans sa voix alors qu'il me regarde de la tête aux pieds et évoque le fait de me voir sucer une bite. Comme si lui et le monde entier avaient soudain le droit de commenter ce que je fais dans l'intimité d'une chambre à coucher.

Je sais que cette vidéo est censée lui donner ce pouvoir, ainsi qu'à mon père – et à l'humanité entière, apparemment –, mais ça craint quand même. Ça me donne envie de hurler et de me rouler en boule en même temps.

Pendant un long moment, je suis incapable de penser à autre chose qu'à ce mot, « pute », qui tourne en boucle dans ma tête. J'ai fait tant d'efforts pour remettre ma vie sur les rails, pour être celle que je veux réellement. Et maintenant, à cause d'une action écervelée de la part d'un imbécile, me voilà de retour à la case départ. Et même pire, vraiment, parce que tout Internet se paie ma tête.

Et je dois trouver un boulot alors que la moitié du pays m'a vue en train de baiser.

Si j'avais un autre endroit où aller, je ne me ferais pas prier : je prendrais mon sac et m'enfuirais aussi loin que possible. Mais je n'ai pas d'autre point de chute, personne vers qui me tourner, et c'est seulement quand j'en prends conscience que je me souviens des derniers mots prononcés par Miles.

La panique m'envahit, et je me lance à sa poursuite. Il ne peut pas me mettre dehors. Ce n'est pas possible.

Il est rapide quand il veut, cependant, et il a déjà grimpé la moitié du grand escalier en colimaçon qui dessert l'entrée lorsque j'arrive à le rattraper.

— Eh ! tu ne peux pas m'ordonner de partir !

Sans même m'adresser un regard, il continue de gravir les marches quatre à quatre.

Malgré la douleur de mes pieds meurtris, je monte après lui.

— On est chez Ethan et Chloe. Tu n'as pas le droit de me mettre à la porte.

Je le tire par le bras et le force à se tourner vers moi. Ce que je regrette à l'instant, alors qu'il me toise de ses yeux d'un bleu de glace, qui semblent aussi agacés que froids.

— Je croyais t'avoir expliqué que je paie un loyer, Tori. C'est donc, au moins temporairement, ma maison. Et comme la dernière chose dont j'ai envie, c'est de partager mon toit avec une petite dinde pourrie gâtée et égoïste, qui boit comme un trou et choisit toujours les pires partenaires sexuels, je ne vais pas me gêner pour te mettre dehors. Fais juste attention à tes fesses quand la porte se refermera derrière toi.

Il m'indique la direction de la sortie, et l'expression de son visage indique bien qu'il a toutes les cartes en main.

Si ses mots m'atteignent avec la précision d'un missile, ils allument aussi un feu en moi. Ce n'est pas parce qu'il sait où appuyer pour me faire mal que je vais abandonner. Certainement pas. Je n'ai pas le choix.

— Tu te trompes. Crois-moi. Je n'ai pas l'intention de partir. Et, à moins de me porter, tu ne m'y obligeras pas.

— On parie ? demande-t-il en haussant les sourcils.

— Pourquoi pas…, dis-je en tendant les bras comme pour le défier de s'approcher.

— Tu veux vraiment t'abaisser à ce point ? s'étonne-t-il, les yeux rageurs. Tu le sais, pas vrai, que je n'aurai aucune difficulté à te porter jusque dehors. Mais ne viens pas te plaindre quand je te laisserai tomber sur le cul.

— Tu peux toujours essayer ! Si tu me touches, je me mettrai à hurler. Et quand les flics seront là, je ne manquerai pas de m'assurer qu'ils appellent Chloe pour lui raconter comment son connard de frère a agressé sa meilleure amie. Je suis sûre qu'elle sera ravie, pas toi ?

— Elle te connaît suffisamment pour savoir qui emmerde qui. Et encore une fois, c'est moi qui règle le loyer. Et j'ai des papiers pour le prouver.

Il redescend quelques marches, réduisant la distance entre nous jusqu'à se retrouver juste au-dessus de moi.

— J'étais là, tranquille Émile, quand tu es entrée chez moi par effraction, sans la moindre permission. Alors, vas-y, crie jusqu'à ce que quelqu'un appelle la police. Ça ne me dérange pas du tout que tu sois arrêtée pour intrusion. On verra combien de temps ça prendra à Alexander Parsons pour payer ta caution.

Encore un coup bas, et Miles ne l'ignore pas. Alexander ne se donnerait pas la peine de traverser la rue pour m'aider, au point où on en est – j'ai blessé son ego trop gravement hier soir. Et même s'il le voulait, je lui cracherais à la gueule pour ce qu'il m'a fait. Et je lui flanquerais un coup dans les burnes, assez fort pour le dissuader de recommencer avec une autre femme.

Je m'apprête à expliquer cela à Miles, mais il arbore de nouveau cette expression. Celle qui indique qu'il a gagné. La même que mon père avait ce matin lorsqu'il m'a jetée dehors, ou Alexander hier soir quand les portes de l'ascenseur se sont refermées. Mi-vexé, mi-triomphant, et cent pour cent trouduc arrogant. Ça me fait voir rouge instantanément.

J'ai envie de le frapper là où ça fait mal, de lui crier un million de choses à propos des femmes et de la décence, qu'il se sorte la tête du cul assez longtemps pour se comporter comme un être humain normal une fois de temps à autre. Mais je sais que, si je me laisse aller, la situation va dégénérer encore plus, et je perdrai toute chance de rester ici en attendant d'avoir trouvé une solution.

Déjà, son air m'apprend que, si je continue à le chercher, il mettra à exécution sa menace de me flanquer à la porte manu militari. Et comme je ne peux pas me le permettre, je ravale mon amertume – la souffrance, la rage et la hargne qui bouillonnent en moi et ne demandent qu'à se répandre sur lui –, et je me force à lui parler d'une voix calme.

— Allez, Miles. S'il te plaît. Laisse-moi rester ici quelques jours. C'est une grande maison, tu me remarqueras à peine.

Les mots m'étouffent presque, mais je parviens à les prononcer.

Cette fois, il me regarde avec un amusement cynique, comme s'il savait à quel point ça me coûte de lui parler ainsi. C'est peut-être le cas. Je ne suis pas exactement du genre timide, à rester cloîtrée dans ma chambre. Ça va être difficile.

— Ouais, c'est ça, réplique-t-il avec un petit rire. Tu te connais ? Tu es une force de la nature, Tori. Impossible à manquer et destructrice. Je ne peux pas me le permettre en ce moment. Je suis plongé dans une recherche vraiment délicate, et j'ai besoin de me concentrer.

— Alors, concentre-toi. À cent pour cent. Je ne te dérangerai pas.

— Comme si j'allais te croire.

Mais il mollit. Je le vois dans ses yeux, dans son corps qui commence à se détendre.

C'est le moment de porter le dernier coup en laissant perler à mes yeux des larmes qui ne sont qu'à moitié feintes.

— S'il te plaît, Miles. Ne me force pas à ressortir. Pas aujourd'hui, pas tout de suite. Je ne suis pas prête à affronter les regards.

Il soupire, frustré, et se passe la main dans les cheveux. Je comprends que j'ai gagné avant même qu'il dise :

— Tu sais que ça ne prendra pas deux heures avant qu'on se saute à la gorge.

— Pas si je reste à l'écart. En plus, au pire, qu'est-ce qui risque d'arriver ? dis-je avec ironie.

Je sais que je ne devrais pas jouer avec le feu, surtout que c'est Miles qui domine la situation, mais c'est tellement tentant de le taquiner, car il marche à tous les coups… un vrai plaisir. Et puis, il vient de m'insulter comme du poisson pourri et il m'a contrainte à le supplier. Je suis bien obligée de l'embêter un peu, même s'il a accepté de me garder.

— Au pire du pire, tu vas me traiter de pute… Attends, je vais te confier un petit secret : c'est déjà fait. Et tu n'es pas le premier à me l'avoir lancé au visage aujourd'hui.

Je lui tapote la joue comme si ça ne me blessait pas – comme si rien de tout ça ne m'atteignait –, puis je le dépasse d'un pas nonchalant pour gagner l'étage. Je me dirige vers la chambre d'amis au fond, celle qui est la plus éloignée des pièces qu'il fréquente habituellement quand il est ici. Parce que, même si j'ai très envie de transformer sa vie en enfer juste pour le principe, je sais que je ne peux pas me le permettre. Car tout ce qui me sépare de la misère, ce sont deux cents dollars et sa bonne volonté.

Mais je n'ai fait que trois ou quatre pas quand je me reçois mal sur mon pied blessé et sens la coupure que je me suis fait plus tôt dans la rue s'ouvrir d'un coup. Je serre les dents pour ne pas crier, mais trop tard pour retenir le halètement aigu qui m'a échappé quand ma plaie a rencontré le sol.

Je me rattrape à la rampe et m'y agrippe. Pourvu que Miles ne me regarde pas finir de monter l'escalier en titubant sur la pointe des pieds. Mais aussitôt, il est à mes côtés, inquiet, les yeux acérés comme des lasers alors qu'il m'observe.

— Qu'est-ce qui ne va pas ? Tu as mal où ?

— Ça va…

Je prends garde à ne pas grimacer en accédant à la marche suivante. Mais il me scrute avec l'attention typique de l'ingénieur qu'il est, et ça ne lui prend que quelques secondes pour constater que je pisse le sang sur le bel escalier en érable blanchi d'Ethan et Chloe.

— Que t'est-il arrivé ? demande-t-il en me prenant dans ses bras pour me porter jusqu'à l'étage. Où sont tes chaussures ?

— Ah, oui. Je n'en avais pas.

— Tu n'avais pas de chaussures ? répète-t-il, perplexe.

Peut-être est-il moins observateur que ce que je croyais, sachant que ça fait vingt minutes que je suis dans la maison et qu'il remarque seulement maintenant que je suis pieds nus.

— Tu as marché jusqu'ici, depuis chez toi, sans chaussures ?

— Ça fait à peine un kilomètre et demi…, répliqué-je, bien décidée à bluffer.

Il continue dans le couloir vers sa chambre, me portant toujours dans ses bras.

— Plutôt le double, gronde-t-il. Je te jure, Tori, tu devrais faire davantage attention à toi.

Il vient de toucher une corde sensible, mais je ravale la réponse qui me monte instinctivement aux lèvres. Je ne peux pas me permettre de balancer tout ce qui me passe par la tête maintenant. C'est déjà assez affreux de devoir séjourner ici alors que je ne suis pas la bienvenue… Plutôt mourir que de raconter à Miles Girard dans quelle situation je me trouve. Il se roulerait par terre de rire, sans doute.

Mais il ne rit pas alors qu'il m'emmène dans sa chambre, avec sa luxueuse salle de bains attenante. Et c'est avec la plus grande douceur qu'il me dépose sur le rebord de la vaste baignoire encastrée et se penche pour ouvrir le robinet.

— On va commencer par te laver les pieds pour voir l'étendue des dégâts.

Il attrape un gant de toilette et une serviette dans le placard, puis s'agenouille devant moi.

— Ce n'est rien, dis-je en tendant la jambe vers le filet d'eau.

Il m'arrête doucement, une main sur mon genou.

— Attends que ça chauffe un peu. Le matin, elle est vraiment glaciale. Et tu ne sais pas si ce n'est rien ou pas. On verra ça quand on aura nettoyé.

Je patiente donc, surprise, tandis qu'il passe une main sous l'eau et tourne les robinets de l'autre. Enfin satisfait de la température, il m'indique d'un signe de tête que je peux me mouiller les pieds.

L'eau est parfaite, suffisamment chaude pour me donner des frissons de plaisir dans le dos, mais pas assez pour irriter ma blessure ou accélérer la circulation du sang. Chloe se moque de Miles à cause de son perfectionnisme, mais je mentirais si je disais que je n'apprécie pas ce trait de caractère en cet instant.

— Je dois avouer que je me sens un peu comme Boucle d'Or, dis-je en le voyant passer le gant de toilette sous l'eau.

— Boucle d'Or ? Pourquoi ?

Il verse un peu de gel douche, au parfum d'orange et de bergamote, sur le tissu mouillé.

— Tu sais, le moment où elle trouve que c'est trop chaud, puis trop froid, puis juste comme il faut ? L'eau est juste…

Je m'interromps avec un gémissement lorsqu'il prend mon pied dans sa main pour y appliquer le gant.

Il s'arrête sur-le-champ et lève les yeux vers moi.

— Je t'ai fait mal ?

— Non.

Je baisse la tête, gênée par cette réaction exagérée à son contact. Mais cela fait si longtemps qu'un homme ne m'a pas touchée avec une telle tendresse, sans idées derrière la tête, que je n'ai pu m'empêcher de haleter. Je sais qu'il essaie juste de m'aider, mais sa façon de soutenir ma cheville pendant que ses doigts frottent ma plante de pied avec le gant est vraiment trop délicieuse.

Pire, c'est une sensation *juste*, comme si je devais la vivre tous les jours de ma vie.

Ce qui est ridicule, bien sûr, sachant qu'on est ennemis jurés depuis le premier instant. Je peux pardonner beaucoup de choses, mais la façon dont il a traité ma meilleure amie est inqualifiable. Ce n'est pas parce qu'elle a tourné la page que je dois en faire autant. Et ça ne se produira pas, même si c'est un dieu du massage des pieds.

— Tu es sûre ?

Il continue de laver mon pied avec une douceur et une attention accrues.

— Ça pique juste un peu.

Ce n'est pas un mensonge, le gel douche brûle en effet la plaie.

— Je suis désolé, mais je ne veux pas que ça s'infecte. J'ai presque fini d'enlever la saleté et le sang.

— Ce n'est pas ta faute. C'est moi l'idiote qui a marché tout ce chemin sans chaussures.

— C'est vrai.

Il lève la tête vers moi avec un sourire en coin. S'il est déjà bien trop charmant en temps normal, il est à présent beau comme un dieu…

— Pourquoi tu as fait ça, d'ailleurs ?

— Comme toutes les choses qu'on regrette par la suite, ça semblait une bonne idée sur le moment.

— Ouais. J'ai une ou deux dizaines d'inventions avortées qui répondent très bien à cette description.

— J'avais envie de sentir le sable entre mes orteils. Mais je n'ai pas pensé au verre brisé le long du bitume. Et, une fois blessée, j'ai voulu acheter une paire de tongs à un vendeur de rue, mais il était trop tôt. Personne n'avait encore ouvert son stand.

— Quand on t'aura mis un pansement, je filerai dans la chambre de Chloe voir si je trouve ses mules toutes douces. Ça te fera sans doute moins mal que des chaussures ou de marcher pieds nus sur le plancher.

Il rince mon pied blessé, puis passe à l'autre, qui n'a que quelques égratignures. Pourtant, il lui consacre autant de temps. Il va jusqu'à me masser la voûte plantaire avec son pouce. Je manque de ronronner de plaisir.

J'essaie de rester distante, de me souvenir de toutes les raisons que j'ai de ne pas l'aimer. Mais c'est difficile quand il prend si bien soin de moi… surtout qu'il aurait pu m'abandonner à mon sort.

Je ne peux m'empêcher de sourire, et il cligne des yeux, comme s'il craignait une hallucination. Je ne peux le lui reprocher. C'est sans doute la première fois que je m'arrête de grogner en sa présence. Je n'ai cessé de le faire depuis que j'ai appris ce qui est arrivé à Chloe pendant ses années de lycée.

Mais qui aurait cru que son abruti de frère était capable de se comporter en être humain et non comme un robot ? Et même… de se montrer gentil ? Surtout quand on pense qu'il y a encore dix minutes, il me traitait de petite dinde pourrie gâtée… et cinq minutes plus tôt, de pute.

Bien sûr, j'ai été la première à l'insulter de la sorte, donc on peut dire qu'on est à égalité question comportement de trouducs. Mais il sait bien se faire pardonner avec son massage des pieds…

Je ne sais pas trop ce que je ressens à ce sujet, à part de la nervosité. Beaucoup, beaucoup de nervosité.

— Ça devrait aller, dit-il enfin en achevant de rincer la mousse.

Il ferme le robinet et déploie une épaisse serviette bleue par terre, devant la baignoire.

— Pose tes pieds, on va s'occuper de les sécher et de mettre des pansements.

— Je peux…

À ma grande honte, ma voix se brise. Bien décidée à ce que ça ne se reproduise pas, je me racle la gorge avec plus d'énergie que nécessaire avant de réessayer.

— Je peux me débrouiller.

— Ce n'est rien. J'ai tout ce qu'il faut, réplique-t-il en se levant pour aller ouvrir l'armoire à pharmacie à gauche du lavabo.

Ce n'est pas une exagération : il sort de l'eau oxygénée, une pommade antibiotique, et tout un assortiment de gaze, de sparadrap et de bandes Velpeau. Je le regarde disposer tout ça sur la tablette.

— Tu as un deuxième emploi comme infirmier-urgentiste ?

Miles se contente de rire.

— Comme Ethan et Chloe ont pris deux des voitures pour San Francisco, j'ai installé un atelier sur les deux dernières places du garage. Mais j'ai dû pas mal tâtonner sur mon nouveau projet, et je me suis coupé plus d'une fois.

— C'est quoi, ce projet ?

Je suis vraiment curieuse, et ce, depuis un moment. Je sais qu'il a partagé son idée avec Ethan au lieu de la développer avec la société de sa famille. Il est parti sans se retourner, d'après ce que m'a dit Chloe quand elle tentait de me convaincre de laisser une deuxième chance à son frère.

J'ai toujours pensé qu'il avait une idée derrière la tête. Par exemple, qu'il avait besoin de l'argent d'Ethan – voire de sa redoutable intelligence – pour faire fonctionner sa dernière invention. Mais Chloe jure ses grands dieux que c'est le contraire, et que le projet de Miles sera très bénéfique à Frost Industries.

Il se tait un instant, comme s'il s'interrogeait sur la pertinence de me mettre ou non dans la confidence. Mais il estime sans doute que je n'ai personne à qui en parler – ma famille a fait fortune à l'ancienne, dans le textile et l'acier, pas la technologie –, car il finit par répondre.

— Je mets au point une nouvelle technique, un procédé bien plus facile et économique pour la dessalinisation de l'eau de mer.

— La dessalinisation ?

Je suis un peu déçue après toute cette attente. La sécheresse est telle en Californie que tout le monde essaie de rendre l'eau de mer potable. Personne ne s'approche du but, évidemment, en tout cas pas à ma connaissance.

— Réprime ton enthousiasme, commente Miles en rassemblant le matériel pour l'apporter près de moi avant de s'accroupir à mes pieds.

— Désolée. C'est juste que Chloe et Ethan n'arrêtent pas d'en faire tout un plat.

— Et ils ont raison. Rendre l'eau salée potable, ça pourrait tout changer.

— Ouais, mais seulement si tu le fais à grande échelle.

— Oh, mais ce sera le cas.

Il verse de l'eau oxygénée sur ma coupure. Ça brûle, mais je refuse de grimacer. J'ai déjà l'air assez pathétique sans pleurnicher en plus.

— Mais pour l'instant, ça coûte trop cher. J'essaie de faire baisser le prix, et pour ça, je dois concevoir un nouveau type de filtre.

Il lève les mains pour me les montrer, et je vois en effet de fines égratignures et cicatrices qui courent sur ses doigts et ses paumes.

— D'où les blessures de guerre, explique-t-il.

Il n'offre pas plus de précisions, et je n'insiste pas. D'une part, parce que je ne veux pas me mêler de ce qui ne me regarde pas, et de l'autre, parce qu'il a décidé que j'avais besoin d'un pansement de rapprochement, et je souffre le martyre alors qu'il presse les deux bords de la plaie l'un contre l'autre.

Enfin, après ce qui me semble une éternité, il s'assied et j'écarte mon pied douloureux sans pouvoir réprimer un petit cri, heureusement discret. Il grimace par compassion, puis ramasse les déchets, qu'il jette dans la corbeille près du lavabo. Mais alors que je fais mine de me lever, il m'arrête d'un regard sévère.

— Je ne me suis pas donné tant de mal pour que tu rouvres aussitôt ta blessure ! déclare-t-il en s'activant pour ranger les pansements.

Puis, il se penche et me soulève comme une plume. Je mentirais si je disais que l'aisance avec laquelle il me porte ne me pousse pas à revoir mes préjugés sur les ingénieurs souffreteux…

— Tu prends quelle chambre ? demande-t-il en traversant la sienne pour rejoindre le couloir.

— La grise, dis-je en choisissant celle qui se trouve la plus éloignée.

C'est l'une des plus petites de la maison, mais ça m'est égal. J'imagine simplement que, plus je serai loin de lui, moins je risquerai de l'énerver… et donc de me faire jeter dehors. Ce n'est pas parce qu'il s'est occupé de mon pied que tout ne va être que roses et paillettes entre nous désormais. Et comme je n'ai pas la chance de posséder une paire de chaussures en ce moment, je ne crois pas que j'irais bien loin si je devais partir.

Je ne sais pas si Miles a deviné le cours de mes pensées, mais, au lieu de prendre le couloir vers l'aile où se situe la chambre grise, il ne fait que quelques pas avant d'entrer dans une pièce à deux portes de la sienne.

Je la reconnais immédiatement à ses draps violet et turquoise somptueux. Sans parler des dessins de Picasso aux murs. C'est la chambre que j'ai occupée à chaque fois que j'ai dormi ici – y compris quand je suis restée deux semaines pour aider Chloe après la naissance de Violet.

Alors que Miles me porte à travers la pièce à la décoration audacieuse, je ne peux m'empêcher de me demander s'il l'a choisie à dessein. Est-il au courant que c'est cette chambre que je choisis d'habitude, ou s'agit-il d'une simple coïncidence ? Son visage à la mâchoire ferme et aux yeux bleus perçants ne trahit rien, pas plus que sa façon étonnamment douce de me tenir.

Je m'attends à ce qu'il me dépose sur le lit, mais, au lieu de ça, il m'installe sur le petit canapé devant l'immense baie vitrée. Je suppose qu'il va s'enfuir maintenant qu'il a fait bien plus que son devoir, et je m'apprête à le remercier pour son aide. Mais il me lance un regard irrité et s'approche du lit, dont il enlève les coussins décoratifs avant de rabattre les couvertures.

J'en ai la gorge serrée. C'est idiot, je sais, mais, à part les femmes de chambre dans les hôtels, personne n'a jamais préparé un lit pour moi. Ni mes parents, ni aucun des garçons que j'ai fréquentés, pas même une baby-sitter ou une nourrice quand j'étais petite. Et voilà ce gars qui ne m'aime pas, qui ne veut pas de moi ici, en train de le faire comme si c'était la chose la plus naturelle au monde.

Je ne sais pas ce que je dois en penser, ce que je dois éprouver. Surtout quand il se met à palper tous les oreillers jusqu'à en trouver un suffisamment ferme pour le placer aux deux tiers du lit. J'imagine que c'est pour y poser mon pied blessé.

— Tu n'as pas besoin de te donner autant de mal, protesté-je en me levant, sans trop appuyer sur ma blessure.

Je veux dire, ça me fait très plaisir, évidemment, mais je suis sûre que tu as des choses plus importantes qui t'attendent.

Il m'adresse de nouveau un regard agacé, puis s'apprête à continuer ses préparatifs. Mais il doit alors prendre conscience que je suis debout sur mes deux pieds, car il traverse la pièce d'un bond.

— Franchement ! s'écrie-t-il en m'attrapant pour me serrer contre lui, jusqu'à ce que ma poitrine se colle à son torse, mon pied blessé ne touchant plus le sol, ni l'autre d'ailleurs. Tu ne pouvais pas attendre deux minutes que je vienne te chercher ? Tu veux vraiment que la plaie se rouvre, c'est ça ?

— Je ne voulais pas que tu sois obligé de te mettre à mon service. Je…

— Je crois que tu confonds une attitude humainement normale avec de l'esclavage, rétorque-t-il, exaspéré.

Il a l'air d'avoir vraiment envie de me remonter les bretelles. Ou de me secouer.

Je sais que je devrais jouer la fille désolée. C'est bien le moins à faire, après tous ses efforts pour moi. Mais soudain, je suis bien trop consciente de son corps plaqué contre le mien. De mon corps plaqué contre le sien. De nos deux corps plaqués l'un contre l'autre.

Je devrais paniquer. Après la matinée que j'ai vécue, c'est la dernière chose dont j'aie besoin. Mais c'est difficile de se mettre dans tous ses états, alors qu'être dans ses bras est si agréable. Si naturel.

C'est complètement ridicule, mais j'ai soudain du mal à respirer. J'ai mal aux poumons, je m'essouffle…

J'essaie désespérément d'avoir l'air détachée et prends une grande inspiration tremblante. Mais ça ne fait qu'empirer la situation, car, maintenant, je sens son odeur. Une fragrance d'orange, de bergamote, et de miel chaud et sombre envahit mon cerveau, durcit mes mamelons et me fait saliver. Pour lui. Pour ce putain de Miles Girard.

* * *

Pour le frère de Chloe, me rappelé-je, un peu affolée.

Le frère de Chloe, qui me donne des frissons à chaque fois que je sens son torse se soulever contre le mien.

Le frère de Chloe, au sujet de qui je me demande, pour la première fois de ma vie, quelles sensations me procureraient son contact, sa voix, son goût, si je me penchais à peine un peu plus pour passer les lèvres contre sa gorge virile.

Cette pensée m'enveloppe comme un nuage noir, me retient prisonnière de la fragrance, du toucher de Miles. Soudain, je n'ai envie de rien d'autre que de rejeter la tête en arrière, de passer les bras autour de son cou et d'attirer sa bouche contre la mienne.

Mais c'est Miles !

À présent, ma petite voix me hurle à l'oreille de me reprendre. De m'écarter. De mettre une bonne distance entre nous avant que je fasse quelque chose de vraiment, vraiment stupide.

Mais c'est trop tard. Il me soulève une nouvelle fois dans ses bras, me tenant serrée contre son torse ferme, et me porte jusqu'au lit. Je l'ai vu en maillot de bain un paquet de fois depuis un an. Mais, le contempler sans chemise est une chose, sentir ses pectoraux musclés et ses abdos plats pressés de façon si intime contre moi en est une autre. Surtout que ses yeux bleu glacier sont posés sur moi avec le même mélange d'agacement et d'excitation que je ressens.

Nous arrivons près du lit, et il prend son temps pour me laisser glisser contre lui jusqu'au matelas. Quand il m'aura lâchée, j'imagine que j'aurais moins de mal à réfléchir… et à respirer. Mais alors, ses doigts, longs, élégants et juste un peu calleux, touchent la peau nue de mon genou et de mon mollet tandis qu'il arrange ma jambe sur l'oreiller.

— Tu es bien installée ?

Sa voix est rauque, saccadée. Un peu troublée.

— Oui. Merci.

— Parfait.

Il s'éloigne de quelques pas et désigne la porte d'un signe de tête.

— Je vais dormir un peu. Je suis resté debout toute la nuit, je vais m'écrouler.

— Ah, d'accord. Merci encore. Pour tout.

— Pas de problème. Tu peux te cacher ici quelques jours, le temps que la presse se calme et que tu sois prête à reprendre ta vie normale.

Voilà, c'est l'ouverture que je cherchais. C'est ma chance de lui dire que je ne peux pas retourner en arrière, que mon père m'a coupée de la seule vie que j'aie jamais connue. Mais alors que je m'apprête à parler, je m'aperçois que j'ai la gorge trop serrée pour proférer un mot. Dans la cuisine, Miles ne m'a pas caché qu'à ses yeux, je suis déjà une ratée. La dernière chose dont j'aie envie, c'est de me montrer sous un jour encore plus minable.

Ce qu'il pense de moi ne devrait pas m'importer, et Dieu sait que je voudrais vraiment ne pas m'en soucier. Mais, bizarrement, c'est quand même le cas. Et, au lieu de prendre mon courage à deux mains pour tout lui expliquer, je me contente d'un hochement de tête.

— Tu as besoin de quelque chose avant que je me couche ? demande-t-il une seconde plus tard. Tu as soif ?

— Non, arrivé-je à murmurer. Tout va bien. Et puis, je ne suis pas infirme. Si j'ai besoin d'une boisson, je peux aller la chercher.

— Tu devrais éviter au maximum de poser ton pied par terre. Au moins aujourd'hui. Sinon, les pansements de rapprochement ne serviront à rien.

Il désigne la table de chevet, sur laquelle repose la télécommande.

— Tu pourrais regarder la télé, par exemple. Mais pas les émissions people, tu n'as pas besoin de ça.

Je grommelle. Évidemment, Alexander et moi allons nous retrouver dans quelques émissions…

— Je n'ai pas l'intention de zapper, c'est sûr…

Miles me croit sans doute, car il n'ajoute pas un mot. Il m'adresse un sourire désabusé et un petit geste de la main avant de se faufiler par la porte.

Et je me retrouve seule, avec pour toute compagnie le million de regrets qui me déchirent le cerveau.

Pourquoi est-ce que je suis allée à cette connerie de soirée hier soir ?

Pourquoi ai-je parlé à Alexander ?

Comment ai-je fait pour ne pas me douter qu'il avait une sextape de nous deux ?

Et sans doute la pire question de toutes : pourquoi ne me suis-je pas contentée de coucher avec lui ?

Je me déteste d'avoir cette pensée, et je m'en veux encore plus, car une part de moi aimerait revenir en arrière et le faire. Une part de moi regrette de ne pas l'avoir ramené à mon appartement pour baiser comme il le voulait. Comme l'ancienne Tori l'aurait fait, avant qu'elle tente de se racheter une conduite. Ces coups d'un soir ne me donnaient jamais beaucoup de plaisir, à peine plus qu'un court soulagement de ma solitude grâce au contact peau contre peau avec une autre personne.

Alors, si seulement… Au moins, j'aurais toujours un appartement, une voiture et un téléphone. Je ne serais pas là, avec ma robe de soirée de la veille, à supplier Miles d'avoir pitié de moi.

Cette idée me donne des boutons. Je déteste quémander, et plus encore dépendre de quelqu'un. Certes, techniquement, mon père subvenait à mes besoins en attendant que je trouve un travail, mais en réalité, c'était mon fonds de placement qui finançait tout ça. Un fonds qui a été instauré par ma grand-mère et qui m'appartient légalement depuis deux ans. Le fait qu'il y ait une faille – que mon père en reste gestionnaire jusqu'à mes vingt-cinq ans, et puisse donc me retirer jusqu'au dernier centime – ne devrait pas me dénier le droit d'en disposer à ma guise.

En théorie, du moins. En pratique, si c'était le cas, je ne serais pas assise sur ce lit à me demander comment me sortir de cette situation.

Je me regarde, et vois la robe rose pour la énième fois depuis ce matin. Et soudain, je ne peux plus supporter son contact, tout comme l'idée qu'Alexander ait mis ses mains partout sur ce vêtement – et mon corps – quelques minutes à peine avant de livrer au monde cette vidéo qui va détruire ma vie et le peu d'estime de moi que j'avais réussi à conquérir ces derniers mois.

Évidemment, mon sac est resté en bas, mais je sais que Chloe – ou plutôt, soyons réaliste, Ethan – laisse un peignoir dans le placard de chacune des chambres, à la disposition des invités. Ce n'est pas l'idéal, mais ça ira. Bordel, une serviette de bain me suffirait en cet instant si elle me permettait d'enlever cette connerie de robe.

Avec cette idée en tête, je me lève comme je peux et sautille cahin-caha vers la salle de bains, où se trouve le fameux placard. En effet, un long peignoir blanc y est suspendu. Je l'attrape et retourne dans la chambre. Mais, à mi-chemin, je me vois dans le miroir… et merde. *Merde.* Je ne me suis pas démaquillée hier soir, et mon mascara forme des taches sous mes yeux et dégouline jusqu'à la moitié de mes joues.

Bordel. C'est un miracle que Miles ait pu me regarder sans hurler de rire. Tout d'un coup, la robe semble le dernier de mes problèmes.

Gênée, agacée, horrifiée, je traîne la patte jusqu'au lavabo et je m'asperge le visage d'eau, sans ménagement, presque jusqu'à me noyer.

Finalement, toute trace de mascara et d'eye-liner disparaît, ainsi que les restes de fond de teint et de rouge à lèvres fuchsia. Mais cela signifie que je me retrouve nez à nez avec moi-même devant le miroir. Cette pauvre vieille Victoria avec sa peau blême et ses yeux marron.

Ma mère se lamentait toujours à propos de mes yeux quand j'étais petite ; elle aurait voulu qu'ils soient bleu barbeau comme les siens. À l'adolescence, ça m'obsédait, comme Pecola Breedlove dans *L'Œil le plus bleu* de Toni Morrison. Au lycée, j'avais même acheté des lentilles de contact pour faire plaisir à ma mère. Mais de faux yeux bleus, c'est encore pire que des yeux marron, en tout cas pour elle. Pour finir, j'ai dû me contenter d'espérer qu'elle comprenne les lois de la génétique. Si elle voulait tellement un bébé aux yeux bleus, elle n'aurait peut-être pas dû épouser un homme aux yeux gris, malgré l'attraction de son compte en banque.

Quand enfin j'ai le visage propre, je me sèche avec l'une des serviettes accrochées près du lavabo, puis retourne à cloche-pied dans la chambre, le peignoir serré dans mes mains. Je le dépose sur le lit et commence à me tortiller pour ouvrir la fermeture éclair dans mon dos.

Ça me prend une bonne minute, mais je parviens à baisser la tirette suffisamment pour faire glisser le vêtement sur ma poitrine et mes hanches. Au moment où j'abandonne la robe par terre, vêtue en tout et pour tout d'une culotte rose vif, la porte de ma chambre s'ouvre sans crier gare.

Et je me retrouve le regard rivé sur les yeux bleu saphir de Miles.

Chapitre 8

Miles

Putain, elle est magnifique.

C'est la première pensée qui me traverse l'esprit alors que je contemple le corps nu de Tori.

Je veux dire, évidemment, ce n'est un secret pour personne que Tori est sacrément sexy. Son allure effrontée, éclatante et provocatrice est ce que tout le monde remarque en premier. Mais la contempler maintenant, découvrir sa peau laiteuse, ses tétons rose pâle, les motifs audacieux qui tatouent une si grande partie de sa poitrine… Elle est à couper le souffle. Envoûtante. Impossible de détourner le regard, alors même que les bonnes manières l'exigent.

Je m'attends à ce qu'elle pousse un cri, se couvre, mais c'est Tori, elle n'a pas froid aux yeux. Elle ne recule pas. Elle se retire peut-être parfois un moment, mais elle ignore ce que signifie le mot « capituler ». C'est pourquoi, au fond, je ne suis pas si surpris qu'elle reste à me rendre mon regard, les épaules droites, le menton relevé d'un air de défi.

— Tu vois quelque chose qui te plaît ? demande-t-elle après plusieurs secondes d'immobilité de part et d'autre.

Si tout d'abord je n'ai pu m'empêcher de la détailler de la tête aux pieds, je garde maintenant les yeux rivés sur son visage.

— Je croyais que tu ne devais pas poser le pied par terre.

— Et moi, je croyais qu'on frappait avant d'entrer. Apparemment, on se trompait tous les deux.

Sans me quitter du regard, elle tend le bras vers le lit et attrape un peignoir en coton blanc, identique à celui que j'ai trouvé dans mon placard en arrivant. Elle l'enfile et ferme la ceinture d'un nœud lâche.

Je me mentirais à moi-même si je prétendais ne pas être déçu de la voir cacher sa peau magnifique, même si, en ne voyant plus ses seins, j'aurai moins de mal à réfléchir… et à respirer.

— Je t'ai apporté ton sac, dis-je en le posant à ses pieds. Et les mules de Chloe, comme promis.

Je lui tends les petites choses roses et douces.

— Ah, d'accord. Merci.

Elle fait un pas vers moi, mais je m'approche le premier et lui pose une main au bas du dos pour la pousser doucement vers le lit. J'essaie de ne pas songer au fait que j'aimerais m'y jeter avec elle.

M'agenouiller devant elle, lui écarter les jambes, et la savourer jusqu'à ce qu'elle jouisse contre ma langue au moins deux fois.

Parce que, soudain, je désire cela tellement fort – bien plus que je ne le devrais –, je me penche pour installer les pantoufles à côté de ses pieds. Recule d'un pas. Puis d'un autre et d'un troisième. Elle est ici parce qu'un connard a abusé de sa confiance. La dernière chose dont elle a besoin, c'est qu'un homme qu'elle méprise tente en plus de la séduire. Je suis peut-être un pauvre type, mais j'ai assez de classe pour ne pas mettre les mains sur une femme qui n'en a de toute évidence aucune envie. Peu importe combien il est difficile de ne pas dévorer des yeux le peu de peau qui se dévoile entre les pans du peignoir.

— Tu as besoin d'autre chose ? demandé-je en me dirigeant à toute vitesse vers la porte.

Elle secoue la tête, les yeux brillant d'un amusement qui indique qu'elle sait bien que j'ai du mal à ne pas tenir compte de ma soudaine érection.

— Je crois que je vais me coucher, essayer de dormir un peu. Je n'ai pas passé une très bonne nuit, et la matinée a été un vrai tourbillon de merde…

Elle s'étire, et le peignoir glisse un peu, révélant davantage de peau laiteuse et de magnifiques tatouages. Alors, je prends mes jambes à mon cou et m'enfuis. Mon self-control n'est pas infini, après tout, et les tatouages, ça a toujours été mon truc. Surtout quand ils sont aussi beaux et audacieux que la femme qui les porte.

Son rire rauque me poursuit dans le couloir, et je referme la porte un peu plus fort que nécessaire.

Elle ne t'aime pas, me dis-je à moi-même – et à ma queue – en m'éloignant dans le couloir vers ma chambre. Surtout qu'elle est vulnérable et esseulée en ce moment. La dernière chose dont elle a besoin, c'est que le frère de sa meilleure amie se mette à avoir des érections en la regardant.

Je me répète ces mots comme un mantra en me repliant vers ma chambre. Ça devrait marcher. Je ne suis pas du genre à me languir d'une femme que je ne peux pas avoir.

Mais il y a quelque chose dans sa façon de me regarder, dans sa petite moue vicieuse, qui m'empêche de l'oublier, malgré toute ma volonté.

J'ai besoin de dormir, mais ma bite est bien trop dure pour ça. Je ne suis pas en état de faire autre chose que baiser, pour être honnête, et comme ça n'est pas possible, je me rends dans la salle de bains et ouvre les robinets de la douche. Puis, j'entre dans la cabine sans attendre que l'eau soit chaude.

Le froid glacial me tombe dessus, et je rentre les épaules et la tête pour me protéger. Ça n'entame en rien mon érection forcenée, pourtant. Et alors que l'eau se réchauffe enfin, j'appuie mon avant-bras sur le mur de la douche et referme la main sur mon sexe.

Quand je commence à la faire aller et venir, des images de Tori tourbillonnent dans ma tête.

Tori magnifique dans sa robe rose vif et ses talons démesurés, ses yeux chocolat voilés par des lunettes de soleil à mille dollars ; son corps à se damner, dévoilé par le plus petit maillot de bain noir qu'il m'ait été donné de contempler.

Tori en jean moulant et débardeur, sexy avec ses cheveux multicolores et les tatouages éclatants de ses épaules.

Et enfin, Tori debout au milieu de cette chambre, vêtue seulement de sa culotte rose bonbon, sa robe à ses pieds, ses tétons durs et dressés.

Putain. C'est cette image qui achève de m'exciter, m'incite à aller plus vite et plus fort. Pendant un moment, j'imagine lui lécher les mamelons, les aspirer l'un après l'autre dans ma bouche et les sucer jusqu'à ce qu'ils deviennent rouges, gonflés et durs comme des diamants. Jusqu'à ce qu'elle crie en s'agrippant à moi, le corps secoué de convulsions sous mes doigts.

Merde. Putain. Oh...

Elle est tellement sexy. Tellement belle, avec ces roses sophistiquées tatouées sur les épaules. Je n'arrive pas à croire comme je l'ai dans la peau, ce que je donnerais pour être en train de la toucher en ce moment, au lieu d'être dans cette cabine de douche. De lui passer les mains sur la poitrine et le ventre. De suivre ses tatouages du bout de la langue. De glisser les doigts entre ses replis humides pour jouer avec son clitoris jusqu'à ce qu'elle jouisse en criant mon nom.

Merde. Une vague brûlante m'envahit à cette pensée, se resserre à la base de mon dos et dévore chacun de mes nerfs. J'ai la queue douloureuse, les boules en feu, et j'accélère encore davantage le mouvement, allant plus vite et plus fort alors que je rêve de poser ma bouche, mes mains, ma bite sur Tori. De jouir dans sa main, entre ses seins, dans son sexe, sur ses lèvres.

Cette dernière image me fait basculer, et je plonge dans un orgasme aussi brutal que dévorant. Je jouis très fort et longtemps, le plaisir me parcourant alors que l'eau chaude tambourine sur ma tête baissée et mes épaules. Je jouis sans pouvoir m'arrêter, le prénom de Tori sur les lèvres et son image brillant devant mes yeux.

Puis, je me laisse aller contre le carrelage frais et tente de retrouver l'équilibre. De reprendre mon souffle. C'est plus difficile que prévu, et je reste de longues secondes planté là, à ordonner à mes genoux de bien vouloir me porter. Et à mon cerveau de ne pas songer à Tori agenouillée devant moi, ses lèvres rouges et charnues autour de ma bite.

Je ne sais pas combien de temps je reste ainsi, mais mes jambes cessent de trembler et l'eau redevient froide. Frissonnant, je me lave rapidement, ferme les robinets et quitte la cabine.

Après m'être séché et avoir enfilé un short, je jette un coup d'œil à mon PC pour m'assurer que mes bots épluchent toujours le Net à la recherche de cette vidéo. Tout va bien, et j'exécute deux commandes de corruption que j'ajoute à leur mission de destruction, puis m'écroule sur mon lit.

Tori n'est pas la seule à avoir besoin d'une sieste.

Mais alors que je m'étire et ferme les paupières, je ne vois rien d'autre que les yeux chocolat de Tori. Ses lèvres rouge passion. Ses seins si magnifiques.

Je roule sur le ventre avec un grognement et martèle mon oreiller. Je ne sais pas ce qui se passe, mais il faut que ça cesse. Sion, je vais passer les prochains jours épuisé – et en érection permanente. Et franchement, je n'ai de courage ni pour l'un ni pour l'autre.

* * *

J'ai dû finir par m'endormir, parce que, lorsque je rouvre les yeux, le réveil indique 15 h 15. J'entends une vibration désagréable près de ma tête, et je suis tellement groggy et désorienté qu'il me faut quelques secondes pour comprendre que ça vient de mon téléphone. Et quelques secondes de plus pour prendre conscience qu'il sonne.

Je tends la main en gémissant et grommelle un bonjour sans même regarder qui est mon correspondant. En même temps, pas besoin : j'attends cet appel depuis ce matin.

— Dieu merci, tu as décroché !

Eh oui, c'est bien ma sœur, plus stressée et affolée que je ne l'aie plus entendue depuis toute cette débâcle avec le frère d'Ethan, Brandon, l'année dernière.

— J'ai besoin d'un service. Je voudrais que tu ailles vérifier que Tori va bien. Tu as vu, sur Internet ? Oui, j'imagine ! J'ai essayé de la joindre toute la journée, mais elle ne répond ni aux messages ni aux appels. J'ai même essayé par Facebook, et rien.

— Elle fait la sieste. Cette histoire l'a vraiment épuisée.

— Bien sûr. C'est un cauchemar. Je te jure, si je pouvais mettre les mains sur Alexander Parsons, je... Eh, attends ! Comment tu sais qu'elle fait une sieste ? Tu es avec elle ?

Je ne sais pas si je dois rire ou me vexer de la surprise de ma petite sœur.

— Oui. Elle s'est pointée ici il y a quelques heures. Elle cherchait un endroit pour se soustraire aux journalistes. Elle ne savait pas que je vivais ici.

Je fais de mon mieux pour garder une voix neutre, mais je me demande si ma sœur avait une raison de cacher à sa meilleure amie que je séjournais chez elle. Peut-être qu'elle a honte de reconstruire une relation avec moi, à cause de notre passé de merde.

Je ne le lui reprocherais pas si c'était le cas. Après tout ce qu'elle a traversé, elle a le droit de me laisser exactement la place qu'elle veut dans sa vie. Je suis reconnaissant qu'elle m'ait pardonné mon rôle dans ce qui s'est passé.

Mais le fait que je sois reconnaissant et que je comprenne ses réticences ne signifie pas que ça ne me blesse pas. Elle a été ma petite sœur pendant un paquet d'années, et c'était à moi de la protéger, de m'assurer que tout allait bien. Ça n'a pas souvent été facile, car elle ressentait la même chose pour moi, et avoir merdé de façon tellement spectaculaire me hantera jusqu'à la fin de mes jours.

— Vraiment ? s'étonne Chloe. Je suis sûre qu'elle était à table avec nous quand on en a discuté, il y a quelques semaines. Elle était peut-être en train de jouer avec Violet, remarque. Bref, comment va-t-elle ? Ça ne lui ressemble pas de m'éviter comme ça. Qu'elle bloque tout le monde, d'accord, mais pas moi.

— Je te l'ai dit, elle est sur les rotules. J'ai dormi quelques heures, mais à ma connaissance, elle comptait faire une sieste. Tu veux que j'aille la réveiller ?

— Non, laisse-la se reposer. Pourquoi la tirer du sommeil et la replonger dans cette horreur plus tôt que nécessaire ?

C'est ce que je pense aussi. Pourtant, il me semble que c'est mon devoir de la rassurer.

— Tori va s'en sortir. Elle était secouée en arrivant ici, c'est certain, mais elle a des nerfs d'acier. Elle va s'en tirer.

— C'est ce que tout le monde croit, proteste Chloe. Mais la vérité, c'est qu'elle est fragile. Elle joue les dures à cuire, mais c'est juste pour cacher sa vulnérabilité.

Je repense à son arrivée : son expression pleine de défiance et ses yeux plissés, sa main qui tremblait alors qu'elle ignorait que je la regardais. Je finis par admettre :

— Tu as peut-être raison.

Avec un grognement, je repousse les couvertures et quitte le lit.

— Je vais aller voir.

— Dis-lui de m'appeler, d'accord ? S'il te plaît.

— Et si tu n'as pas de nouvelles d'ici deux heures, rappelle. Je te la passerai.

— Merci, Miles, soupire Chloe, soulagée.

— Maintenant que c'est réglé, dis-je en entrant dans la salle de bains pour me passer de l'eau sur le visage, parle-moi de ma nièce, la plus belle du monde !

— C'est toujours la plus belle du monde ! Elle est incroyable, merveilleuse, fantastique. Tu as reçu les photos d'elle en train de jouer sur la plage que je t'ai envoyées hier ?

— Oui. Elle est magnifique.

— C'est vrai, hein ? Elle doit tenir ça de son papa.

— Certainement, car tu es un vilain petit canard.

Je pose le téléphone pour m'asperger la figure d'eau.

— Miles !

Je vois bien Chloe lever les yeux au ciel.

— C'est la vérité, affirmé-je en m'essuyant avec une serviette avant de chercher une chemise dans le placard. Tu as toujours été une enfant très quelconque. J'essayais de ne pas le montrer, bien sûr. Je ne voulais pas que tu te sentes mal, tu comprends.

— Je raccroche.

— OK, OK…

J'arrête de lui tirer les cheveux verbalement.

— Comment vas-tu ? La fac, ça se passe bien ?

— C'est dur.

— Tu es en droit à Stanford, répliqué-je, amusé. Évidemment que c'est dur.

— Je sais, pleurniche-t-elle. Mais c'est vraiment, vraiment dur.

— D'accord, mais ça te plaît ?

Elle rit.

— Ça me plaît tellement que je ne sais même pas par où débuter ! J'ai une prof incroyable qui a commencé sa carrière comme clerc chez Thurgood Marshall. Thurgood Marshall, tu te rends compte ? Elle est super. Et un autre de mes enseignants a gagné la plupart des grandes affaires concernant l'écologie dans les années 1980 et 1990 contre des multinationales. Ils ont des histoires de malades à nous raconter !

— J'imagine. Je suis content que ça te plaise.

— Oh oui, c'est vraiment le cas.

— Et Ethan ?

Je quitte la chambre et m'approche de celle de Tori. Si elle est réveillée, je pourrais lui passer le téléphone pour que Chloe arrête de s'inquiéter.

— Il va bien. Tu sais, comme d'habitude. Il travaille, s'occupe du bébé, prend soin de moi…

— Ça se passe toujours bien entre vous ?

— Très bien, Miles. Mieux que ça, même. Et tu le sais.

— Eh, je suis ton grand frère. C'est mon boulot de demander. De m'assurer que tu es heureuse.

Pendant une seconde, le passé s'intercale entre nous. Pendant trop longtemps, je n'ai pas assumé mon rôle de frère ni pris soin d'elle. Je ne me suis pas assuré qu'elle était heureuse. Et soudain, j'ai envie de me mettre des baffes. Malgré son inquiétude pour Tori, Chloe a l'air bien, très bien, même. La dernière chose dont elle a besoin, c'est que je lui parle du passé dans un effort pathétique pour me sentir mieux.

J'attends ses reproches, mais ce n'est pas son style.

— Je suis heureuse à la folie. Tout est parfait... grâce à Ethan. Alors, arrête de te préoccuper de moi, et intéresse-toi plutôt à ton propre sort.

— Pourquoi est-ce que je devrais m'inquiéter de mon sort ? Tout va bien..., dis-je en cognant quelques coups légers sur la porte de Tori.

— Ah bon ? Dans ce cas, quand es-tu sorti avec une fille pour la dernière fois ? Ou toute autre activité qui n'implique pas de passer toutes tes nuits dans ton labo ?

Tori ne répond pas, et je frappe un peu plus fort.

— Désolé, mais je suis allé à une soirée hier soir.

— Combien de fois vais-je devoir te répéter que se réunir avec une bande d'ingénieurs pour discuter de trucs totalement obscurs censés améliorer vos inventions, ce n'est pas une soirée ?

— On ne sera jamais d'accord là-dessus. Mais puisque tu insistes, je me permets de te signaler que ce n'était pas comme ça.

— Vraiment ?

— Je t'assure. J'ai même dansé avec une fille canon, et parlé avec des gens qui n'étaient pas ingénieurs.

— Ouais, bon, juste pour t'informer, les robots ne comptent pas comme des gens. Ni comme des filles canon.

— Je raccroche, dis-je comme elle un peu plus tôt.

— OK, OK, capitule-t-elle en riant. Demande à Tori de m'appeler, d'accord ? Je ne serai pas rassurée tant que je n'aurai pas entendu sa voix.

— Ce sera fait. Et continue à terroriser Stanford.

— Je crois que tu as tout compris à l'envers. Pour le moment, c'est plutôt Stanford qui me terrorise, rétorque-t-elle d'une voix débordante de joie.

— C'est normal, c'est comme dans ça dans les meilleures facs.

Tori ne répond toujours pas derrière la porte, et ça m'inquiète plus que ça ne le devrait. Mais depuis que Chloe m'a expliqué combien elle peut être vulnérable, je ne peux m'empêcher de m'angoisser. Je ne pense pas que Tori risque de se mettre en danger, mais quand même, je serai plus tranquille quand je lui aurai parlé. Quand je l'aurai vue.

— Écoute, je dois te laisser.

— D'accord. Prends soin de Tori pour moi. Et assure-toi qu'elle m'appelle !

— Ce sera fait, je te le promets. Salut, petite sœur.

— Salut, *grand frère.*

— Tu n'es qu'une sale gamine.

— C'est celui qui le dit qui l'est, dit-elle, joyeuse, avant de couper la communication.

Je me retrouve en train de contempler la porte fermée de Tori, avec toute une série de scénarios plus perturbants les uns que les autres qui se bousculent dans mon esprit. Et si elle avait glissé dans la douche et s'était cogné la tête ? Et si elle avait pris sans le vouloir trop de somnifères et était plongée dans le coma ? Et si elle s'était délibérément fait du mal parce qu'elle ne supportait pas toute la merde qui vient de lui tomber dessus ?

Je toque plus fort et l'appelle à pleins poumons. Et comme elle ne répond toujours pas, j'ouvre la porte. Je redoute le pire, mais je croise les doigts pour le meilleur.

J'ai eu tort de paniquer. Tori n'est pas là. Son sac est ouvert à côté du lit, et les mules à froufrou de Chloe ont disparu, ce qui est bon signe.

Après avoir refermé la porte derrière moi, je descends en courant et inspecte rapidement le rez-de-chaussée. Je m'attends à la trouver sur la terrasse, en train de prendre un bain de soleil, ou peut-être devant la télé, dans le salon ou la salle multimédia, mais elle est dans la cuisine, le dos tourné, occupée à piller le frigo.

Elle porte un legging noir et un débardeur blanc tout simple. Pendant une seconde, je ne peux que la contempler. En partie à cause de la courbe voluptueuse de son derrière alors qu'elle se penche dans sa tenue moulante, et en partie parce qu'elle semble vraiment vulnérable ainsi. J'ai l'habitude de la voir en tenue de créateurs ou en *total look* punk, le visage maquillé avec le plus grand soin, arborant une attitude propre à faire fuir une bande de voyous.

Mais comme ça… elle paraît différente. Plus douce. Aussi vulnérable que me l'a décrite Chloe.

Elle se tourne pour poser des ingrédients sur le comptoir, et j'ai l'impression d'être un pervers après m'être branlé en pensant à elle, dans la douche. Parce qu'avec ses cheveux peignés sur le côté et maintenus par une barrette à fleurs et le visage dépourvu du maquillage qu'elle porte chaque jour comme une armure, elle semble avoir quinze ans.

Mais ce n'est pas le cas, me dis-je avant de toussoter pour signaler ma présence.

Elle a plus de vingt ans, et elle vient d'être victime d'une histoire de sextape, qui l'a manifestement secouée. Donc, certes pas l'ado à laquelle elle ressemble en cet instant, mais fragile quand même.

C'est pourquoi, alors que je m'approche, je décide d'enfoncer les mains dans mes poches afin d'éviter toute tentation – comme de suivre du doigt les superbes arabesques de ses tatouages, ou effleurer la peau visible entre son débardeur et son legging.

— Je pensais que tu dormais encore, dis-je en m'arrêtant de l'autre côté de l'îlot central.

— Je n'ai pas réussi. Alors, j'ai décidé de mixer, déclare-t-elle en déversant une barquette de mûres bio dans un saladier pour les laver.

— Mixer ?

— Ouais.

Elle désigne le Vitamix bien-aimé d'Ethan à sa place d'honneur.

— Ton beau-frère est intarissable sur les vertus anti-stress de la confection de smoothies. Et de leur ingestion. Alors, je me suis dit que j'allais essayer.

Elle prend ensuite une barquette de fraises et entreprend de les laver aussi.

— J'ignorais que tu savais…

J'hésite. Peut-on appeler ça « cuisiner » ? Mais elle équeute ces fraises comme une pro.

— Faire quelque chose de mes dix doigts ? Tu n'es pas le seul…

Elle rit d'un air d'autodérision, mais je décèle une légère tension.

Il y a certainement une histoire derrière tout ça, du genre pauvre petite fille riche, mais je ne me sens pas prêt à creuser. Et je ne le serai pas avant d'avoir bu une tasse de café… ou même six.

— J'allais dire que j'ignorais que tu savais cuisiner.

— Je suis consciente que c'est incroyable, mais je suis parfaitement capable de m'occuper de moi-même, souffle-t-elle avec un haussement d'épaules. Et puis, il y a des tas de choses que tu ignores sur moi.

— Je pourrais t'en dire autant, figure-toi.

— Peuh ! Je sais tout ce que j'ai besoin de savoir à ton sujet.

— Tu ne peux pas me réduire à l'erreur que j'ai commise il y a plus de sept ans.

— C'était une erreur colossale.

— En effet. Mais la tienne, d'erreur, c'est une sextape assez salée, et je devine pourtant que tu ne te réduis pas à ça. À moins que tu ne sois rien d'autre que « le petit cul le plus agréable à claquer de la planète » ? me moqué-je en citant les minables commentaires que lui a adressés Parsons.

— Parsons est un pauvre type.

— Aucun doute là-dessus. Et mes parents aussi. J'accepte la responsabilité d'avoir été un crétin ignare qui ne s'est posé aucune question sur la provenance de l'argent que ses parents ont utilisé pour monter la boîte. Mais cette erreur, même si elle était particulièrement funeste, ne me définit pas à elle toute seule.

Pour être honnête, je ne sais pas si c'est Tori ou moi-même que j'essaie de convaincre. Ce qui me pousse à insister :

— De la même façon que cette sextape ne te définit pas, même si c'est l'impression qu'on peut avoir maintenant.

Elle pose le saladier de fraises brutalement sur le plan de travail, et je me prépare pour l'explosion que je vois monter dans les profondeurs de ses yeux. Mais, pour finir, elle ne s'emporte pas. Elle ne dit rien du tout. Elle sépare deux bananes de leur régime et se met à les éplucher.

J'attends quelques secondes pour voir ce qui va se passer. Mais comme rien ne vient, je contourne l'îlot en direction de la cafetière. Après tout, j'ai toujours autant de plaisir à la faire sortir de ses gonds qu'elle en a à m'infliger le même traitement. Mais pas si elle reste sans réaction. Là, je me sens comme un méchant, et je déteste ça.

Tori met le blender en marche au même moment où je commence à moudre le café, et, pendant deux minutes, le bruit dans la cuisine est tel qu'on ne peut pas parler.

Je regarde du coin de l'œil Tori verser les smoothies dans deux verres. Avant que j'aie pu lui dire que je préfère le café, elle tend le bras devant moi et éteint la cafetière, qui n'a même pas eu le temps de chauffer.

Puis, elle pousse un smoothie vers moi avec un regard qui m'informe que je n'ai pas intérêt à refuser.

— L'excès de caféine rend impuissant, assène-t-elle en s'éloignant vers la vaste terrasse qui surplombe l'océan.

L'espace d'un instant, j'envisage de préparer tout de même du café – rien que pour l'embêter –, mais son smoothie a l'air trop délicieux pour que j'y renonce. Je le prends et la suis dehors. C'est juste parce que je veux lui transmettre le message de Chloe. Pas parce que j'ai envie de lui parler.

Le temps que je sorte, Tori est déjà de l'autre côté de la piscine, appuyée au muret de pierre qui borde le patio, à flanc de falaise. À ses pieds s'étend le Pacifique, d'un bleu éclatant, et, bien que ce soit une belle journée, l'eau est agitée et les vagues déferlent sur le sable avec un rugissement qu'on ne peut ignorer.

Il est assez fort, voire insistant, pour que je regarde le ciel en me demandant si un orage se prépare. Mais avant que j'aie pu prendre mon téléphone pour confirmer mes doutes, Tori se tourne vers moi avec un sourire satisfait.

— Je vois que tu prends mon avertissement au sérieux, insinue-t-elle, les yeux rivés sur le smoothie que je tiens à la main.

— J'aime les smoothies. C'est mon droit.

— Ouais, genre, c'est pour ça.

Elle jette un coup d'œil – très appuyé – à mon bas-ventre, et il me faut toute ma volonté pour ne pas me mettre à bander. J'ai beau ingurgiter beaucoup de café, l'impuissance ne me guette pas, et encore moins avec Tori dans les environs.

— Bref, Chloe m'a appelé. Elle s'inquiète pour toi.

Tori semble aussitôt tendue, mais elle ne dit rien. Elle se contente de contempler l'océan, les épaules raides. Ce n'est pas la réaction à laquelle je m'attendais, surtout quand on sait à quel point elle est d'habitude protectrice envers ma sœur. Il faut que je comprenne ce qui se passe.

— Elle a essayé toute la journée de te joindre, mais tu n'as répondu ni aux messages ni aux appels. Je lui ai dit que tu dormais, mais ce n'est de toute évidence pas le cas.

Comme elle ne répond toujours pas, je m'appuie contre le mur à ses côtés et lui donne un petit coup d'épaule.

— Elle ne te juge pas, tu sais.

Elle acquiesce sans quitter la mer des yeux.

— Je suis sérieux. Elle est bouleversée et elle veut t'aider. Tu devrais la laisser faire.

— Il n'y a rien qu'elle puisse faire.

— Elle peut t'écouter. Fomenter ta vengeance contre Parsons, la plus grosse tête de pine de tous les temps.

— Tu devrais lui trouver un autre surnom. Il n'a pas une si grosse pine que ça.

— Ouais, j'ai remarqué.

Enfin, elle se tourne vers moi.

— Tu l'as visionnée.

— Seulement les trente premières secondes.

Je m'abstiens de lui préciser combien de fois j'ai vu ces fameuses trente secondes alors que je vérifiais le travail de mes bots-traqueurs.

— Je suis désolé, ajouté-je.

— Non, non. Tout le monde l'a vue. Pourquoi est-ce que, toi, tu n'aurais pas le droit ?

Mais la façon dont elle baisse la tête et courbe les épaules, comme si elle attendait un coup, dément ses paroles.

Je ne supporte pas de voir Tori – d'habitude si acerbe, si prompte à cogner là où ça fait mal – tellement abattue.

— Tu n'as rien à te reprocher, tu sais. La fuite de cette sextape, c'est sa faute, pas la tienne.

— Je sais.

— Tu es sûre ? Parce que ce n'est pas l'impression que tu donnes.

Elle me fusille du regard.

— C'est quoi, ce sous-entendu ?

— Je veux dire que tu devrais chercher une façon de te venger de Parsons au lieu de rester ici à essayer de noyer ton stress dans un smoothie.

— La vidéo a fuité. Qu'est-ce que je peux y faire, maintenant ?

— Aucune idée. Je suis ingénieur, pas chargé de relations publiques. Mais tu as l'un des meilleurs services en la matière à ta disposition, et au lieu de t'en servir, tu évites les appels de ma sœur.

— Frost Industries ? Tu veux que je demande de l'aide à Ethan ?

Elle secoue la tête.

— Je ne pense pas que tu aies besoin de le lui demander. Chloe et lui n'attendent que ça. Tout ce que tu as à faire, c'est prendre ton téléphone et dire « oui ».

— Ce n'est pas aussi facile.

— Les bonnes choses ne sont jamais faciles. Mais bordel, Tori, tu ne peux pas juste rester là et accepter ton sort ! La presse s'en donne à cœur joie sur ton compte, alors même que c'est lui le connard dans l'histoire.

— Est-ce que ça ne se passe pas toujours comme ça ? Alexander est l'étalon, et moi, je suis la pute.

— Alors, change cette vision des choses ! m'écrié-je en l'attrapant par les épaules pour la secouer. Appelle Chloe. Laisse-la t'aider, avec Ethan. Alexander n'est qu'un salopard opportuniste qui a trahi ta confiance. Pourquoi ne pas répliquer, montrer son vrai visage au monde ?

— Tout le monde se fiche de la vérité.

— Peut-être, mais tu ne peux pas en être certaine tant que tu n'as pas essayé. Tu dois prendre davantage soin de toi, Tori. Tu dois te battre pour toi-même. Tu ne peux pas reprocher aux gens de croire sa version des faits si tu ne leur donnes pas la tienne.

Pendant de longues secondes, elle demeure silencieuse. Elle se contente de se tenir là sans rien dire, à boire son smoothie, et, j'espère, à réfléchir à mes propos. Finalement, il ne reste plus rien de sa boisson. Ni de son air vaincu.

— C'est lui qui a fait ça, dit-elle en posant son verre sur la table la plus proche. Pas moi. Je ne devrais pas être la seule à payer ses conneries.

— Exactement.

— Je vais appeler Chloe, mais pour ça, je dois t'emprunter ton téléphone.

— Ah bon ? Le tien a un problème ? demandé-je en cherchant mon iPhone dans ma poche.

— Non, aucun problème. À part d'être entre les mains de mon père.

— De ton père ? Mais pourquoi ?

Je lui tends mon portable. Elle le prend et inspire un grand coup.

— Parce qu'il m'a reniée ce matin.

Chapitre 9

Tori

— Reniée ? bredouille Miles en me dévisageant, comme s'il n'avait jamais entendu ce mot de toute sa vie. Ça veut dire quoi, exactement ?

— Tu sais bien, *reniée*. Je ne suis plus sa fille. Plus son problème. Je n'ai plus accès à mon fonds de placement… pas plus qu'à mon appartement, ma voiture, mon PC, mon téléphone, et tout ce que j'ai payé avec. Reniée.

Il semble toujours perplexe – ce qui, en d'autres circonstances, me ferait rire, car je n'aurais jamais cru être capable de prendre en défaut le génie officiel de la maison. Je me lance donc dans une nouvelle définition de l'adjectif. Mais il lève la main pour m'arrêter, et j'obéis. Ce n'est pas comme si j'avais envie de le lui détailler une deuxième fois, de toute façon.

Il reste silencieux quelques secondes, les yeux rivés sur moi, comme s'il tentait de comprendre. Il doit se demander si je plaisante ou non. J'aimerais bien que ce soit le cas…

Le silence devient gênant – en tout cas pour moi –, lorsqu'il demande enfin :

— Serais-tu en train de me dire que ton père t'a jetée dehors ce matin ?

— Grosso modo, c'est bien ça.

— Alors que l'endroit grouillait sans doute de paparazzis...

— Tu peux enlever le « sans doute », dis-je en m'appliquant à prendre un air désinvolte. Il y en avait partout.

J'ai dû me livrer à des manœuvres furtives et complexes pour leur échapper. Et même ainsi, je n'ai pas entièrement réussi. Ils ont pris des tas de photos pendant que je sortais du bâtiment, et d'autres pendant que je me faufilais à l'intérieur de mon club de gym, d'où je suis ressortie par une porte latérale, après avoir demandé la permission au manager. J'ai certes réussi à les semer, mais ils ne sont pas tombés de la dernière pluie. Il y en avait tout un groupe qui m'attendait en bas de l'allée d'Ethan et Chloe.

Sachant à quoi je ressemblais en arrivant, avec mon maquillage qui avait coulé, mon pied en sang et ma robe de soirée de la veille, je n'imagine que trop bien quels seront les titres des torchons people demain. La plupart d'entre eux vont se contenter d'un « Tori Reed en Cendrillon trash », mais il y aura aussi de l'inattendu. Quelques surprises pour m'arracher une grimace.

— Il t'a jetée dehors au milieu d'une horde de paparazzis sans même ton téléphone ni ton porte-monnaie ? Sans argent ?

— Pour sa défense, il m'a quand même accordé cinq minutes pour attraper ce dont j'avais besoin.

— Du moment que ça n'incluait pas tes cartes de crédit ou quoi que ce soit qui puisse t'être réellement utile.

— Tu devrais arrêter de parler, dis-je en sentant mon estomac recommencer à se convulser.

— Pourquoi ? demande-t-il en haussant les sourcils.

— Parce que tu arrives à rendre cette situation, déjà pourrie, un million de fois plus pourrie.

— C'est parce qu'elle est plus que pourrie. Ce qu'il t'a fait est insensé. Te jeter à cette meute de hyènes sans aucun moyen de te protéger… Quel genre d'homme agit de la sorte ?

— J'avais deux cents dollars dans ma table de chevet.

Il ne semble pas adouci.

— Mais pas de téléphone pour appeler un taxi. Et pas de chaussures pour rendre un peu moins inconfortables les trois kilomètres parcourus.

— Encore une fois, j'avais cinq minutes pour prendre ce dont j'avais besoin. C'est moi qui ai été idiote d'oublier mes chaussures.

— Et lui n'a pas pensé à y remédier quand il t'a traînée jusqu'à la porte.

— Tu recommences, tu décris ça comme si c'était horrible.

J'essaie de paraître désinvolte, mais ma voix se brise.

— C'est horrible, Tori. Carrément affreux.

Pour la première fois depuis mon arrivée, il me regarde avec compassion. Et ça me met en colère.

Je me racle la gorge pour être certaine qu'aucun autre trémolo agaçant ne viendra me trahir.

— Fais-moi confiance, Miles. Tu n'as pas besoin d'avoir pitié de moi. Je le fais très bien toute seule.

— Je n'ai pas pitié de toi. Je suis énervé pour toi. Ce sont deux émotions totalement différentes. Il n'avait pas le droit de te traiter comme ça.

Je m'apprête à lui expliquer que, dans ma famille, mon père a tous les droits qu'il veut s'arroger. Le droit de coucher à droite et à gauche bien avant que ma mère et lui arrivent à leur petit « arrangement ». Le droit de rater les anniversaires de ses enfants, leur remise de diplômes et tous les événements valorisants, s'il avait quelque chose de plus intéressant à faire. Celui de nous envoyer en pension quand il nous avait assez vus. Et de nous faire rentrer, qu'on le veuille ou non, quand il voulait montrer au monde quel père de famille dévoué il était.

Mais lui confier cela ne ferait que me rendre encore plus pitoyable, et c'est la dernière chose dont j'aie envie. Je suis à l'aise avec la saine animosité qui s'est construite entre Miles et moi au cours de l'année écoulée. Changer une équipe qui gagne ne paraît pas tellement possible.

Malgré la façon dont il m'a regardée tout à l'heure.

L'idée de ses deux yeux bleus en train de scruter mon corps, brillants et curieux, tellement sexy, me fait frissonner de l'intérieur. Et ce n'est vraiment pas ce dont j'ai besoin maintenant. J'ai assez de problèmes sans me mettre à baver de désir devant le frère de ma meilleure amie, connard de son état. Surtout quand je dois habiter avec lui quelque temps. Et encore plus à présent qu'il commence à avoir l'air un peu moins trouduc que ce que je pensais.

— Dis-moi que tu sais que j'ai raison, reprend Miles quand le silence devient pesant. Dis-moi que tu sais que tu n'as rien à te reprocher. Avec ton père comme modèle, pas étonnant que tu te sois laissé séduire par un pauvre type comme Parsons.

— Ça, c'est sûr, ce n'est pas ma faute si Alexander est le roi de cons. Le fait d'avoir couché avec lui, même si ça fait plus de deux ans, me donne envie de vomir.

— La vidéo a deux ans ?! s'écrie Miles. Tu l'as dit à ton père ?

— Bien sûr. Et aussi que je n'avais jamais autorisé Alexander à nous filmer au lit. Mais ça, il s'en fout.

— Ton père est un vrai fils de pute, tu es au courant ?

Je voudrais avoir des arguments à lui opposer, mais ce n'est pas le cas. Certes, qui aime bien châtie bien, mais je suis la première à dire que mon père est allé trop loin aujourd'hui. Surtout quand il a insinué que j'aurais mieux fait de coucher avec Alexander pour lui éviter – à lui et à sa société – la gêne d'avoir une fille star involontaire du porno.

Je ne m'en ouvre pas à Miles. D'une part, parce que c'est ce que je trouve le plus humiliant dans cette débâcle – l'idée que mon père se soucie si peu de moi et de mon consentement –, et d'autre part, parce que Miles semble sur le point d'avoir une attaque. Même si je n'en ai pas grand-chose à faire de lui, je ne veux pas être responsable de la rupture d'un vaisseau dans l'énorme cerveau du frère de ma meilleure amie.

Finalement, j'opte pour la désinvolture. C'est facile, et surtout, c'est une technique dans laquelle j'excelle : cacher la souffrance que j'éprouve depuis plus longtemps que je ne saurais le dire.

— Oui, mais je vais avoir des tas de trucs à raconter à mon psy. Quand j'aurai de nouveau les moyens de me payer un psy, je veux dire.

Il s'apprête à répondre, mais son téléphone vibre. Il me le tend sans même prendre la peine de le regarder.

Merde. C'est Chloe. J'espérais avoir un peu plus de temps pour décider de ce que vais lui raconter, mais c'est fichu.

Je prends l'appareil et balaie l'écran du doigt pour répondre. Miles s'éloigne vers la maison afin de ne pas me déranger. Merde. Depuis quand il est tellement parfait, lui ?

— Allô ?

La voix de ma meilleure amie envahit mon oreille.

— Tori ! Ah, Dieu merci ! J'étais morte d'inquiétude. Tu vas bien ? Je me doute que non. Je te jure, si je pouvais attraper ce tordu, je lui arracherais la bite moi-même. Enfin, si je la trouve, ce qui n'est pas certain à en juger par la vidéo. Et est-ce que je peux te poser une question ? Il n'est pas un peu bête pour avoir laissé fuiter une sextape qui non seulement montre qu'il en a une toute petite, mais qu'il est aussi folichon qu'un bonnet de nuit ?

Elle semble tellement incrédule que ça me colle un fou rire, au point de pleurer. Je refuse de penser que ce sont les premières larmes que je m'autorise à verser depuis le début de ce cauchemar. Depuis je ne sais quand, pour être honnête. On peut faire confiance à Chloe pour que, lorsque je m'abandonne enfin, c'est autant sous l'effet de l'hilarité que de la rage et de la frustration.

— Crois-moi, Chloe, ce n'est pas juste une apparence. Bonnet de nuit, c'est le moins qu'on puisse dire.

— Évidemment ! Sinon, pourquoi agir de la sorte ? Quel idiot…

— Heureusement pour lui que le succès à Hollywood n'est pas proportionnel à la taille du cerveau… ou d'autre chose.

— Tu ne savais pas, Tori ? C'est pour ça que le héros a toujours un gros fusil. Pour compenser.

— C'est à moi que tu le dis ?

Elle redevient sérieuse, et sa voix se défait de son indignation.

— Comment tu vas ? En vrai ?

Je reprends mon attitude désinvolte et lui raconte que je vais très bien. Mais c'est Chloe, et j'ai toujours été incapable de lui mentir. Cette fois, quand je me mets à pleurer, c'est de rage, de peur et d'une détresse que je m'autorise rarement à éprouver.

— Je suis tellement en colère, tu sais ? Tellement, tellement en colère ! sangloté-je.

— C'est normal. C'est vraiment un…

Elle laisse sa phrase en suspens le temps de trouver une insulte assez méchante pour décrire Alexander.

Je renifle un peu.

— Ton frère l'a qualifié de « plus grosse tête de pine de tous les temps ».

— Mon frère est très intelligent. Précis au point que ça en devient dégoûtant, mais très, très intelligent.

Cette fois, je ris à travers mes larmes, et non l'inverse. Et malgré toutes les merdes qui me sont tombées dessus aujourd'hui, ça me remonte un peu le moral. À moins que ce soit juste l'effet de ma meilleure amie sur moi.

Ma meilleure amie et son frère, pour être honnête, car, à ma grande surprise, Miles me soutient lui aussi.

Comme je ne sais pas trop ce que je ressens à ce sujet, je m'applique à tout raconter à Chloe, y compris ma merveilleuse idée de suggérer à Alexander de faire fuiter une sextape pour gagner en popularité. Comme toujours, elle m'écoute sans m'interrompre. Mais son silence ne signifie pas qu'elle n'est pas attentive. J'imagine sans peine son cerveau de juriste en train d'élaborer tous les scénarios possibles au fur et à mesure que je lui explique la situation.

Me confier me fait du bien. Et du mal en même temps, car tout ça devient encore plus réel.

Depuis que je suis arrivée, j'ai tenté de ne pas songer à l'ampleur du désastre qui m'atteint en remettant à demain la recherche de solutions. Mais à présent que j'ai tout exposé à Chloe, et que j'attends qu'elle finisse de réfléchir, j'ai dû mal à ne pas penser à la catastrophe qu'est devenue ma vie.

C'est aussi plus difficile de ne pas céder à la panique.

Je la sens monter en moi, effleurer de ses contours durs et implacables mon ventre, mon cœur, l'intérieur de ma peau. Je refuse de me laisser aller, de la laisser sortir pour que tout le monde la voie, mais ça n'empêche pas qu'elle soit là. Que mon cerveau répète en boucle : « Que vais-je faire, que vais-je faire ? »

Mais, malgré la panique, je sais que j'ai plus de chance que la plupart des gens. Certes, j'ai tout perdu ce matin, mais j'ai un toit au-dessus de ma tête. Et des amis qui se soucient de moi. C'est plus que beaucoup de personnes, et je dois me concentrer là-dessus, pas sur la peur qui ne m'a pas quittée depuis que mon père a lancé cette vidéo sur son téléphone, dans ma cuisine.

Ce n'est qu'une fois que j'ai fini, que j'ai craché jusqu'au dernier mot de cette histoire sordide, que je m'aperçois que j'ai les genoux qui s'entrechoquent. Je suis assez intelligente pour savoir que je ne peux pas lutter contre les tremblements. Aussi, je me laisse glisser contre le mur pour m'asseoir par terre, les jambes repliées contre la poitrine, agrippée au téléphone de Miles comme à une bouée, attendant que Chloe parle.

Elle prend son temps, attentive à examiner chaque point comme elle le fait toujours. Et lorsque, enfin, elle s'exprime, c'est pour poser la seule question à laquelle je n'ai pas de réponse.

— Qu'est-ce que tu veux faire ?

— Je ne... qu'est-ce que tu veux dire ?

— Tu es au milieu d'un vrai tourbillon d'injustices. Entre Alexander, ton père et les journalistes qui ont senti l'odeur du sang, tu es carrément fichue.

— Waouh, merci de me remonter le moral.

— Je suis réaliste, c'est tout.

— Crois-moi, j'ai bien saisi la réalité. C'est pour ça que je me cache chez toi avec ton frère. Tu n'imagines pas que je resterais en compagnie de Miles si j'avais le choix ?

— Miles n'est pas si affreux, Tor. Tu sais qu'il a lancé toute une série de bots qui écument Internet pour retrouver chaque repost de cette saleté de vidéo afin de les détruire ?

Mon cœur manque de s'arrêter.

— Quoi ? De quoi tu parles ?

— Je parle du fait qu'il a passé des heures, tôt ce matin, à mettre en place un système pour faire disparaître la vidéo presque aussi vite qu'elle apparaît. Il a même piraté certains des plus grands sites people pour effacer le lien vers elle.

— Je ne… Je ne peux pas…

Je suis totalement noyée, incapable de comprendre ce qu'elle me raconte. C'est la dernière chose à laquelle je m'attendais.

— Comment tu le sais ? C'est lui qui te l'a dit ?

— Il n'en a pas eu besoin. Quand on a découvert la vidéo, Ethan a commencé à faire la même chose. Mais quelqu'un l'avait pris de vitesse. Quelqu'un dont il a aussitôt reconnu la manière de coder.

— Miles.

— En personne. Mais ce n'est pas parce qu'il a réussi à ralentir de façon spectaculaire la progression de la vidéo que l'histoire a disparu. Ils en parlent sur les sites people les plus importants des États-Unis et de Grande-Bretagne… et de quelques autres pays, aussi.

— Si c'est censé me remonter le moral, c'est un échec spectaculaire.

— Non, j'essaie de comprendre comment tu veux y remédier.

— Mais qu'est-ce que je peux bien faire ? Comme tu le dis toi-même, l'histoire circule déjà.

— Oui, mais actuellement, c'est Alexander et ses gars qui contrôlent la situation. Et tu peux changer ça.

— J'ai l'impression d'entendre ton frère.

— Je crois qu'on a déjà convenu que mon frère est brillant.

— Oui, mais je ne veux pas donner ma version. Je ne veux pas déclarer la guerre à Alexander. Tout ce que je veux, c'est fermer les yeux et prier que tout ça n'ait jamais existé.

— Tu laisses la peur prendre le dessus. Et la honte.

— C'est normal. J'ai peur. Et j'ai honte.

— Mais tu n'as aucune raison. Bon, la peur, d'accord. On vient de te faire tous les croche-pieds du monde en une seule journée. Mais la honte ? Il n'y a rien dont tu doives avoir honte !

— Y a une vidéo où l'on me voit baiser qui fait le tour d'Internet. Je crois bien que j'ai de bonnes raisons d'avoir honte.

— Premièrement, j'ai vu la vidéo en entier, et, comme je te l'ai déjà dit, c'est plutôt à Alexander de se sentir ridicule. Tu es très belle dans ce film. Deuxièmement, c'est sa faute, pas la tienne, si la vidéo a été postée. Tout ce que tu as fait, c'est d'avoir eu confiance en ton petit ami.

— Ouais, eh ben, je l'ai bien choisi, pas vrai ?

— Tout à fait, répond-elle avec humour. Mais écoute, ça nous arrive à toutes au moins une fois, non ? Réfléchis. Combien de femmes, à ton avis, sont sorties avec des hommes qui leur ont fait du mal ? Qui ont trahi leur confiance ? Qui ont posté des photos ou des vidéos intimes sur Internet, juste comme ça ? Ou qui les ont envoyées à leurs amis, leurs potes du sport ou de la fac, pour paraître cool ?

— Plein, soupiré-je de mauvaise grâce.

— Des centaines de milliers. Peut-être même des millions. On connaît presque tous quelqu'un qui en a fait les frais, et on a presque toutes peur que ça nous arrive. Je veux bien reconnaître que, comme toujours, tu as fait les choses de façon plus spectaculaire que la plupart des gens…

— Ça, je ne te le fais pas dire ! acquiescé-je avec un petit rire.

— Mais ça signifie seulement que tu dois t'adresser à davantage de personnes. C'est un vrai problème qui a besoin d'une porte-parole. Ça pourrait être toi. Tu peux changer les choses. Tu peux relancer le débat d'une façon complètement nouvelle…

— Bordel, Chloe ! On n'est pas dans *Hunger Games*, je ne vais pas fomenter une révolte. Tout ce que je demande, c'est de pouvoir vivre ma vie.

— Je comprends. Vraiment, insiste-t-elle en m'entendant étouffer un soupir incrédule. Mais, si tu mets juste la tête dans le sable, que tu te caches pendant qu'Alexander garde le contrôle, il gagne.

— Mauvaise nouvelle, Erin Brockovich. Il a déjà gagné.

C'est elle qui ricane à présent.

— Assez de citer des films ! J'ai compris.

— Tu es sûre ? Vraiment ? Parce que, ce que tu me suggères, c'est de défier toute la clique des mecs friqués…

— Absolument. Il est grand temps que quelqu'un le fasse.

— Mais c'est obligé que ce soit moi ? dis-je en élevant la voix, agacée.

Je n'arrive pas à croire que Chloe m'incite à cela, qu'elle puisse penser que je doive défier non seulement Alexander, mais aussi tout Hollywood, et l'opinion publique par-dessus le marché.

— Non, ce n'est pas obligé. Mais ce serait mieux.

— Pourquoi ? Parce que je suis celle dont on parle le plus en ce moment, c'est ça ?

— Je ne vais pas te mentir, évidemment que c'est en partie pour ça. C'est une raison. Mais je pense aussi que ça devrait être toi parce que tu es géniale, Tori. Tu es pleine d'énergie, pleine d'esprit, intelligente, belle, et la plupart du temps, tu ne te laisses pas faire. En toute honnêteté, il n'y a personne que j'aie plus envie de voir relever ce défi que toi.

— Je crois que tu te berces d'illusions à mon sujet, ô, ma meilleure amie.

— Je ne crois pas que ce soit moi qui me berce d'illusions. Écoute, prends ton temps. Réfléchis. Si tu fais ça, et que tu décides que tu veux vraiment défier Alexander, on peut trouver un moyen de s'en occuper.

— Je te l'ai déjà dit, je n'ai pas envie de m'en occuper. Tout ce que je veux, c'est que l'histoire tombe dans les oubliettes après une autre actualité.

— L'affaire ne va pas s'étouffer toute seule si tu ne t'en occupes pas. Elle sera toujours là, à attendre qu'un connard la ressorte. Dans une soirée, un entretien d'embauche, ou dans la presse si Alexander décide de jouer dans un film un peu sexy et que ses agents pensent que ça va lui faire de la pub.

Bordel. Je sais que Chloe a raison, mais l'entendre l'énoncer comme ça me file la nausée. Je ne peux pas y croire. Je ne peux pas croire que ma vie se résume à ça. Et que, quoi que je fasse, elle va continuer à se résumer à ça pendant un bon moment.

Mon nom sera cité aussi bien pour mettre les jeunes filles en garde que pour faire des blagues à la télé, et je n'y peux rien.

Si, tu peux suivre les conseils de Chloe, me chuchote une petite voix dans ma tête.

Mais je n'en ai pas envie. Je ne veux pas devenir le porte-drapeau d'une cause. D'accord, ça fait deux mois que je me suis racheté une conduite, mais ça ne veut pas dire que je suis prête pour ça. Surtout pas quand on sait qu'il suffit d'avoir un compte Instagram pour trouver des photos de moi bourrée, ou en train de danser en Bikini sur la plage, ou... On va droit au désastre.

Pourtant, je songe à ce que j'ai éprouvé en voyant la vidéo ce matin. Quand j'ai posé les yeux sur le visage de mon père. Quand j'ai compris que le monde entier m'avait vue nue et vulnérable, juste parce qu'Alexander l'avait décidé. Pire, les gens me jugent là-dessus, se moquent de moi, se branlent devant la vidéo... Ça me donne envie de crier.

De pleurer.

Et surtout, de m'assurer qu'il ne fasse pas subir la même chose à quelqu'un d'autre. Après tout, s'il nous a filmés, il l'a sans doute fait avec beaucoup d'autres femmes. Qui me dit qu'il ne leur jouera pas le même tour si elles le contrarient un jour ?

— Comment on peut être sûres que ça va marcher ? demandé-je pour couper court à toutes les pensées qui tournent en boucle dans ma tête. Même si je me bats contre Alexander, même si je révèle à l'opinion publique que c'est lui qui a fait fuiter la vidéo, qu'est-ce que ça change ? Qui va me croire ? Ce n'est pas comme si on pouvait prouver que c'est lui : il est peut-être idiot, mais il sait se défendre. Il est assez malin pour ne pas laisser de traces.

— Tu dis ça pour me tuer ? s'étrangle Chloe. Tu crois que tu as qui, à tes côtés ? Beavis et Butt-Head ? Quand Ethan et Miles travaillent ensemble, rien ne peut les empêcher d'arriver à leurs fins. Ils sont capables, à eux seuls, de lancer un projet de dessalinisation de l'eau pour pas cher et de mettre fin à la sécheresse en Californie. Alors, je crois bien qu'ils peuvent trouver l'adresse IP dont est issue cette vidéo. Tout ce que tu as à faire, c'est leur dire que ta décision est prise.

Mais ma décision n'est pas prise. Je suis complètement perdue. Ça fait moins de douze heures que ma vie est tombée en morceaux. Je ne crois pas que ce soit trop demander que d'avoir un peu de temps pour analyser la situation, avant de commettre un acte que je pourrais regretter.

Chloe comprend sans doute ce que je ressens. Quelques secondes plus tard, elle reprend :

— Je sais que c'est une grosse décision à prendre. Que tu es paniquée. Et que, dans un monde parfait, tu pourrais te mettre au lit et te cacher sous ton oreiller en attendant qu'une autre célébrité fasse une bêtise. Mais on n'est pas dans un monde parfait, soupire-t-elle, et tu es assez visible sur la scène publique pour que ce soit un potin à deux entrées. Ça ne disparaîtra pas si on ne s'en charge pas. Du coup, je te propose de prendre la nuit pour réfléchir. Entre-temps, le service des relations publiques d'Ethan fera une déclaration en ton nom…

— Je ne veux pas faire de déclaration !

Je pleurniche, mais je sais qu'elle a raison. Plus j'attends sans réagir, plus l'affaire prendra de l'ampleur. Nous restons silencieuses deux longues minutes.

— Très bien… Il y aura quoi, dans la déclaration ?

— Que ce qui se passe entre deux adultes consentants ne regarde qu'eux, un truc dans le genre. Et que ta seule erreur a été de faire confiance à l'homme que tu aimais. Le service juridique va aussi s'en mêler et rappeler aux gens que la diffusion de cette vidéo ou d'images qui en sont extraites, sans le consentement exprès des personnes impliquées, est répréhensible tant d'un point de vue légal qu'éthique. Et on conclut avec une injonction de ne pas reproduire ces images, que les avocats d'Ethan ont déjà remplie pour toi.

Submergée de gratitude, j'enfouis le visage entre mes genoux. Évidemment, Ethan et Chloe sont là pour moi. Bien sûr. Et apparemment, Miles aussi. Qui aurait cru cela possible ?

Avant que Chloe ait pu ajouter autre chose, j'entends Violet pleurer au loin.

— Va t'occuper de ta fille.

— Elle peut attendre quelques minutes. Ethan est avec elle.

— Oui, mais c'est son cri de l'estomac, et Ethan ne peut rien pour elle. Merci. Pour tout, dis-je d'une voix tremblante.

— Tu aurais fait pareil pour moi. D'ailleurs, tu l'as fait. Qui m'a tenu la main pendant la débâcle avec Brandon ?

— Ethan.

— Sachant que, la plupart du temps, je ne le laissais même pas s'approcher de moi…

Les hurlements de Violet redoublent d'intensité.

— Va chercher ta fille. Je vais bien. Je te jure.

— C'est vrai ?

— Oui. Et je te promets de penser à ce que tu m'as proposé. En attendant, dis à Ethan de diffuser la déclaration.

— D'accord. Tout va s'arranger, Tori, reprend-elle après une pause. Je sais que ça paraît impossible maintenant, mais je t'assure que ça va aller. Repose-toi, on se reparle demain. Ou ce soir. Tu sais que tu peux m'appeler quand tu veux.

— Oui, je sais.

Une fois qu'elle a raccroché, je reste un moment là où je suis. À penser, et aussi à essayer de ne pas penser. Mais l'évitement ne peut pas m'amener bien loin, et je finis par me lever et me diriger vers la maison. Je suis à mi-chemin lorsque Miles apparaît devant la porte-fenêtre, le regard inquiet, presque méfiant.

Soudain, toutes les émotions de ces dernières heures remontent. La colère, la peur, la gratitude, l'amour, la détermination, et je m'approche de lui à grands pas. Je passe les bras autour de son cou, enfouis les doigts dans ses cheveux, attire son visage vers le mien.

Et je l'embrasse avec toute la passion et la fureur accumulées depuis les événements, mes lèvres bougeant sur les siennes alors que je me libère de tout ce que je ressens, de tout ce que je suis en cet instant, pour le lui transmettre.

Chapitre 10

Miles

Bordel. Bordel. Bordel.

Au début, c'est tout ce que je parviens à penser alors que Tori m'empoigne. Alors que ses doigts se mêlent à mes cheveux et que sa bouche dévore la mienne. Mais une fois revenu de ma surprise, je suis envahi par son goût, son odeur, son contact. Parce que, bordel, elle a une saveur si délicieuse. Une fragrance merveilleuse. Un contact de rêve. Comme de la cannelle et de la vanille mêlées en un seul être, doux et charmant.

Je commence juste à profiter lorsqu'elle fait un geste pour s'écarter, mais il n'en est pas question. Sans que je le veuille, mes bras se serrent autour d'elle et je pivote afin de l'appuyer contre le mur de la maison et de me coller contre elle.

J'accentue le baiser, ma langue se faufilant dans sa bouche pour la titiller, la taquiner, et s'enrouler autour de la sienne. Elle gémit, et crispe si fort les doigts dans mes cheveux que ça me fait mal. Mais ça ne me dérange pas – pour tout dire, ça m'excite encore plus. Toutefois, ça déclenche un signal d'alarme dans ma tête. Je m'arrête un moment et m'éloigne juste assez pour la regarder dans les yeux. Être sûr qu'elle est d'accord. Certes, c'est elle qui a pris l'initiative, mais c'est moi qui ai accéléré le mouvement et, après tout ce qui s'est passé aujourd'hui, je ne veux surtout pas qu'elle ait l'impression de perdre le contrôle sur son corps.

Mais elle a les yeux écarquillés, les pupilles déjà dilatées, comme perdues, et, lorsqu'elle s'accroche à moi pour m'attirer de nouveau contre elle, toute velléité de reculer s'évanouit. Pas alors qu'elle est aussi bouleversée que je le suis.

Au lieu de la lâcher, je prends son visage entre mes mains et passe mon pouce sur sa mâchoire puis sa gorge, jusque dans le creux de sa clavicule. Je sens battre son pouls, rapide et affolé, sous sa peau délicate. Ça m'excite encore davantage. J'ai la queue qui durcit et le corps qui brûle de désir de la goûter encore.

Ce n'est pas juste mon corps, c'est moi tout entier qui en veux plus, bien plus.

Je veux tout, tout ce qu'elle accepte de me donner.

Plongé en elle, plongé en cet instant, je me penche pour prendre de nouveau sa bouche avec la mienne. Mais elle me gagne de vitesse et m'attire vers elle d'un geste brutal, jusqu'à ce que nos lèvres manquent de se cogner.

C'est violent, sauvage et charnel, le genre de baiser qu'on voit dans les films ou dans les livres, où le reste du monde cesse d'exister, où tout disparaît, excepté l'autre. Ce baiser. Cet entremêlement de langues, de corps, de sensations.

L'instant se prolonge, tout en langues qui se frottent, en dents qui mordent les lèvres délicates, en mains qui effleurent la peau brûlante et sensible. Elle respire fort maintenant – moi aussi –, et je ne m'écarte toujours pas. Je ne lâche pas. Elle non plus.

Elle referme les dents sur ma lèvre inférieure, assez fort pour provoquer une douleur qu'elle apaise de quelques doux coups de langue. Elle recommence, à de si nombreuses reprises que j'ai l'esprit embrumé, les sens dépassés.

J'ai envie de la toucher, de passer une main sous son débardeur pour lui caresser les seins. De pincer son téton entre le pouce et l'index. D'introduire deux doigts au plus profond d'elle et de l'entendre gémir dans l'orgasme. Mais ce n'est que notre premier baiser, surgi de nulle part qui plus est, lors du jour le plus difficile de sa vie.

C'est cette pensée, plus que toute autre, qui m'incite à reculer, à appuyer le front contre le sien, les mains sagement posées sur sa taille. Nous reprenons notre souffle.

— C'était quoi, ça… ? finit par demander Tori, les yeux écarquillés et la voix tremblante.

Je m'écarte avec un sourire radieux.

— À toi de me le dire. C'est toi qui m'as embrassé, après tout.

Elle rit un peu, puis me pousse au niveau des épaules et me force à reculer, bien contre mon gré.

— C'était pour te remercier.

— Ah ouais ?

Je la suis alors qu'elle se dirige vers la cuisine. Je ne lui laisse que quelques pas d'avance avant de la prendre par la main et de la tourner vers moi.

— Je ne sais pas ce qui me vaut tes remerciements, mais je les accepte. En fait, tu n'aurais pas envie de me remercier encore ?

Je me penche vers elle dans l'idée de lui voler un baiser rapide. Je m'attends à ce qu'elle me repousse, qu'elle me gifle même, peut-être. Ce ne serait pas la première fois qu'elle me frappe, tant elle est protectrice avec Chloe. Mais elle ne fait ni l'un ni l'autre. Elle me laisse l'embrasser. Mieux encore, elle me rend mon baiser. Et même s'il n'est pas aussi sensuel et enfiévré que le précédent, c'est un plaisir immense de sentir ses lèvres s'étirer en un sourire contre les miennes.

Cette fois, c'est elle qui s'écarte la première. Je la regarde s'approcher du frigo et commencer à sortir des légumes. Quand je fais les courses, j'ai tendance à en acheter beaucoup au hasard, avec le vague projet de concocter un plat délicieux. La plupart du temps, ils restent au frais jusqu'à ce que Chloe vienne me rendre visite et mitonne une petite recette. Je suis peut-être un grand inventeur, mais sûrement pas un chef.

En la voyant laver un bouquet de brocoli nain, je me sens tout de même lié par l'honneur et demande :

— Tu as besoin d'aide ?

— Ça va aller. Je connais tes talents de cuisinier, répond-elle avec un regard taquin.

— Eh, je sais suivre une recette aussi bien que n'importe quel homme.

— Oui, n'importe quel homme aveugle et amputé des pouces.

Elle pose le brocoli sur la planche à découper de l'îlot central avant de nettoyer des champignons et des asperges.

— Je suis vexé.

— Vexe-toi si tu veux. Il n'y a que la vérité qui blesse, commente-t-elle en me caressant la joue de sa main mouillée. La dernière fois que j'ai mangé un truc que tu avais cuisiné, j'ai failli me casser une dent en mordant dans mon hamburger.

— C'était un nouveau gril. J'apprenais tout juste à m'en servir.

— Oui, mais bon, là, c'est une toute nouvelle cuisine pour toi, alors je préfère ne pas prendre de risques. Et puis, vois ça comme un dîner de remerciements. Je ne peux quand même pas te demander de participer aux préparatifs !

— Je ne vais pas me battre pour cuisiner. Mais c'est la deuxième fois que tu me remercies en cinq minutes, et, pour être franc, je ne sais pas trop ce que j'ai fait pour mériter un baiser et un repas maison.

— Chloe m'a raconté ce que tu as entrepris.

— De quoi tu parles ? dis-je, un peu affolé. Que t'a dit ma sœur, précisément ?

— Tu veux vraiment jouer les idiots ?

Elle me lance un regard et, n'obtenant pas de réponse, soupire.

— Très bien. Je sais que tu as créé des bots pour trouver tous les reposts de la vidéo et les détruire. Je suis certaine que tout ce travail justifierait bien plus qu'un dîner, mais je suis fauchée, alors il faudra s'en contenter.

Bordel. Elle se fout de ma gueule ? Frustré et plus énervé que je le devrais par son raisonnement, je réponds sèchement.

— Tu n'as pas besoin de me remercier pour ça.

— Quoi ? rétorque-t-elle, abasourdie. Bien sûr que si ! C'était très gentil...

— Non. Tu n'as pas besoin. Vraiment, tu n'as pas besoin.

Je lui arrache la barquette de champignons des mains et la pose si brutalement sur le plan de travail qu'elle s'écrase un peu. Je serre les poings sur l'effet d'une rage que je n'ai pas sentie monter.

— Tu ne comprends pas que c'est toi la victime, dans cette histoire ? Que c'est de ta confiance qu'on a abusé, que c'est toi qui as subi une violence de la part de ce pauvre type, ce freluquet ! Tu n'as pas besoin de me remercier de me comporter comme n'importe quel être humain décent devrait le faire. Aucune femme ne devrait avoir à remercier quelqu'un pour ça. Je ne sais pas comment on peut en arriver là, que chacun semble penser que plus une femme est vulnérable, plus il est normal de la traiter comme une proie ! Alors, ne me remercie pas d'avoir essayé de te rendre la vie un peu plus facile quand le reste du monde et les médias paraissent avoir oublié cela.

Je ne suis pas un homme violent, mais, quand je pense à ce que lui a infligé Alexander en dévoilant cette vidéo, ou ce qu'a fait subir Brandon à Chloe juste comme ça – alors que je n'ai rien entrepris pour l'en empêcher –, j'ai envie de cogner. J'ai envie de donner des coups de poing dans le mur, jusqu'à ce que la rage, la haine et la culpabilité soient tellement noyées dans la douleur physique que je ne les ressente plus.

Pendant plusieurs secondes, Tori ne dit rien, et moi non plus. D'un côté, j'ai peur de l'avoir vexée à mort. Après tout, la dernière chose dont elle a besoin, c'est qu'un homme qui a tiré des bénéfices de l'impunité dont a bénéficié le violeur de sa sœur lui dise ce qu'elle doit faire. Certes, j'ignorais les agissements de mes parents, mais ça n'a jamais été une bonne excuse à ses yeux. Ni aux miens. J'aurais dû savoir. Plus encore, j'aurais dû les empêcher de nuire.

J'attends que Tori me le rappelle, comme toujours, qu'elle me répète toutes les raisons pour lesquelles elle n'entre pas dans mon jeu. Mais, pour finir, elle se contente de me tendre un petit panier de tomates cerise.

— Si tu tiens vraiment à participer, tu peux les laver.

Les secondes s'écoulent sans qu'elle parle ni me regarde vraiment. Mais il y a quelque chose dans sa voix, dans sa posture, qui m'indique que j'ai franchi un obstacle dont je ne soupçonnais même pas l'existence.

C'est un sentiment étonnamment agréable, malgré toutes les émotions négatives qui me tordent encore le ventre. Aussi, je prends les tomates sans un mot et obéis.

J'en ai rincé à peu près la moitié quand Tori se met à glousser.

— Quoi ?

— « Freluquet » ?

Je joins mon rire au sien.

— Je ne sais pas… c'est un type que je suis sur Twitter qui l'a employé l'autre jour, et je me suis dit que c'était la meilleure insulte que j'avais jamais entendue.

— Tu te moques de moi ? C'est certainement la meilleure insulte jamais inventée. Depuis le XVIe siècle, au moins.

— Je suis bien d'accord.

Nous restons un moment plantés là, à échanger des sourires. Cette soudaine camaraderie est étrange, mais si agréable. Merveilleuse. Tellement que, lorsqu'elle finit par rompre le contact visuel et se détourner, je ne peux m'empêcher d'être un peu triste.

Alors que nous travaillons dans un silence étonnamment confortable, je n'arrête pas de penser à Chloe. À Alexander. À Tori et à sa vie qui a basculé du jour au lendemain. Malgré notre passé tout sauf harmonieux, je n'hésiterais pas une seconde à l'aider si elle m'y autorisait. Mais je la connais assez désormais pour savoir que, si je lui offre de l'argent sans détour, elle va me mordre la main – et sans doute nous mettre tous deux en lambeaux par la même occasion. Je cherche donc une autre approche, tout en me demandant comment aborder le sujet avec elle.

— Qu'est-ce qui se passe ? demande-t-elle après avoir laissé tomber les asperges lavées et coupées sur le comptoir à côté des autres légumes. Pourquoi tu fais cette tête ?

Je ne vois pas de quoi elle parle.

— Quelle tête ?

— Comme si tu avais sucé ça, répond-elle en brandissant un gros citron avant de me pousser pour aller le rincer dans l'évier.

— Les citrons, c'est moins mauvais que ce que l'on croit, répliqué-je dans un changement de sujet tellement discret qu'on doit le voir depuis l'espace. Tu devrais en sucer un, pour voir.

— Ah oui, peut-être, mais il y a d'autres choses que je préfère sucer.

Je hausse les sourcils – je suis sûr que c'était le but –, mais Tori se contente de secouer la tête avec un sourire goguenard.

— Je ne sais pas ce que tu as à l'esprit, toi. Mais, pour ma part, je pensais à un Mr Freeze.

— Pardon ? Ce n'est pas moi qui ai l'esprit mal tourné. Je pensais justement à un Jelly Belly à la cannelle.

En vérité, je pensais à la bouche de Tori, tellement chaude et épicée. Et à mon envie de l'embrasser de nouveau. Sans parler du plaisir que ses lèvres me donneraient si elles se refermaient autour de ma bite, qu'elle avalerait jusque dans sa gorge. Mais vu sa saveur piquante, un Jelly Belly à la cannelle n'est pas si loin du compte, finalement. Et c'est sans doute une meilleure réponse pour le moment que de lui avouer mon envie qu'elle me suce.

Bien sûr, Tori ne gobe pas mes salades. Elle me regarde d'un air tellement suspicieux que j'en viens à me demander si mes pensées s'affichent sur mon front. Elle a l'air de peser ses mots avec soin, et je me prépare à une torpille. Mais, pour finir, elle se contente d'une phrase :

— Je suis plutôt pomme verte.

— Vraiment ?

Je penche la tête pour l'examiner. C'est une remarque assez innocente, mais la lueur qu'elle a dans le regard me laisse entendre qu'il y a plus qu'elle ne le dit. Ou que je ne le comprends.

En temps normal, ça m'agacerait. Je suis le genre de type qui passe sa vie à décrypter les choses, après tout. Les problèmes, les devinettes, les énigmes, c'est mon truc. Le fait que Tori appartienne à cette dernière catégorie – et que je n'aie jamais réussi à mettre le doigt sur qui elle est ou comment elle fonctionne – devrait me rendre fou. Mais ça m'intrigue seulement. Ça me donne envie de creuser davantage alors que je songe à chaque nouvel élément que je découvre sur elle.

— Voilà qui m'étonne.

— Très bien, commente-t-elle.

— Très bien ?

— Oui, très bien, réplique-t-elle d'un air de défi. Une fille doit toujours savoir étonner, tu ne crois pas ?

— Ce que je crois, c'est justement que tu m'étonneras toujours !

Et soudain, j'ai envie, plus que je le devrais, de découvrir encore mille choses surprenantes à son sujet.

— Je ne sais pas de quoi tu parles. On lit en moi comme dans un livre ouvert.

Mais elle sourit en remplissant une casserole d'eau pour la mettre à bouillir.

— Oh oui, un livre codé, sans doute.

Elle rit, et ses yeux bruns pétillent d'une façon que j'ai rarement vue. Ça lui va à merveille, et je ne peux la quitter du regard… du moins jusqu'à ce qu'elle se tourne à nouveau vers l'îlot pour débiter les asperges en tronçons.

— Je suis capable de bien plus que de rincer des tomates, je t'assure, dis-je en les posant sur le comptoir. Je ne suis certes pas le meilleur cuisinier du monde, mais je peux les émincer.

— Très bien, répond-elle avec un soupir accablé. Si vraiment tu tiens à faire quelque chose, tu n'as qu'à mettre la table et ouvrir une bouteille de vin pour accompagner un plat de pâtes léger et estival. Sur la terrasse.

— En d'autres termes, tu veux que je dégage de ta cuisine pendant que tu es aux fourneaux.

— C'est toi qui l'as dit.

— Non, je l'ai distinctement entendu.

Elle me tire la langue et abandonne les asperges pour s'attaquer au brocoli nain.

— Qui a affirmé que les mecs ne comprenaient pas les allusions…

— Quelqu'un qui n'avait jamais regardé un homme te courir après.

Je prends des assiettes dans le placard. Pendant un long moment, elle ne répond pas. Mais juste quand je m'apprête à ouvrir le tiroir des couverts, elle demande :

— C'est ton cas ?

— Qu'est-ce qui est mon cas ?

— Tu me cours après ?

— Absolument. Si par là tu entends cavaler un kilomètre derrière toi en essayant de ne pas te perdre de vue.

Elle éclate d'un rire pétillant et lumineux, puis me chasse de la cuisine. J'obéis, mais, en partant, je me demande si elle a compris que j'étais sérieux.

Chapitre 11

Tori

Miles est d'une compagnie vraiment agréable. Peut-être ne devrais-je pas m'en étonner. Après tout, à cause de Chloe, nous avons passé du temps ensemble une dizaine de fois au cours de l'année écoulée… Mais ça me surprend quand même. Je suppose que j'étais trop occupée à détester l'idée que je me faisais de lui pour me rendre compte qu'en fait, je ne le détestais pas, *lui*.

D'un autre côté, c'est difficile d'en vouloir à un mec qui s'est mis en quatre pour moi. Et qui, je le découvre, travaille comme un malade pour que Chloe lui pardonne ses erreurs passées. Il était tellement centré sur lui-même qu'il n'a pas compris que leurs parents avaient obligé Chloe à se sacrifier pour qu'il puisse déposer le brevet de sa première invention. Et c'est ce que je lui reprochais, mais je commence à comprendre qu'il n'était vraiment pas au courant.

Il se lève pour débarrasser – « Tu as préparé le repas, je m'occupe de la vaisselle ! » –, et je prends conscience que je ne vais pas pouvoir retrouver les sentiments d'animosité que j'éprouvais pour lui avant que la catastrophe se produise. Plus encore, je n'en ai pas envie. Aussi, c'est difficile d'en vouloir à un mec qui s'en veut déjà lui-même.

Lorsqu'il m'a parlé, tout à l'heure, dans la cuisine, pour m'expliquer qu'on ne devrait jamais remercier quelqu'un de se conduire avec décence, j'ai lu les regrets sur ses traits. La douleur. La haine de lui-même. Ce n'est pas un homme qui a allégrement tourné le dos à sa petite sœur en vue de son seul profit, alors qu'elle venait d'être abusée de la pire des façons. Et ce n'est pas non plus un homme qui vit sa vie sans être touché par la souffrance de Chloe.

Non, je ne peux pas lui en vouloir ; pas après avoir vu qui il est réellement.

Avec cette pensée en tête, je le suis dans la cuisine, la bouteille de pinot gris à la main. Je serais bien tentée de me resservir, surtout après la journée que je viens de passer, mais je résiste à la tentation. Je n'ai certes pas tellement l'intention de réfléchir ce soir, mais demain arrivera assez vite, et je ne compte pas commencer ma nouvelle vie, quelle qu'elle soit, avec la gueule de bois.

Au lieu de vider la moitié de bouteille qui reste dans un immense verre à vin, je la range dans le frigo et me contente de remplir deux verres d'eau pour chacun de nous.

— Tu veux regarder un film ? demandé-je à Miles.

J'ai décidé de m'accorder le reste de la soirée pour mettre la tête dans le sable. Il sera bien assez tôt demain pour tenter de réparer les dégâts.

Il ne répond pas tout de suite, et je me surprends à retenir mon souffle en attendant. Non que j'aie peur d'être seule, car ce n'est pas le cas. Mais j'ai envie de m'occuper. Sinon, je vais passer la soirée à contempler le plafond et à me demander comment j'ai bien pu faire pour laisser ma vie dérailler comme ça.

Car, en vérité, quoi qu'en dise Miles, quoi qu'en dise Chloe, une voix dans ma tête me rabâche que tout est ma faute.

Après tout, c'est moi qui ai été assez idiote pour sortir avec Alexander.

C'est moi qui ai été stupide au point d'aller lui parler à la soirée hier, même si c'était juste pour me rendre intéressante.

Et c'est moi qui ai été crétine au point de lui résister de façon à le vexer. Et de l'inciter à riposter.

Si seulement j'avais su ce qu'il avait en sa possession ! Si seulement j'avais su combien il serait prompt à l'utiliser contre moi !

Mais aurais-je alors vraiment agi différemment ? Aurais-je cédé et couché avec lui, comme l'a suggéré mon père, dans le seul but d'éviter la honte ?

Je ne crois pas. Je ne veux pas le croire. Mais, quand je vois dans quelle situation je me trouve maintenant – à dépendre de ma meilleure amie et de son frère pour m'héberger et me nourrir, parce que je n'en suis pas capable moi-même –, je ne suis plus si sûre.

C'est cette incertitude qui me met le plus en colère ; l'idée que, si j'avais su comment ça allait se terminer, j'aurais peut-être couché avec Alexander pour échapper au pire. La pensée qu'il a autant de pouvoir, que je lui ai sans le savoir donné cet ascendant sur moi en sortant avec lui il y a deux ans, me rend plus que folle de rage. Ça me rend malade.

Pour la première fois depuis que j'ai parlé avec Chloe, je m'autorise à réfléchir à ce qu'elle a dit. À imaginer ce que ce serait de me défendre. L'équipe d'Alexander va déterrer tout ce qu'elle pourra pour me salir. Chaque manquement aux bonnes manières. La moindre soirée arrosée. Chacun de mes amants. Avant qu'ils en aient fini, on m'aura collé toutes les étiquettes, de « jet-setteuse fêtarde » jusqu'à « traînée ».

Ce n'est pas juste.

Croyez-moi, je suis bien placée pour savoir que la vie n'est pas juste. C'est une leçon que j'ai apprise très jeune, malgré mon existence de privilégiée, et que ce cauchemar ne fait que renforcer.

Mais ce n'est pas juste. Ni pour moi, ni pour aucune des femmes et des jeunes filles à qui la même chose est arrivée.

Je n'ai pas été une sainte par le passé. Et alors ? J'ai abusé de l'alcool et des coups d'un soir parce que j'avais envie de me sentir liée à quelqu'un, même juste un moment. Est-ce que ça donne à Alexander le droit de me punir ainsi ? De trahir ma confiance, de mettre tout mon avenir en péril parce qu'il a envie de se vendre comme l'étalon du prochain grand film d'action ?

Non. En aucun cas.

— Eh !

La voix tranchante de Miles me tire de mes pensées. Je plonge dans son regard inquiet alors qu'il me caresse la joue avec le pouce. Ce n'est qu'en sentant sa peau étaler l'humidité qui s'y trouve que je m'aperçois que je pleure.

— Tu sais qu'il n'en vaut pas la peine, pas vrai ?

— Merde ! dis-je en me passant les mains sur les joues. Je suis désolée. Je ne sais pas ce qui me prend…

— Arrête, gronde-t-il en m'entraînant par la main vers le salon, avec son grand écran et ses canapés moelleux. Pour l'amour du Ciel, ne t'excuse pas d'être bouleversée. Ça me donne encore plus envie d'aller démolir le portrait de cet abruti.

Avant ces événements, l'idée que le brillant inventeur Miles Girard puisse casser la gueule à quelqu'un m'aurait semblé risible. Après tout, je ne l'avais jamais considéré autrement que comme un parfait geek, plus à l'aise dans son labo que sur un ring de boxe.

Mais c'était avant qu'il me regarde d'un air aussi farouche et protecteur. Avant qu'il me flanque presque par terre sur la piste de dance et m'y maintienne sans effort, d'une seule main.

Et surtout, avant qu'il m'embrasse et que je sente son corps étonnamment musclé et puissant collé au mien.

À présent que tout ceci s'est produit, l'idée qu'il se batte avec Alexander n'est plus du tout aussi cocasse. C'est adorable, réconfortant, et incroyablement excitant en même temps. Je n'ai jamais été du genre à aimer que les mecs jouent des mécaniques et se comportent en brutes pour mes beaux yeux, mais je mentirais si je prétendais que l'aura protectrice de Miles ne me touche pas. Et si l'idée qu'il aplatisse Alexander – qui est bien incapable d'utiliser ses muscles hypertrophiés de toute façon – m'excite, personne n'a besoin de le savoir.

— Les avocats d'Alexander te réduiraient en miettes si tu l'approchais, énoncé-je à regret.

— Dans ce cas, heureusement que j'ai moi aussi des avocats.

Ce qu'il oublie de mentionner, c'est que, dans les milieux des affaires et de la technologie, il a bien plus de pouvoir qu'Alexander n'en possédera jamais. L'argent reste le nerf de la guerre, et les inventions de Miles rapportent plus d'argent à des tas de sociétés qu'Alexander ne pourrait en rêver…

Je fais de mon mieux pour ne pas songer qu'une grande partie du succès de Miles s'est fait aux dépens de Chloe, surtout au début. Et je refuse d'établir un parallèle entre cette situation et la publicité dont bénéficie actuellement Alexander en ma défaveur. Après tout, Alexander savait exactement ce qu'il faisait lorsqu'il a publié cette vidéo. Miles, à l'inverse, ne se doutait pas de ce que ses parents fomentaient.

Au lieu de ruminer la ressemblance trompeuse entre les deux situations, je me laisse tomber sur le canapé et attrape la télécommande universelle.

— Tu veux regarder quoi ?

— Choisis.

— Vraiment ? Tu n'as pas peur que je me décide pour un truc de filles, genre histoire d'amour gnangnan ?

— Premièrement, je n'ai rien contre les histoires d'amour, réplique-t-il en riant, gnangnan ou pas. Et deuxièmement, je suis presque certain que la dernière chose dont tu as envie, c'est d'un film de Nicholas Sparks.

— Alors, premièrement, dis-je en l'imitant à dessein, ce ne sont pas des histoires d'amour. Ce sont des histoires d'amour qui finissent mal, ce qui est très différent. Et deuxièmement, je crois que tu bluffes.

— Ah bon ?

— Oui. Et comme je n'ai jamais pu résister à relever un défi…

Je me tourne à nouveau vers la télé pour parcourir les films proposés, à la recherche du plus cucul qui soit. Je ne trouve – hélas ! – que des films d'action et des thrillers, et finis par me rabattre sur *Avant toi*. Je voulais le voir quand il est sorti en salles, mais je n'ai pas eu le temps à cause de mes examens.

Cette fois, c'est au tour de Miles de me regarder d'un air sceptique.

— Sans vouloir te vexer, il me semble bien que c'est l'archétype de l'histoire d'amour qui finit mal.

— Ouais, mais c'est réalisé avec talent.

— Ah oui, et ça fait toute la différence, alors ?

— Évidemment.

Il me faut une seconde pour comprendre ce qu'il vient de dire.

— Eh, attends une minute. Comment tu sais que ça finit mal, d'abord ?

— Contrairement à une croyance répandue, je ne vis pas dans une grotte. Et puis, j'ai lu le livre, répond-il en repoussant d'un geste doux une mèche de cheveux qui me tombe devant les yeux.

— Tu as lu le livre ?

J'ai vraiment du mal à le croire, et je ne m'en cache pas.

— Désolé de me répéter, mais je ne vis pas dans une grotte. Et en plus, je suis beaucoup moins sexiste que toi, de toute évidence.

— Eh, c'est injuste ! m'écrié-je en me redressant sur le canapé. Ce n'est pas parce que tu es un mec que j'en doutais. C'est parce que tu es *toi* !

— Vraiment ? Waouh.

Il me dévisage longuement et secoue la tête.

— Je ne sais pas comment tu t'y prends, mais tu me vexes de plus en plus à chaque minute qui passe.

— Oh, arrête, soupiré-je en me laissant de nouveau aller sur le canapé. Tu es bien obligé de reconnaître que c'est normal de douter.

— Je ne suis obligé à rien du tout.

Il tripote à nouveau ma mèche de cheveux, puis se lève.

— Maintenant, achète ce film, je m'occupe du pop-corn. Dépêche-toi avant que je vienne mettre un chef-d'œuvre du gore rien que pour t'embêter.

— Eh ! qui est-ce qui est sexiste, maintenant ?

— Exactement…

Il m'adresse un clin d'œil à la fois adorable, sexy et un peu intrigant. Puis il disparaît, et je reste vautrée sur le canapé à me demander pourquoi je suis encore plus excitée qu'avant.

C'est le frère de Chloe, bordel. Il n'y a pas une sorte de règle tacite qui interdit de sortir avec le frère de sa meilleure amie ? Sans compter qu'il y a encore deux heures, j'étais persuadée qu'il était aussi con qu'Alexander. C'est vraiment ridicule que je me retrouve maintenant à regarder ses grandes mains couvertes de cicatrices en me demandant ce que j'éprouverais si elles se posaient sur mon corps.

Entre le calamiteux rendez-vous arrangé d'hier soir et la sextape étalée aux yeux de tous par Alexander, je ne devrais surtout pas penser à un garçon, quel qu'il soit. Et encore moins à Miles Girard. Pourtant, je ne peux m'empêcher de le suivre des yeux alors que j'attends que le film se télécharge, en me demandant ce que ça me ferait de l'embrasser à nouveau. Serait-ce aussi excitant que la première fois, ou bien n'ai-je vécu qu'un moment d'égarement sous l'effet de l'angoisse et de la proximité physique ?

Il ne s'agit pas de recommencer pour vérifier, me dis-je, alors qu'il revient dans la pièce avec un grand saladier de pop-corn et un sachet de M&M's.

— Oh, du socolat ! Z'en veux ! réclamé-je en tendant les bras vers le paquet.

Après la journée écoulée, je mérite tout le chocolat de la maison. Merde, de la ville. Peut-être même du monde entier. Ça ne semble que justice : manger pour oublier. Et puis, ça libère des endorphines. Et j'ai bien besoin d'endorphines, en ce moment. Ou de ciguë, mais comme il n'en est pas question, je me contenterais des hormones…

Sauf que Miles ne se laisse pas faire. Au lieu de me tendre le sachet, il me donne une petite tape sur les mains et s'assied.

— Attends.

— Mais je ne veux pas attendre !

Je m'enfonce dans le coin du canapé avec une moue boudeuse.

— Ah, tiens ? s'esclaffe-t-il. S'il y a bien quelqu'un qui ne supporte pas la frustration, c'est toi…

— Quel est le problème avec ça ? C'est bien mieux d'obtenir tout de suite ce qu'on veut. C'est plus agréable.

Je glisse les orteils sous ses cuisses pour lui faire mal en les redressant. Il pousse un petit cri et se penche pour poser le pop-corn sur la table basse. Puis, il m'attrape les pieds pour les enlever de sous ses jambes.

Je m'attends à ce qu'il les pousse vers le bord du canapé pour que je les pose par terre, ou bien qu'il m'attrape les chevilles pour m'immobiliser. Mais non. Il installe mes pieds sur ses genoux et se met à masser celui qui n'est pas blessé.

Et, je le jure devant Dieu, je ne suis pas loin d'avoir un orgasme en plein milieu du salon d'Ethan et Chloe. Et pas n'importe quel orgasme. Plutôt l'un de ceux qui font trembler les murs. C'est un plaisir incroyablement vif qui m'envahit, me submerge, alors que des étincelles remontent de mon pied jusque dans mon sexe en une onde électrique qui me pousse à fermer les yeux.

Je frissonne lorsqu'il recommence, et ne peux retenir un gémissement sourd. Miles contracte les cuisses et m'effleure du bout des doigts le dessus du pied. Une sensation de plus pour mon corps déjà assailli, et, lorsqu'il appuie de nouveau sur ma voûte plantaire, chacun de mes nerfs semble se mettre à danser le tango tout d'un coup.

Il me faut beaucoup de self-control pour ne pas gémir une seconde fois. Je préfère me mordre la joue, même si ce n'est pas sexy. Ce n'est qu'une petite victoire, surtout quand on voit comment réagit le reste de mon corps. Miles n'a pas besoin de sa phénoménale intelligence pour comprendre ce que j'attends de lui. Je le lui montre assez explicitement, avec mes poings serrés, mon bassin qui ondule et ma respiration qui s'emballe.

Je devrais lui demander d'arrêter. Je sais que je le devrais. Avec tout ce qui s'est passé ces vingt-quatre dernières heures, mon état émotionnel ne me permet pas de désirer quelqu'un, et encore moins le frère de Chloe. Mais peu importe ce que je pense, mes muscles et mon cerveau se sont liquéfiés… J'ai beau me le répéter, je ne suis capable de rien d'autre que de rester allongée et de profiter du meilleur massage que j'aie reçu de toute ma vie. Sans exception.

Alors que je suis noyée dans le plaisir, le film commence. Mais même l'alchimie étonnante entre Sam Claflin et Emilia Clarke ne parvient pas à m'arracher aux sensations magiques que me procure Miles avec ses doigts. Magiques. Oh, mon Dieu, tellement, incroyablement magiques.

Certaines seraient surprises de son talent, mais, à mes yeux, c'est tout à fait logique. Après tout, si j'ai appris une chose au cours de l'année écoulée, c'est que Miles – tout comme Ethan – excelle dans tout ce qu'il entreprend. Si l'on ajoute à ça qu'il est inventif, n'a pas peur d'expérimenter de nouvelles choses et qu'il est perfectionniste jusqu'à l'obsession, est-ce étonnant qu'il soit capable de prodiguer les meilleurs massages de la planète ?

Cela me pousse à me demander – et ce n'est pas la première fois aujourd'hui – comment il est au lit. En général, je devine assez vite, même si, une fois de temps en temps, je récolte des déconvenues. Comme avec Stephen. Lorsque je suis entrée dans le restaurant hier soir et que je l'ai vu assis là, avec son costume bleu marine bien sage et sa coupe de cheveux à l'avenant, jamais je n'aurais imaginé qu'il allait me proposer de m'asphyxier avant même qu'on ait passé notre commande.

Mais cette erreur de jugement n'enlève rien au fait que je suis en général très douée pour deviner à qui j'ai affaire. Si vous m'aviez posé la question pendant cette année écoulée, j'aurais dit que Miles devait être bon au lit. Il dégage cette confiance subtile montrant qu'il se sait capable de réussir tout ce qu'il veut. Et puis, il a des mains extraordinaires, et son sens du détail est légendaire.

Mais j'aurais aussi supposé qu'il était un peu égoïste, qu'il prenait ce qu'il voulait et laissait sa partenaire se débrouiller, comme dans la vraie vie. Il vous explique les choses à sa façon, et, si vous êtes trop lente pour suivre, tant pis pour vous.

Ce massage du pied me pousse à réviser mon jugement. Rien dans ses gestes n'évoque le moindre égoïsme. C'est tout le contraire, en fait. Il recherche tellement mon plaisir et non le sien que je culpabilise un peu de rester là à profiter de chaque seconde.

Mais les meilleures choses ont une fin, et il s'arrête. Je mentirais si je prétendais que je n'ai pas un peu gémi en perdant le contact de son pouce sur les endroits les plus sensibles de ma plante de pied.

Sa seule réaction devant ma protestation involontaire est le regard qu'il me lance, mâchoires serrées et yeux brûlants. Cette expression est destinée à me donner chaud, à faire monter le désir, et ça marche.

Oui, on peut dire que ça marche. Vraiment.

Sans tirer profit du fait que je ne souhaite rien de plus en cet instant que de coucher avec lui, Miles vérifie calmement le pansement que je porte au talon de l'autre pied, avant de le reposer doucement sur ses genoux. Puis, il s'empare du saladier de pop-corn.

C'est un pâle substitut pour ce que je voudrais vraiment avoir dans la bouche en ce moment, mais je ne peux pas faire la difficile. Il saupoudre le saladier de M&M's et secoue, afin qu'ils se mélangent au pop-corn chaud et deviennent tout fondants.

Je ne sais pas comment c'est possible, mais ce type a bon sur toute la ligne.

Alors que le film se déroule, je mange presque mon poids en pop-corn. J'en enfourne de pleines poignées et j'en lance quelques-uns dans la bouche grande ouverte de Miles. Si bien qu'aux deux tiers du visionnage, le saladier est vide.

Et j'ai de nouveau les joues ruisselantes de larmes.

Pour l'amour du Ciel, pourquoi est-ce qu'ils écrivent des histoires d'amour qui finissent mal ? Pourquoi ?

Je me surprends à être de leur côté – du côté de Lou et Will –, alors même que je sais comment ça va tourner. Même si j'ai lu le livre, moi aussi, roulée en boule sur mon lit à sangloter tout au long du voyage à l'île Maurice.

Mais c'est tellement voué à l'échec, cette tentative de le convaincre de vivre. Voué à l'échec, mais romantique et si beau ! Et, quand il lui dit que ça importe peu, qu'il l'aime mais qu'elle ne peut rien dire pour le convaincre de ne pas mourir, je me transforme en masse sanglotante, reniflant peu élégamment.

Miles change de position, laissant mes pieds retomber doucement sur le sol alors qu'il me prend dans ses bras pour me faire asseoir sur ses genoux. L'une de ses mains s'emmêle dans mes cheveux pour garder ma joue appuyée sur son épaule alors que l'autre me caresse le dos en gestes apaisants.

Nous restons ainsi pour regarder la fin du film, moi sur lui, et lui enroulé autour de mon corps. Il fait chaud et moite et ce n'est pas très confortable, mais je n'échangerais ma place pour rien au monde. C'est ce qui m'a manqué depuis que j'ai ouvert la porte sur mon père fou de rage, ce matin : le confort d'un autre corps humain pressé contre le mien, pour que je me sente moins seule dans ce cauchemar.

Pour que j'aie l'impression que, d'une manière ou d'une autre – un jour –, les choses s'arrangeront. Cette idée, combinée au voyage de Will en Suisse, suffit à me faire passer des larmes silencieuses aux sanglots.

Miles ne me lâche pas. Il me berce doucement et me murmure à l'oreille des mots de réconfort sans queue ni tête alors que le film prend fin.

Je ne sais pas combien de temps nous restons ainsi – moi blottie sur ses genoux, le visage, brûlant et ruisselant enfoui dans son cou.

Assez longtemps pour que le générique de fin défile à l'écran. Assez longtemps pour que mes larmes, apparemment inextinguibles, finissent par sécher.

Plus qu'assez pour que l'épuisement vienne m'écraser de tout son poids.

Je m'effondre contre lui, mon corps si bien mêlé au sien que, pour la première fois de ma vie, je ne sais plus où je finis et où l'autre commence.

Il fait lourd malgré la climatisation, et je m'attends à ce qu'il me repousse de ses genoux ou, du moins, à ce qu'il se plaigne. Mais il se lève sans me lâcher. Je suis un peu somnolente, le corps moulu, et je ne proteste pas. Je ne lui dis pas que je suis trop lourde, que je peux marcher ou qu'il n'a pas besoin de faire ça.

Au contraire, je m'accroche à lui, les bras autour de son cou, les jambes autour de sa taille, alors qu'il me porte jusqu'à ma chambre.

J'ai tendance à vouloir tout contrôler, même dans mes meilleurs moments, et je devrais être nerveuse alors qu'il me porte ainsi. Non que j'aie peur qu'il me laisse tomber – je sens ses bras d'acier bien serrés autour de moi. Tout de même, lui céder ainsi les rênes, le laisser prendre soin de moi – alors que je me débrouille toute seule depuis si longtemps – devrait me sembler étrange. Gênant. Même de la part de Chloe, j'ai du mal à accepter de l'aide, bien que nous soyons les meilleures amies depuis notre première année de fac.

Pourtant, je ne suis ni inquiète ni mal à l'aise. Au contraire, c'est agréable de le laisser s'occuper de moi. De me décharger de cette responsabilité, même juste pour un temps.

Arrivé dans ma chambre, il s'approche du lit défait et m'installe sur les draps frais. Je me sens aussitôt abandonnée. J'ai froid et je refuse de le lâcher, accrochée à lui comme une ventouse.

— Ne me quitte pas, dis-je dans un murmure à peine audible, les lèvres collées contre la barbe naissante qui noircit sa mâchoire ciselée.

— Ne t'en fais pas, je reviens tout de suite, répond-il en se dégageant de mon étreinte de pieuvre.

Il ne m'en faut pas plus pour être rassurée et me laisser aller sur le matelas. À peine ma tête a-t-elle touché l'oreiller que mes paupières se ferment. Je suis presque endormie, et tout juste consciente que Miles se rend dans la salle de bains, où j'entends couler de l'eau.

Mais lorsqu'il revient et passe un gant de toilette frais sur mes joues échauffées et striées de larmes, je frissonne au premier contact de ses doigts sur ma peau.

— Tout va s'arranger, chuchote-t-il. Je te le promets. Je vais faire en sorte que tout s'arrange.

J'acquiesce, et, bien que je ne le croie pas – pas vraiment –, ses paroles sont aussi réconfortantes que la caresse du tissu mouillé. J'entremêle mes doigts à ceux de sa main libre et m'enroule autour de son bras.

— S'il te plaît, dis-je en déposant des baisers sur le dos de sa main. Reste. Juste ce soir. Reste, s'il te plaît.

Il ne répond pas tout de suite, et la panique me submerge, détruisant la douce lassitude qui venait de prendre le dessus.

— S'il te plaît, répété-je en remontant ma main libre sur sa cuisse et son sexe déjà presque dur.

Je m'arrête, presse un peu, et me délecte de son halètement soudain dans la chambre silencieuse. Je suis épuisée, totalement lessivée, et je ne veux pas être seule. Pas ce soir. Alors, si le sexe peut l'inciter à rester… je suis partante. Parce que, même dans mon état de fatigue extrême, coucher avec Miles Girard est tout sauf une contrainte.

Il pousse un râle et s'écarte. Je gémis. Oui, je gémis carrément en le rattrapant.

— Ne t'en fais pas, me répète-t-il dans un grondement sourd aussi rassurant qu'excitant. Je ne pars pas.

Il ne dit pas un mot de plus, ne fait pas un geste pour me toucher, mais son ton apaisant suffit à me détendre.

J'entends un froissement, des habits qui tombent par terre, puis il se penche sur moi. Il m'attrape la main et tire brusquement pour me faire basculer sur le côté sans me laisser le temps de comprendre ce qui se passe.

— Qu'est-ce que…

— Chut… Je suis là.

De sa main calleuse, il me caresse le bras et la cuisse.

Le lit s'affaisse un peu quand il s'installe près de moi. Le voilà, son corps grand et mince allongé près du mien, un bras autour de ma taille pour m'attirer plus près encore.

Mon dos est contre son torse, et je le sens partout.

Seul le fin coton de mon débardeur me sépare de ses muscles saillants.

Son bassin est collé à mes fesses, et je prends conscience de son sexe long et lourd, qui s'appuie contre moi avec insistance.

Son bras puissant qui me tient serrée. Me protège. M'apporte calme, sécurité et, alors même que je suis au milieu du désastre, une stabilité que je n'ai presque jamais connue.

C'est cette sensation qui m'excite tandis que je me croyais trop harassée pour ressentir quoi que ce soit. Qui fait pointer mes tétons et affole mon souffle alors que j'ondule contre lui.

Il répond par un grondement sourd, et se déplace un peu pour appuyer son érection, désormais complète, juste là où ça me ferait du bien. Mais il repose sa main sur ma taille et m'immobilise.

— Endors-toi, Tori, murmure-t-il.

— Mais…

— Endors-toi.

Et sa voix est si grave, si réconfortante et si apaisante que je ne peux faire autrement que de m'y soumettre.

Chapitre 12

Miles

Comment j'ai pu me foutre dans une merde pareille ? Je me pose la question alors que Tori bouge contre moi, son cul sexy en diable se frottant contre ma queue pour la cinquième fois en autant de minutes. Elle dort profondément – vraiment partie, coupée du monde –, mais ce n'est pas étonnant après la journée qu'elle vient de subir. Je suis au contraire surpris qu'elle ait tenu si longtemps sans sombrer dans une crise de nerfs. Elle en aurait eu bien le droit.

Chaque fois que je pense à ce pauvre type de Parsons, j'ai envie de lui casser la gueule. Il est sans doute en ce moment même en train de boire du champagne quelque part pour célébrer toute la publicité qu'il retire de cette sextape, alors que Tori est dévastée et totalement épuisée.

Je n'accepte pas ça. Je n'accepte pas qu'il s'en sorte sans dommages, alors que le monde s'effondre autour de Tori. Je n'accepte pas qu'il l'ait bousillée comme ça parce qu'il ne tolère pas les refus. Et j'accepte encore moins que Tori soit aussi blessée et démolie à cause d'une tête de pine qui ne mérite même pas le droit de la toucher.

Alors qu'elle remue contre moi, son corps magnifique me mettant en feu, je dois me rappeler qu'elle est fragilisée en ce moment. Qu'on vient de la blesser. Que je ne dois pas avoir envie d'elle. Mais, quand son fessier se frotte contre ma queue et qu'elle appuie ses seins – si beaux avec leurs tétons petits et durs – sur mon avant-bras, ça devient de plus en plus difficile de ne pas la réveiller pour finir ce que nous avons commencé en bas.

N'importe quel autre jour, je serais déjà en elle, à la prendre suffisamment fort et longtemps pour qu'elle oublie Parsons et son pauvre type de père ; qu'elle oublie, au moins un moment, la tristesse que l'on devine toujours au fond de ses yeux.

Mais on n'est pas un autre jour. On est le jour où le monde de Tori lui a été arraché, et je veux bien être damné si je me sers de cette folle alchimie entre elle et moi pour tirer profit de sa peur et de sa solitude. Et ce, malgré les petits soupirs sexy qu'elle n'arrête pas de pousser, et le fréquent frottement de ses fesses sur ma bite. En cédant, je ne vaudrais pas plus cher que Parsons ni, en définitive, que Brandon, le type qui a violé ma sœur et s'en est tiré pendant bien trop longtemps. Je refuse catégoriquement d'être un homme de ce genre.

C'est déjà bien assez horrible que j'aie, sans le savoir, tiré profit de la souffrance de Chloe en employant l'argent que la famille de Brandon a versé pour la réduire au silence. Je veux bien être pendu si j'exploite Tori également.

C'est avec cette idée en tête que je change de position et tente de m'écarter, avant de me retrouver à tacher mon caleçon comme un gamin de quinze ans avec sa première copine. Mais Tori ne se laisse pas faire. Chaque fois que je m'éloigne d'un centimètre, elle se rapproche. Elle finit par reculer tellement dans le lit que je me retrouve tout au bord. Elle est tant collée à moi que ma queue dure est blottie entre ses fesses.

Ce qui, en matière d'endormissement, est vraiment contre-productif.

Pourtant, j'hésite à me dégager. Je n'ai pas envie de la laisser seule alors que ce n'est pas, de toute évidence, ce qu'elle souhaite.

C'est une décision stupide qui me condamne à une nuit d'inconfort, que je vais passer non pas à sommeiller, mais à me retenir de promener mes mains – et mon sexe – là où je ne le devrais pas.

Ce que je devrais faire, c'est sortir de ce lit et gagner mon labo afin d'avancer un peu dans mes recherches – et de penser à autre chose qu'à Tori. J'ai du mal à croire que, depuis qu'elle est apparue ce matin, je n'ai pas mis les pieds dans le garage ; et, pire encore, je n'ai même pas accordé au dessalinisateur plus qu'une pensée en passant. En temps normal, je n'ai rien d'autre en tête : comment le rendre plus propre, plus rapide, plus facile d'utilisation... D'habitude, les idées jaillissent dans mon crâne à toute heure du jour et de la nuit. Le fait que je n'aie pas accordé une pensée à ce qui sera bientôt le fleuron de Frost Industries n'augure rien de bon sur le respect des délais.

Ni sur l'effet de Tori sur mon self-control.

Le meilleur choix, pour moi, serait de m'arracher à cette situation – et à elle – aussi vite que possible, et sans bruit. Quitte à passer une nuit blanche, autant que ce soit dans le labo, où je serai bien installé. Et où mes défenses se remettront en place. Ce n'est qu'ici, au lit avec elle, que tout part en vrille et que je ne parviens pas à penser à autre chose que : *je la veux, je la veux, je la veux...*

Je suis sur le point de dire « merde », de glisser du lit et de ramper vers la porte si c'est nécessaire pour éviter de la réveiller. Après tout, j'ai une tonne de travail devant moi si je veux que mon prototype fonctionne avant le prochain conseil d'administration. Je ne peux pas me permettre de me laisser distraire. Mais, avant que j'aie pu poser mon deuxième pied par terre, elle geint. Un gémissement aigu et obsédant, qui me pétrifie sur place. Toute pensée de la laisser seule me déserte aussitôt.

Elle a vécu un enfer, aujourd'hui, et, si elle a besoin d'un peu de chaleur humaine, je vais la lui offrir. Et si mes couilles éclatent à cause de ça, eh bien, tant pis, on ne pourra rien y changer.

C'est le caractère inévitable de la situation qui me permet enfin de me détendre. Je la serre encore plus fort contre moi. Nos têtes reposent sur le même oreiller, et nos corps brûlent l'un contre l'autre.

En me sentant la serrer contre moi, elle soupire, se détend et vient se blottir contre moi ; comme si, même dans son sommeil, ce contact était ce qu'elle attendait.

Sa chaleur me pénètre peu à peu, et une lassitude douce et sucrée m'envahit alors que ma respiration se cale sur le rythme, lent et régulier, de la sienne.

Une partie de mon cerveau voudrait faire des calculs sur le dessalinisateur, résoudre le dernier problème de la conversion d'eau salée. Mais une autre, plus impérieuse, a juste envie de rester allongé avec Tori. De savourer ce moment, cette nuit, la sensation de son corps niché si près de mon cœur.

Et c'est ce que je finis par faire. Les secondes se transforment en minutes et les minutes en heures alors que je reste étendu, à la serrer contre moi. À la protéger. À respirer sa douce fragrance de cannelle et de vanille. Enfin, l'aube vient zébrer le ciel devant la fenêtre de sa chambre, et ce n'est qu'alors, lorsque la sombre menace de la nuit est passée pour elle, que je me laisse gagner par un sommeil profond et sans rêves.

* * *

Je me réveille avec une érection enragée et le sang en ébullition. Tori est allongée sur moi, son corps menu tentant de son mieux de me couvrir, de l'épaule au mollet. Elle est douce et tiède, et ses lèvres sont un peu humides sur ma gorge. Légèrement agitée, elle a les tétons durcis et les doigts mêlés aux miens de part et d'autre de ma tête.

C'est une expérience nouvelle que de sortir du sommeil avec une femme sur moi, qui me cloue au matelas. Mais, à en juger par la raideur de ma bite, prête à l'action avant même que mon cerveau ait capté ce qui se passe, ce n'est clairement pas une situation qui me dérange.

Je chuchote contre sa tempe. Et si ma bouche se penche un peu pour lui effleurer l'oreille, eh bien, personne n'a besoin de le savoir.

— Tori, chérie. Réveille-toi.

— Je suis réveillée, murmure-t-elle en frottant son bassin contre le mien dans un geste somnolent. J'attendais que tu en fasses autant.

Merde, elle est délicieuse. Je ne peux m'empêcher d'onduler deux fois contre sa chaleur humide avant de me reprendre. Mais il s'en est fallu d'un cheveu, car je n'ai envie de rien d'autre que d'entrer en elle. Elle gémit lorsque je m'arrête, frissonne de tout son corps et tourne la tête pour passer sa bouche le long de ma mâchoire.

— Continue…, souffle-t-elle, les mains serrées très fort sur les miennes.

Puis, elle se met à bouger, dégageant ses jambes pour les poser sur le lit et ainsi m'enfourcher, les genoux près de mes hanches et le sexe pressé contre le mien, qui n'en peut plus. Et merde. Merde. J'ai tellement envie de la pénétrer que je ruisselle de sueur de la tête aux pieds. Et je dois dire que la maîtrise de soi et l'esprit chevaleresque, ça craint. Surtout quand j'ai sur moi une belle jeune femme qui me donne tous les signes de vouloir que je la prenne.

Et ce n'est pas juste une belle femme. C'est Tori, avec son esprit vif, ses cheveux multicolores et ses courbes délicates, qui semblent avoir été créées pour mes mains. Pendant un instant, j'ai envie de dégager mes doigts pour les passer sur son ventre, vers ses seins sublimes. Je voudrais sentir ses tétons au creux de mes paumes, la douce résistance de sa chair contre la mienne. L'entendre haleter, et voir ses grands yeux chocolat devenir flous.

Mais c'est Tori, me dis-je sans cesser d'onduler du bassin à la rencontre du sien.

Une fois, deux fois…

Tori, qui vient de vivre un enfer et qui cherche juste du réconfort, même si ce n'est pas l'impression qu'elle donne.

Tori, la meilleure amie de ma sœur, qui, d'habitude, ne supporte même pas l'idée que j'existe. Pas moyen qu'elle accepte que seules deux maigres épaisseurs de tissu – et mon self-control plus maigre encore – m'empêchent d'entrer en elle. Tirer parti de sa vulnérabilité et de son besoin de contact me rendrait aussi méprisable que Parsons.

C'est cette pensée, plus que toute autre, qui me donne enfin la force de la soulever pour l'écarter de moi. Je la dépose sur le lit et dégage lentement nos corps l'un de l'autre. Quand il y aura un peu d'espace entre nous, ça sera plus facile de réfléchir. Et, avec un minimum de chance, de rompre le charme sensuel qui nous maintient tous deux en transe.

C'est une bonne idée en théorie, mais je n'avais pas compté sur le fait qu'elle me regarde avec des yeux écarquillés, avides. Ni sur les halètements aigus qu'elle émet en protestation, et qui passent dans mon sang pour aller directement jusqu'à ma queue. Et encore moins sur sa façon d'agripper la peau nue de mes épaules dans une tentative désespérée de me maintenir en place.

Merde, merde, merde. Les bonnes actions ont toujours un revers, pas vrai ? Parce que, là, j'ai vraiment l'impression d'être puni, avec la bite tellement dure qu'elle me fait mal. Pourtant, j'essaie encore une fois. Je lui laisse une dernière porte de sortie.

— Tori, ma chérie, ce n'est pas ce dont tu as besoin maintenant. Ce n'est pas…

Ma voix se brise. Je me racle la gorge et tente de reprendre. Mais elle ne m'en donne pas le temps.

— Tu ne veux pas de moi ? me demande-t-elle avec de grands yeux candides. À moins que tu sois trop écœuré par cette stupide vidéo ?

Cette fois, c'est elle qui a la voix qui flanche.

— C'est ça ? Je ne suis plus assez bien, maintenant que le monde entier m'a vue coucher avec un autre homme ?

— Non ! Bien sûr que non. Comment peux-tu penser une chose pareille ?

— Comment ne pas le penser ? Je me jette sur toi, et tu prends tes jambes à ton cou.

Elle a la lèvre inférieure qui tremble et, pour finir, elle s'écarte de moi et serre les bras autour de son torse.

Depuis le début, c'est ce que je souhaitais. Un peu d'espace pour que le brouillard du sommeil, de l'excitation et du désir se dissipe un peu. Mais à présent que je la regarde, avec ses yeux baissés et son corps qui tremble tout entier, je sais que j'ai encore une fois commis une erreur de jugement.

— Comment as-tu pu croire que je ne voulais pas de toi ?

C'est moi, à présent, qui tends les bras vers elle, qui l'attire contre mon corps en lui couvrant le front, les joues et la bouche de baisers. Elle s'est montrée si ouverte avec moi, si honnête, que je ne peux m'empêcher d'en faire autant.

— Je bande tellement fort que j'arrive à peine à respirer. Je ne pense à rien d'autre que me glisser dans ta chatte toute douce et te chevaucher jusqu'à ce que tu jouisses cinq ou six fois, ou que tu t'évanouisses de plaisir, à voir.

Elle écarquille les yeux et darde la langue pour humecter ses lèvres soudain sèches. Pendant un instant, j'ai l'impression d'avoir réussi, de lui avoir fait peur. Mais elle ne bouge pas, ne tente pas de sortir du lit. Au contraire, elle glisse les mains dans mon cou et enfouit les doigts dans mes cheveux. Puis, elle m'attire tout près d'elle.

— Alors, fais-le, chuchote-t-elle avant de me prendre la bouche dans un baiser qui secoue mon univers tout entier.

Chapitre 13

Tori

Quand Miles cède enfin, je suis tremblante, mon corps entier secoué d'un mélange de désir et de peur aussi excitant qu'intimidant. Lorsque je me suis réveillée, étendue sur son corps, la seule chose à laquelle j'ai pensé, c'est que j'avais envie de lui, vraiment très fort. Pas juste parce qu'il était là et que j'avais besoin de me changer les idées alors que le cauchemar d'hier me revenait en mémoire, mais parce que c'est lui. J'ai envie de Miles Girard.

Plus encore, j'ai besoin de lui, chaque parcelle de mon corps avide du sien.

C'est ce qui me fait peur dans cette équation, ce qui me donne des doutes, alors même que j'ouvre la bouche pour l'accueillir. D'habitude, je baise pour le fun. Ou pour oublier. Pour me prouver que je suis capable d'éprouver des sensations – et montrer à mon père que je me fiche de ce qu'il pense. Ce ne sont certes pas les meilleures raisons de le faire, mais c'est honnête. C'est *vrai*.

Mais cette fois, coucher avec Miles parce que tout ce qu'il est appelle tout ce que je suis, parce que j'ai besoin de le sentir contre moi, en moi, c'est une expérience totalement nouvelle, et ça me rend nerveuse autant que ça m'excite.

Il pose les mains sur mon visage, et la douceur de ses doigts qui m'effleurent les joues me donne des frissons jusque dans le dos. Chaque poil de mon corps se hérisse. Je halète et tente de m'écarter avant de perdre pied.

Mais Miles choisit ce moment pour rendre le baiser plus profond, et je me retrouve prise au jeu. Mes mains remontent le long de son ventre et se serrent contre son torse nu et ferme. Il gémit et je recommence, effleurant ses pectoraux du bout des ongles pour savourer les mouvements de ses muscles sous mes doigts.

Miles pousse un grondement et passe les mains derrière ma tête pour les plonger dans mes cheveux. Il tire un peu, juste assez pour que je gémisse sous l'effet conjugué du plaisir et de la douleur qui courent en moi. Il rit et profite de ma bouche ouverte pour y enfoncer la langue.

D'ordinaire, je ne raffole pas de cette façon d'embrasser, trop profonde, trop intime et trop brute… mais avec Miles, je ne m'en lasse pas. Je m'ouvre encore plus, l'embrasse à de multiples reprises et me délecte de sa chaleur.

Son corps est peut-être dur comme un roc contre le mien, ses doigts fébriles dans mes cheveux, mais sa bouche est tiède et tendre, plus douce que tout ce que j'ai connu par le passé. Plus douce que ce que je mérite, sans doute. J'aime ça, comme j'aime tout dans ce baiser. La douceur de ses lèvres, la lenteur séduisante de sa langue qui glisse sur la mienne, sa saveur si suave… un goût de pomme croquante et d'orage d'été. De désir, de connexion et de tout ce qui m'a manqué depuis trop longtemps.

J'en veux plus. Plus de lui.

Cela fait longtemps que je n'ai pas désiré un homme aussi fort – si ça m'est déjà arrivé. L'esprit embrumé, le corps en feu, les nerfs qui appellent le plaisir que je le sais capable de me donner.

Avide à présent, complètement plongée dans le feu et les éclairs, je glisse les mains autour de son torse et presse les doigts sur son dos si musclé. En un instant, nous passons de la tendresse à la rage.

Dure, affamée, emplie d'un désir que je n'ai jamais rencontré auparavant, la bouche de Miles dévore la mienne – et je me laisse faire. Le laisse faire. Et j'en redemande, comme une droguée qui réclame sa dose. Les lèvres, la langue, les dents… il se sert de tout cela sur moi, jusqu'à ce que plus rien ne m'importe que son toucher, contre moi, au-dessus de moi, à l'intérieur de moi. Jusqu'à ce qu'il soit tout ce que je veux, tout ce dont j'ai besoin en cet instant.

— Tori, gronde-t-il d'une voix rauque, basse, animale.

Sa rudesse me fouette, allumant un brasier en moi. Mon corps tout entier est un mélange de Premier de l'an et de fête nationale.

Je gémis sous cette sensation et m'ouvre à lui. Je lui donne tout ce qu'il demande, et prends en échange ce dont j'ai besoin.

Pouvoir. Passion. Plaisir. Tellement de plaisir que je m'y noie.

Sa langue est entre mes lèvres. Elle me lèche le palais avant de s'enrouler autour de la mienne. Et mes mains se retrouvent dans ses cheveux, les doigts tordus dans ses mèches soyeuses et fraîches pour l'attirer plus près, encore plus près. L'attirer jusqu'au fond de moi.

Miles gémit, et sa bouche se fait plus brûlante, plus dure sur la mienne, qu'il explore davantage. Il exige davantage. Tout.

Avide d'air, je m'arrache à ses lèvres une seconde ou deux. Mais il ne veut pas. Il me suit, me mord la bouche par de petits coups de dents secs, qui me font durcir les tétons si fort qu'ils en deviennent douloureux et allument un incendie dans mon ventre. Il aspire ma langue dans sa bouche et la lèche si longtemps que je ne peux plus rien sentir, désirer ou goûter que lui. Jusqu'à ce que le cauchemar d'hier s'estompe et que chacune des raisons que j'aie de refuser s'évanouisse comme de la fumée.

Il glisse la langue entre ma lèvre supérieure et ma gencive, qu'il effleure doucement, m'embrasant comme un feu de joie – tout en lumière, chaleur, et tendresse sensuelle et réconfortante –, qui se déverse en moi, m'enveloppe, alimente les flammes dévorantes jusqu'à ce que je ne puisse m'empêcher de me demander si je vais partir en combustion spontanée.

Je suis un peu effrayée devant le plaisir qu'il m'apporte si facilement et le besoin que j'éprouve d'en recevoir davantage. Davantage de lui. Soudain, je me sens exposée, ouverte à lui d'une manière qui m'est totalement inconnue, que ce soit au lit ou ailleurs. Je n'aime pas ça. Je n'ai pas confiance en cette sensation. Plus encore, je n'ai pas confiance en moi-même.

Une fois encore, j'arrache ma bouche à la sienne et inspire les grandes bouffées d'air que réclament mes poumons. J'essaie de prendre du recul et un certain contrôle sur le feu qui nous dévore tous les deux. Mais je suis trop emportée pour cela, trop éperdue, et mon corps réclame tout ce que Miles peut lui donner. Et plus encore. Plus, plus, plus…

La vérité me vient alors. Il n'y a rien que je puisse faire pour combattre ce qui se passe entre nous. Et je ne le ferais pas, même si je le pouvais. Toutes ces remarques cinglantes, ces insultes à peine voilées, cette haine entre nous pendant un an n'étaient destinées qu'à nous conduire à ce moment insensé.

Ce plaisir insensé.

C'est cette révélation qui me pousse à me laisser aller enfin, à m'abandonner au tourbillon. Je crispe les mains dans ses cheveux et tire une fois, puis deux. Puis encore, plus fort, alors que je lutte pour me rapprocher de lui. Pour lui prendre ce que je veux et lui donner en échange ce qu'il désire.

Pourtant, il ne rend pas les armes, il reste en retrait et garde le contrôle de notre baiser, du tempo, alors que je ne souhaite plus rien d'autre que courir vers l'extase. Frustrée, avide, déterminée à le rendre aussi désespéré que moi, je lui mords la lèvre inférieure assez fort pour lui arracher un grondement.

— Merde, Tori.

Et le voilà sur moi, me clouant au lit, son corps tendu contre le mien alors qu'il prend place entre mes jambes. Sa queue – brûlante, dure et énorme – appuie sur mon sexe à chacun de ses puissants coups de bassin.

— Enroule tes jambes autour de ma taille, souffle-t-il.

Il enfouit les mains dans mes cheveux pour me tirer la tête en arrière et dégager ma gorge.

J'obéis. Le sentir sur moi manque de me faire jouir, malgré le fait que nous soyons encore séparés par son short et mon legging.

Sa bouche est désormais dans mon cou, et il me dévaste de la langue, des dents et des lèvres, en suçant, léchant et mordant sans relâche. Je sais qu'il me laisse des traces, me marque d'une façon primitive, ce qui est très inattendu de la part de l'ingénieur froid, distant et lisse que j'ai connu pendant des mois.

Mais il n'y a à présent plus rien de froid ou de distant en lui, rien qui évoque le contrôle. Non, il est aussi éperdu que moi, le corps brûlant et bouillonnant du même besoin qui menace de me submerger.

— Merde, Tori, soupire-t-il contre mes lèvres alors qu'il glisse une main vers le bas pour me palper les fesses, et nous serrer si fort l'un contre l'autre qu'il est déjà presque en moi, malgré nos habits.

Je sens la masse dure de son pénis pousser contre ma fente, le gland frottant mon clitoris à chacun de ses mouvements de bassin.

C'est bon, tellement bon que je sens l'orgasme approcher.

Son autre main est toujours dans mes cheveux, à me tirer la tête en arrière afin que je lui sois totalement offerte. Le plaisir éclate en moi alors que, de la bouche, il effleure mon cou vers le creux de ma clavicule. Mon bassin ondule au rythme du sang qui bourdonne à mes oreilles.

Il continue à descendre, et, avant que j'aie pu me préparer, sa bouche se referme sur mon téton. Même à travers mon débardeur, je sens sa chaleur et son humidité, son contact incroyablement séduisant.

Je me cambre à sa rencontre, l'attirant plus près alors que le plaisir me déchire. Il ne se montre pas doux, pas maintenant, en tout cas, alors qu'il fait tourner sa langue en petits cercles autour de mon mamelon. Il suce et mord jusqu'à ce qu'une fois de plus, je sois à la frontière entre un plaisir immense et une douce douleur. Et, lorsqu'il m'aspire plus profondément dans sa bouche, avec le tissu du débardeur, je ne peux réprimer un gémissement étranglé.

Mais je le repousse et halète un « Stop ! » lorsque le besoin de me trouver peau contre peau avec lui me submerge. Soudain, plus rien n'importe que de sentir sa peau – chaude, moite et nue – sur la mienne.

— J'ai besoin… j'ai besoin…

— De quoi, ma chérie ? murmure-t-il en levant la tête pour poser sur moi ses yeux bleus perçants. De quoi tu as besoin ? Que puis-je te donner ?

Il ne cesse de me toucher en parlant, cependant, passant le pouce sur mon téton sensible en vifs va-et-vient. C'est trop, toutes ses sensations sont trop fortes. Je laisse échapper un cri et mon corps entier bascule dans un orgasme qui parvient à la fois à me noyer et à ne pas me suffire.

Le plaisir déferle sur moi en spirale. J'ai la tête qui rebondit sur l'oreiller, le corps qui se cambre, et des larmes jaillissent de mes yeux. L'extase se prolonge et je perds le contrôle de mes hanches, qui se tendent vers lui de leur propre chef, car je cherche – j'ai besoin de plus. Plus de plaisir, plus de contact, plus de Miles.

Quand je redescends un peu, que je réussis enfin à ouvrir les yeux et reprendre une respiration tremblante, c'est pour trouver Miles appuyé sur les bras au-dessus de moi, les yeux humides, bouche bée devant le spectacle de mes spasmes de volupté. Il passe une main entre mon dos et le matelas pour me soulever comme une offrande.

— Tu es tellement réactive, chérie. Tellement bonne pour moi. J'adore.

Le compliment et le regard brûlant qui l'accompagne, alors que Miles baisse à nouveau la tête sur ma poitrine, m'arrachent un gémissement.

— Je ne peux pas, dis-je en me tortillant contre lui. Je ne peux pas, je ne peux pas, je ne peux pas…

— Si, répond-il avec un sourire diabolique. Tu peux.

Il me soulève un peu plus et m'enlève mon débardeur d'un geste souple.

L'air frais sur mes mamelons humides m'excite encore plus. Cette fois, lorsque j'ouvre la bouche pour lui demander de m'achever, tout ce qui en sort est un cri aigu et incohérent. Cela lui suffit toutefois, et, soudain, il s'immobilise au-dessus de moi, ses beaux yeux assombris d'un éclat dangereux.

Le désir vacille dans leurs profondeurs, et, pour la première fois, je remarque qu'il est sur la mince frontière du contrôle. Qu'il est aussi excité, avide, bouleversé par ce qui nous arrive que moi.

Savoir que je ne suis pas seule – qu'il est aussi perdu et incontrôlable que moi – me rend la situation beaucoup plus facile. Plus encore, cela me donne envie de lui procurer autant de plaisir qu'il m'en a offert, de le pousser au-delà de ses limites.

Avec cette pensée en tête, je me lèche les lèvres et le regarde suivre le mouvement des yeux comme un homme affamé. Je recommence et me repais du grognement qu'il ne tente même pas de réprimer. Encore une fois, juste comme ça, en prenant le temps de laisser ma langue s'attarder pendant que je lui lance à mon tour des regards provocants.

Il y a de l'électricité dans l'air, et je sens une onde de chaleur déferler dans mon corps, dans mes veines, mes muscles, mon cœur et mon âme, alors qu'aucun de nous ne veut baisser les yeux. Miles envahit mon cerveau et mes sensations.

Il tire plus fort sur mes cheveux à présent. Tout devient plus féroce et plus puissant alors qu'il commence à perdre le contrôle. Mais chaque mouvement de sa main dans ma chevelure m'affole davantage, me rend plus impatiente de le sentir contre moi, en moi, tout autour de moi.

Étourdie par le désir, débordante d'un besoin qui semble ne jamais pouvoir être comblé, je me soulève sur mes coudes pour prendre sa bouche avec la mienne. Je l'embrasse de toute mon âme, déversant en lui toute ma chaleur, mon excitation et ma confusion.

Miles accepte tout, tout ce que je lui donne, et exige encore plus. Il me veut en entier, et je cède devant lui, je lui donne tout ce que j'ai et tout ce que je suis. Et je ne peux m'empêcher de me demander si cela va suffire. Si, pour une fois dans ma vie, je vais suffire. Être à la hauteur, enfin.

Chapitre 14

Miles

Le désir me traverse comme un cocktail Molotov, brûlant, incandescent, et menace de me faire exploser en une puissante déflagration. Depuis que j'ai senti l'orgasme de Tori, l'excitation monte en moi de façon exponentielle ; elle croît de plus en plus vite, de plus en plus chaude, et risque de me faire perdre tout contrôle.

Je veux ralentir, prendre un peu de recul pour m'occuper de Tori. Pour prêter attention au moindre détail et m'assurer qu'elle reçoit ce dont elle a besoin. De ma part.

Mais le recul est impossible alors que Tori est enroulée autour de moi, ses doigts délicats occupés à tirer sur mon short comme s'il contenait la réponse à tous ses problèmes. Tout ce que je parviens à faire, c'est la sentir, la vouloir, et prendre tout ce que je peux. Tout ce qu'elle accepte de me donner.

Je m'arrache à ses mains et à ses lèvres qui m'explorent pour dévorer ses seins des yeux. J'ai tellement envie de la goûter que j'en ai littéralement l'eau à la bouche. Je veux sentir sa saveur sans la barrière du tissu. Ses seins sont petits, comme tout chez elle, mais d'une forme parfaite, et si fermes que j'en ai les mains qui fourmillent du désir de les toucher. Incapable d'attendre une seconde de plus, je penche la tête, prends un téton dans ma bouche et le suce assez fort et assez longtemps pour qu'elle tremble et se cambre contre moi.

Tori crie et glisse les mains le long de mon dos pour les nouer sur ma nuque.

— S'il te plaît, halète-t-elle en frottant le bas de son corps contre mon bassin. S'il te plaît, Miles.

Sa voix essoufflée, aiguë, me donne une nouvelle bouffée d'adrénaline.

— Je suis là, dis-je tout contre sa peau, sur un ton qui n'est guère plus qu'un grondement.

Le besoin de descendre plus bas pour la prendre dans ma bouche et savourer sa douceur déchaîne en moi une urgence féroce. Je ne vais pas pouvoir résister très longtemps. Mais je veux la pousser un peu plus loin, l'entraîner un peu plus vers le fond, pour qu'elle se perde si complètement qu'elle oublie tout pendant un moment. Tout, sauf ce que nous vivons.

Tout, sauf nous.

— J'ai besoin de toi, souffle-t-elle d'une voix qui se brise.

C'est tout ce que j'attendais, tout ce que je brûlais d'entendre. J'ai envie de l'avaler tout entière alors que je referme la bouche sur son mamelon avec une rage que je ne chercherais pas à maîtriser même si je le pouvais.

Il ne faut pas longtemps avant qu'elle cambre avec force le bassin à ma rencontre. Les muscles de son ventre se tordent de désir et elle agrippe mes cheveux avec désespoir. La légère douleur ne fait que renforcer mon avidité, et je la maintiens en place pendant quelques minutes afin de sucer un téton puis l'autre, jusqu'à la rendre presque démente de désir. Jusqu'à la mener aussi proche de l'orgasme que moi.

Elle a un goût incroyable, de cannelle piquante et de vanille chaude. C'est un mélange dont je doute de pouvoir me lasser et qui va me faire perdre lentement la raison.

Une part de moi a envie de la prendre sans attendre, d'arracher mon short, de lui enlever son legging trop serré et de plonger en elle comme si ma santé mentale en dépendait. D'ailleurs, c'est peut-être le cas.

Mais, même ainsi, je ne suis pas prêt à ce que cela s'achève trop vite, à lui donner ce qu'elle veut si facilement alors que j'ai passé toute une année à me demander ce qu'il faudrait faire pour la mettre dans mon lit – et comment ce serait.

À présent, je suis content de ne le découvrir que maintenant. Car ce savoir m'aurait tourmenté, m'aurait rendu fou à chaque fois que je l'aurais vue.

Alors qu'elle est ici, dans ce lit, avec moi, je suis décidé à faire durer le moment. À tirer d'elle chaque once de plaisir que je pourrai. C'est pour cela que je ne glisse pas encore la main dans sa culotte, que je ne déplace pas son corps bien que mon instinct me hurle de prendre tout, tout de suite.

Au contraire, je reste où je suis, à embrasser, lécher, sucer ses seins jusqu'à ce que nous ruisselions tous deux de sueur. Jusqu'à ce que nous ondulions tous deux du bassin avec désespoir et que nous ne soyons plus capables de reprendre notre souffle.

Et pourtant, je continue de la pousser à chaque coup de langue, chaque mouvement de mes lèvres sur sa peau.

Je sens qu'elle a besoin de jouir encore. Je le devine à chacun de ses halètements, de ses mouvements de bassin contre moi. Un besoin féroce, inextinguible, sans issue.

Elle gémit à présent, me supplie, crie en rythme alors que je me frotte à elle à travers nos vêtements. Je perçois sa chaleur malgré les épaisseurs de tissus et, pendant un moment, je ne peux penser à rien d'autre qu'à les arracher pour poser la bouche sur elle, plonger ma queue en elle.

Elle doit ressentir la même chose, car, soudain, elle se met à psalmodier sans cesser de se tordre de désir.

— Enlève-les, enlève-les…

— Bientôt, ma chérie, dis-je en lui caressant le ventre. Je vais m'occuper de…

— Tout de suite ! s'exclame-t-elle, hurlant presque, en tirant sur son legging avec une frénésie voisine de la folie. Tout de suite, tout de suite !

Oh, merde ! Bordel…

Je voulais la pousser encore un peu, lui en donner plus. Plus de plaisir, de sensations, d'attention. Mais elle est déjà trop partie… Quant à moi, je ne suis plus guère capable de résister à ses suppliques. Alors qu'elle se cambre en tremblant contre moi, le peu de contrôle que j'avais encore me file entre les doigts.

Je la déshabille sans ménagement et déchire sa culotte dans ma hâte. Elle écarquille les yeux, le souffle court, et ça ne fait qu'accroître mon excitation, me fouetter le sang et me plonger dans une frénésie qui m'empêche de penser.

— Miles, s'il te plaît ! hurle Tori, à moitié folle, en agitant la tête contre le lit.

— D'accord, chérie, d'accord.

Je ne m'embête pas à enlever mon short complètement. Je le descends juste d'une main tout en fouillant la table de nuit de l'autre, à la recherche de la boîte de préservatifs que la gouvernante laisse à la disposition des invités dans toutes les chambres d'amis.

Dans ma hâte, je la déchire, et une pluie de préservatifs tombe sur le lit comme des confettis.

Tori en attrape un et le déballe avec ses dents. Puis, elle le pose sur mon gland et le déroule, une main sur l'autre, le long de ma queue, dans une manœuvre qui me force à serrer les mâchoires pour ne pas jouir avant même de l'avoir pénétrée.

Quand elle a fini – ça n'a pris que quelques secondes, mais elles m'ont paru des heures –, je glisse un doigt dans son sexe pour m'assurer qu'elle est prête. Elle est humide et chaude, et son vagin se serre autour de moi comme pour ne jamais me laisser partir. Elle est délicieuse, tellement délicieuse, et, pendant un moment, je reste ainsi, mon doigt allant et venant en elle pendant que, du pouce, je tourne autour de son clitoris.

D'un côté, j'ai envie de la faire jouir comme ça, histoire de contempler son visage dans l'orgasme. Mais je suis trop excité, et mon corps tout entier me supplie de le mener à l'extase.

Plus tard, me dis-je en retirant mon doigt à regret. Une autre fois, je la ferai jouir comme ça. Et puis aussi avec ma bouche, ma langue. Et ensuite, je recommencerai. Mais pour le moment, je veux – non, j'ai besoin de la sentir jouir autour de ma queue, son sexe serré convulsivement alors que nous basculons ensemble dans la volupté.

Tori gémit lorsque je soulève ses jambes sur mes bras, et encore quand je pose mon sexe sur le sien et commence à entrer doucement, inexorablement en elle. Elle s'immobilise quand je suis arrivé à la moitié. Je regarde ses yeux pour voir si je lui fais mal. Elle qui est tellement fougueuse la plupart du temps, toujours dans l'exagération… c'est facile d'oublier qu'elle est en réalité toute petite. Et fragile.

— Ça va ?

Je fais de mon mieux pour résister au désir qui me déchire et monte en moi.

— Oui, oui, oui, soupire-t-elle en se soulevant pour venir à ma rencontre.

Je n'ai pas besoin de plus d'encouragements. Je réponds à son besoin et m'enfonce en elle, complètement.

— Ça va ? demandé-je de nouveau, mais elle est trop partie pour répondre.

Un deuxième orgasme déferle en elle.

Merde. Oh, merde…

Elle se convulse autour de moi, les muscles soyeux de son sexe m'arrachant toute capacité de penser, de bouger, de respirer même. Parce que, si je le fais, si je pousse ne serait-ce qu'une seule fois ma queue en elle, je vais jouir aussi. Et ce n'est pas ce que je veux. Je la veux plus que je n'ai jamais désiré quiconque dans ma vie, mais il n'est pas question que je décharge à peine entré en elle. Pas quand j'ai attendu si longtemps pour l'avoir.

Je glisse une main entre nous pour la caresser pendant son orgasme, me délectant des sons qu'elle fait et de la façon qu'a son corps de se frotter contre le mien, comme si ma bite était soudain le pivot de son monde. Et alors, quand les dernières secousses de l'extase se propagent en elle et se transmettent à moi, je commence à bouger.

Je recule pour m'enfoncer, encore, sans relâche. Pour la baiser. La prendre. La faire mienne d'une manière que je n'aurais jamais imaginée possible il y a vingt-quatre heures. Elle prend tout, tout de moi, avec quelques gémissements sourds et sexy, et ses mains qui s'agrippent à mon dos, mes hanches, mes fesses.

À chaque poussée, je sens la chaleur monter en moi. Je me sens approcher de l'oubli, de la volupté suprême. J'essaie de m'accrocher encore un peu, de rester là – avec Tori – encore quelques instants. Mais elle a autant envie de me sentir lâcher prise que moi de tenir bon.

Elle enroule les bras autour de mon cou, attire mon visage vers le sien pour m'embrasser passionnément la joue, la mâchoire, les lèvres. Elle passe la bouche sur ma gorge, mon épaule, mes pectoraux. Puis, elle m'attire encore plus près pour me murmurer des paroles coquines à l'oreille.

Des mots qui m'envoient une décharge de désir.

Qui m'embrument le cerveau et me caressent le corps.

Qui me font jouir.

Ça me prend par surprise. Une seconde, je maintiens mon contrôle du bout des doigts. La suivante, je décolle dans un plaisir plus intense que tout ce que j'ai connu.

Il me submerge, m'attire dans les abysses. M'entraîne si profond alors que je jouis sans fin, le visage enfoui dans le cou de Tori, et son corps tout entier agrippé au mien.

Elle ne me lâche pas, la bouche pressée contre mon oreille. Les mains serrées dans mon dos. Le corps qui ondule à la perfection sous le mien. Je la veux avec moi, je veux qu'elle jouisse encore une fois tandis que je me vide en elle… Alors, je glisse une main entre elle et moi pour lui caresser le clitoris, une fois, deux fois. La troisième est la bonne, et elle crie, tout son corps se convulsant à un rythme si parfait que je voudrais que ça ne finisse jamais.

Et c'est à ce moment que je *sais* avec certitude : cette histoire entre nous n'est pas un égarement passager. Ce n'est pas une partie de jambes en l'air au petit matin, qu'on oubliera sitôt levés.

Non, me dis-je en prenant sa bouche dans un baiser aussi possessif que profond. *Quoi qu'il y ait entre nous, ce n'est ni léger ni passager… du moins, pas pour moi.*

Maintenant, tout ce qui me reste à faire, c'est de convaincre Mme Coups D'Un Soir que, cette fois, prolonger le plaisir sera bien plus rigolo…

Chapitre 15

Tori

J'ai l'impression d'avoir été renversée par un camion. Ce n'est pas seulement le poids de Miles étendu sur moi. Ni la blessure à mon pied, qui s'est rouverte pendant l'heure écoulée – et qui me fait mal. C'est plutôt que chaque part de mon être – mon corps, mon esprit, mon cœur – se sent écrasée par ce qui vient de se passer. Et je n'ai aucune idée de ce que j'en pense… ni de ce que je devrais en penser.

Une partie de moi – une grosse moitié, en vérité – a envie de rester ici, au lit, avec Miles. De me blottir contre son corps, de m'y agripper tant que je serai en vie. Ou tant qu'il voudra bien de moi. C'est cette idée qui me fait peur, en vérité. Qui me pousse à m'écarter de lui. À sortir du lit pour me diriger vers la salle de bains d'un pas qu'on pourrait qualifier de pressé. Mais qui est, en réalité, plus exactement une course, malgré mon pied blessé.

— Eh…

J'entends un froissement de draps dans mon dos alors que Miles s'assied et tente de m'attraper par le poignet.

Je parviens à l'éviter sans en avoir l'air ; c'est un talent que j'ai développé au cours de mes lendemains peu glorieux.

— Ça va ? demande-t-il.

Mais je suis déjà à mi-chemin de la salle de bains, ne songeant qu'à m'enfuir. À être celle qui quitte, et non celle qu'on abandonne.

— Bien sûr, dis-je avec un sourire désinvolte par-dessus l'épaule. Pourquoi ça n'irait pas ? C'était fantastique. Ou plutôt, toi, tu as été fantastique.

Il ne semble pas convaincu, mais je n'attends pas pour voir s'il change d'avis. Je préfère me faufiler dans la salle de bains et ferme la porte avant d'ouvrir les robinets de la douche. Ce n'est qu'à ce moment que je m'arrête, que je me laisse tomber sur le bord de la baignoire et m'accorde une seconde pour respirer.

Qu'est-ce qui vient de se passer ?

Mais qu'est-ce qui vient de se passer, bordel ?

Il y a deux jours, je haïssais Miles Girard et ne lui aurais fait confiance pour rien au monde. Et ce matin, je le laisse me donner trois orgasmes ? Trois ! Pas un de moins ! Alors que, jusqu'à présent, je n'avais jamais réussi à en avoir plus d'un avec un gars. Et encore.

Je ne sais pas ce qui a bien pu se produire à l'intérieur de ce lit ni ce qui se passe à l'intérieur de moi-même encore en ce moment, mais j'ai l'impression que mon cerveau est parti en vacances en même temps que mon compte en banque, et avec lui mon instinct de conservation. Ça ne fait qu'une journée, mais déjà les trois me manquent.

Surtout que j'étais sous Miles Girard, et que j'ai dû lutter contre un désir dévorant d'y rester… ce qui est totalement inacceptable. Je ne suis pas du genre à m'imposer quand on ne veut pas de moi, après tout. C'est une leçon que j'ai apprise dès mon plus jeune âge.

Ce qui signifie que je dois me reprendre. Je dois garder à l'esprit que je reste ici seulement de façon temporaire parce que ma vie entière est en train de tomber en morceaux. Même si Miles n'est peut-être pas le pauvre type intégral que j'ai toujours cru, ça ne signifie pas que ce qui vient de se passer entre nous ait le moindre avenir. En tout cas, ça ne veut pas dire qu'on va vivre longtemps et heureux ensemble avec beaucoup d'enfants, ou ce genre de conneries.

Cette seule idée me flanque des sueurs froides. Je n'envisage jamais un « longtemps et heureux », et même rarement un « heureux quelque temps » avec quelqu'un. Alors, d'où a surgi cette idée d'une relation durable, bordel ? Et pourquoi est-ce que ça devrait me déranger qu'il n'y ait aucune chance de vivre autre chose que ce qu'on a déjà, Miles et moi ?

Je m'en fiche, tenté-je de me convaincre en frottant mes jambes soudain hérissées de chair de poule.

Je m'en fiche complètement. Je suis juste tendue après tout ce qui vient de se passer. Je suis perdue, à la dérive, et Miles est la première chose à laquelle j'ai pu m'accrocher. C'est forcément ça. Forcément...

Je suis plantée là, lorsqu'un cognement à la porte m'arrache à mes considérations de mauvaise foi. Oui, je suis assez grande pour savoir quand je me mens à moi-même.

— Tori. Tu vas bien ?

— Très bien.

— Tu es sûre ?

— Oui, évidemment.

Il se tait un moment.

— Est-ce que tu veux bien sortir pour discuter une minute ? Pour que je voie ta tête ?

C'est la dernière chose dont j'aie envie maintenant, alors que je me sens si vulnérable. J'ai besoin de remettre mes défenses en place avant de l'affronter. Sinon, toutes ces émotions mélangées vont se lire sur mon front.

— Je sors dans quelques minutes. Je suis sous la douche.

Ce n'est qu'un petit mensonge, et je ne m'attends pas à me faire prendre. Du moins, pas avant qu'il n'ouvre la porte – pourquoi diable n'ai-je pas mis le verrou ? – et que je me trouve face à face avec Miles, sourcils haussés et moue ironique sur les lèvres.

— Sous la douche, tiens donc ?

— J'attendais juste que l'eau soit chaude.

— Je vois ça, répond-il en montrant la vitre déjà couverte de buée.

Il entre dans la pièce. C'est une vaste salle de bains, mais Miles a une telle présence, imposante, qu'elle semble l'emplir entièrement et absorber tout l'air ambiant. Surtout quand je prends conscience que, non seulement il est toujours nu, mais c'est la première fois que je le vois vraiment. Quand on a couché ensemble, j'étais trop absorbée par ce qu'il me faisait pour prêter à son corps autant d'attention que j'aurais dû.

Et j'ai eu bien tort, car... bordel de merde. Bordel. Il est... Waouh !

Certes, je panique, je suis affolée par tout ce qui s'est passé et par les sentiments que ça a générés en moi, mais ça ne me rend pas aveugle pour autant. Et ça ne m'empêche pas d'apprécier la vue, parce qu'il faudrait être aveugle et également morte pour ne pas aimer Miles Girard nu comme au premier jour.

Il est baraqué. Mais vraiment, vraiment baraqué. Pour tout dire, on devrait exposer ses abdos dans un musée.

C'est peut-être un geek, mais il a un corps d'athlète. Grand et mince, avec des muscles là où il faut. Ses abdominaux forment un V qui me fait saliver du désir de le découvrir encore mieux. Il est beau. Magnifique.

Ou du moins, il le serait s'il ne me lançait pas des regards mécontents, ses yeux bleus agités par une émotion que je ne parviens pas à déchiffrer.

— Écoute, je veux juste prendre une douche. Après ça, je te laisse le champ libre…

— Le champ libre ? Tu crois que c'est ça que je veux ? demande-t-il en s'approchant pour poser une main sur mon bras.

— Je ne sais pas ce que tu veux.

— Je pensais t'avoir montré très clairement, ce matin, que ce que je veux, c'est toi.

Il me tire un peu le bras, juste assez pour que je tombe contre lui.

— Mais, si tu as besoin que je te l'explique à nouveau, je serai ravi de le faire, reprend-il.

Il tente de m'enlacer pour me serrer encore davantage contre lui, mais je le repousse d'une tape sur le torse.

— Mec, si tu me l'expliques encore, je ne pourrai plus marcher.

Ni m'enfuir, et c'est ce qui me dérange le plus.

Il me regarde avec un grand sourire.

— Ça me semble plutôt positif…

— Évidemment. Mais j'ai des choses à faire aujourd'hui.

— On est dimanche.

Sans tenir compte de ma main qui le repousse, il me prend dans ses bras pour m'embrasser le cou et les épaules, me serrant tout contre lui.

— Qu'est-ce que tu peux bien avoir à faire aujourd'hui qui soit plus intéressant que ceci ? ajoute-t-il.

Il me prend le sein droit dans la main et passe le pouce sur le mamelon. Malgré mes bonnes résolutions, ça m'excite. Ce qui n'est pas vraiment une surprise. Miles est un amant incroyable, portant une attention aux détails qui force l'admiration. Je crois que c'est son côté ingénieur, perfectionniste, de celui qui veut être le meilleur en tout. Y compris en matière de sexe.

Le plaisir m'envahit et fait flancher ma volonté. Mais alors même que mon corps se met à fondre contre le sien, ma tête me rappelle toutes les raisons pour lesquelles je ne dois pas céder. Toutes les raisons pour lesquelles je ne devrais pas regagner le lit avec lui.

Le fait que j'en aie envie est la première d'entre elles. Il ne faut jamais rien désirer à l'excès et ne jamais dépendre de personne. Ça vous rend vulnérable. Je m'écarte à regret.

C'est une leçon que j'ai apprise de bonne heure – mes parents étaient de bons enseignants – et je ne vais pas l'oublier juste parce que Miles m'a procuré trois – *trois !* – des plus grands orgasmes de ma vie.

— Je dois trouver un boulot, répliqué-je en m'écartant pour de bon. Et décider comment je vais gérer ça. Si je fais ce que veut Chloe, il faut que je prépare une sorte de déclaration…

— C'est le job de la chargée des relations publiques, rétorque Miles alors que j'ouvre la porte de la cabine de douche pour y entrer.

Il me suit du regard, les yeux plissés, comme s'il soupesait mes excuses. Pourtant, je ne mens pas. Je ne dis juste pas toute la vérité.

Mais ce n'est pas grave, songé-je.

Parfois, à force de faire semblant, on finit par y arriver.

— Je ne veux pas qu'une chargée de relations publiques parle à ma place, lancé-je en courbant la tête sous l'eau pour me mouiller les cheveux. Enfin, elle peut lire ce que j'écrirai et le corriger. Mais si je fais ça, je veux que ce soit avec mes propres mots. Que ce soit *mon* histoire.

Pendant un moment, il ne dit rien. Il se contente de me regarder à travers la vitre. Je ferme les yeux à présent, à cause de l'eau, mais aussi de son regard, posé sur moi. Je devine les rouages de son cerveau qui tournent pour tenter de me comprendre.

Mais des gens meilleurs que lui ont échoué. Ce n'est pas parce que nous avons couché ensemble que je vais lui accorder ma confiance. Et encore moins baisser la garde. Les hommes comme Miles ont l'habitude d'obtenir ce qu'ils veulent dès qu'ils le souhaitent. Mais je ne suis pas un jouet qu'il peut acheter puis jeter. Le plus vite il aura appris ça, le mieux on s'en portera tous les deux.

— Pourquoi tu ne files pas sous la douche, toi aussi ? Comme ça, tu pourras travailler pendant que je prépare le petit déjeuner, dis-je en attrapant le shampoing.

— Tu n'as pas besoin de préparer le petit déjeuner.

— Je n'ai besoin de rien du tout, rétorqué-je en versant du shampoing dans ma paume. Mais il faut bien que je te dédommage d'une façon ou d'une autre pour ton hospitalité. Et puis, j'aime cuisiner et je suis douée, alors pourquoi pas ?

Je ferme à nouveau les yeux pour me laver les cheveux, mais les écarquille brusquement lorsque Miles ouvre la porte avec force

— Qu'est-ce que…

— Tais-toi, réplique-t-il en me poussant contre le mur de la cabine de douche.

— Pardon ? Comment oses-tu…

— Tais-toi, répète-t-il.

Et cette fois, ses paroles sont accompagnées d'un regard – et d'un grondement – qui me serre la gorge. Ce qui entraîne l'effet escompté : je me tais.

— Voilà qui est mieux, commente-t-il en m'attirant dans ses bras, le dos contre son torse.

Il plonge les mains dans ma chevelure et masse d'un geste ferme. C'est agréable, délicieux même, et, avant d'avoir pu m'arrêter, je laisse aller ma tête contre son épaule.

Le seul homme qui m'a lavé les cheveux jusqu'ici, c'est mon coiffeur, Pedro, et il ne me procure jamais de telles sensations. J'entends l'alarme se déclencher dans toutes les parties de mon corps, mais je n'y prête pas attention. J'en suis incapable : je me noie dans le plaisir simple des doigts de Miles sur mon cuir chevelu.

Il continue pendant deux minutes, jusqu'à ce que j'aie les genoux qui flageolent et que je fonde contre lui. Ce n'est qu'alors qu'il me tire doucement la tête en arrière pour me rincer, attentif à ne pas me mettre de mousse dans les yeux.

Puis, il attrape l'après-shampoing, et il ne reste de moi qu'une masse tremblotante de désir. Je m'attends à ce qu'il en profite, à ce qu'il me pousse contre le mur de la douche et me baise jusqu'à ce qu'on jouisse tous les deux. Dieu sait que la façon dont je me colle à lui ne peut pas être prise pour de la résistance, quelle que soit la manière dont cette douche a commencé.

Mais non. Il s'enduit les mains de savon et les passe sur mon corps. Il me lave et me titille en même temps, sans oublier la moindre partie, et c'est bon. Mieux que ça. C'est *juste.*

À n'importe quel autre moment, cette idée me ferait paniquer. Mais en cet instant, avec son corps collé au mien et ses mains qui exercent leur magie sur chaque centimètre carré de ma peau, c'est difficile de m'en soucier. Et plus encore de m'inquiéter.

Surtout lorsqu'il se rince les mains et s'agenouille devant moi.

À présent, je suis appuyée contre le mur de la douche, et Miles m'écarte doucement les cuisses.

Il passe deux doigts sur ma fente avant de les enfoncer doucement.

Il se penche pour me donner des coups de langue sur le clitoris.

— Ooooh !

Je m'agrippe à ses épaules, autant pour ne pas tomber que pour le maintenir en place pendant qu'il s'occupe de moi.

C'est bon, tellement bon que mes dernières velléités de résistance s'évanouissent avant même qu'il me soulève une jambe pour la caler sur son épaule.

Avant qu'il enfouisse son visage dans mon sexe et me fasse voir des étoiles à chaque coup de langue.

Avant même qu'il me fasse jouir plus fort et plus longtemps que jamais dans ma vie.

Et, quand c'est fini, qu'il se relève et ne fait rien d'autre que terminer de nous laver tous les deux, je me dis que les ennuis ne font que commencer.

Que je n'arrive pas à m'en soucier ne rend cette notion que plus excitante. Et plus terrifiante.

Chapitre 16

Miles

— C'est vraiment bon.

Tori lève les yeux de son assiette, une lueur amusée dans le regard.

— Pourquoi est-ce que tu as toujours l'air étonné quand tu dis ça ? C'est le deuxième repas que je te prépare, sans compter le smoothie d'hier après-midi, et tu as dit exactement la même chose, avec exactement le même ton, à chaque fois, sans exception.

— Parce qu'à chaque fois, sans exception, c'est bon. Je suis impressionné.

— Je me répète, il n'y a pas de raisons d'avoir l'air tellement surpris.

De sa fourchette, elle pique un nouveau toast à la banane dans le plat posé au milieu de la table, puis l'arrose de sirop d'érable.

— Je sais cuisiner, reprend-elle. J'ai pris des cours et tout le bazar, si tu veux savoir. Quand je te servirai le dîner, tout à l'heure, tu vas sans doute trouver ça bon aussi.

— C'est certain. Mais tu n'as pas besoin de me nourrir, tu sais.

— Tu m'héberges gracieusement. C'est bien le moins que je puisse faire pour te dédommager.

— Tu ne me dois aucun dédommagement. T'avoir ici, c'est ce que je veux.

Je tends la main vers la sienne et entremêle nos doigts, avant de les porter vers mes lèvres pour en embrasser les bouts tour à tour.

Elle me regarde, les yeux écarquillés, sans ciller, l'air peut-être un peu surprise, et je ne peux m'empêcher de me demander ce qu'elle voit là de si étrange. Avec quel genre de mecs est-elle sortie par le passé ? Je suis certes étonné qu'elle soit si bonne cuisinière, mais, de son côté, elle reste ébahie chaque fois que je lui témoigne un peu de tendresse.

Que ce soit lorsque je lui ai lavé les cheveux, ou passé les bras autour de la taille pendant qu'elle cuisinait, ou maintenant, quand je dépose de petits baisers sur sa main, il est évident qu'elle ne sait jamais comment réagir. Lorsque je la touche au lit, à l'inverse, elle est plus réactive que dans mes rêves les plus fous. Mais en dehors… elle n'a pas la moindre idée de la manière de se comporter. De toute évidence, c'est un territoire inconnu – et inconfortable – pour elle.

C'est incompréhensible. Je sais que Parsons est un véritable abruti et que Chloe n'appréciait aucun des types avec lesquels Tori est sortie depuis que je suis à San Diego, mais elle a forcément déjà eu un mec bien dans sa vie, non ? Quelqu'un qui s'intéressait à sa vraie personnalité et voyait plus loin que son image de fêtarde, qui se souciait de lui faire du bien, pas seulement au lit, mais aussi en dehors…

Peut-être que c'est seulement moi qui la mets mal à l'aise. Qu'il n'y a qu'avec moi qu'elle ne sait pas comment réagir. Je songe à cette hypothèse, la tourne et la retourne dans ma tête pendant que nous finissons notre petit déjeuner. C'est une théorie valable, après tout, surtout si on pense à la façon dont Tori a filé du lit ce matin. Bien sûr, elle a juré ses grands dieux qu'il n'y avait pas de problème, qu'elle avait juste des tonnes de choses à faire aujourd'hui, mais je ne sais pas si je l'ai crue sur le moment, et je ne suis pas plus avancé maintenant.

J'ai envie de découvrir la vérité, de la pousser un peu pour voir ce qui en ressort, mais elle est sacrément habile pour cacher ses émotions quand elle le veut. L'expérience – et une bonne dose d'instinct – me dit que je ne lui tirerai rien de plus que ce qu'elle veut bien me révéler. En tout cas, pas en lui posant la question de but en blanc…

Aussi, au lieu de l'asticoter pour comprendre ce qui cloche, je reste assis à la table de la cuisine, les yeux rivés sur le bleu infini de l'océan, l'aidant ainsi à faire semblant que tout va bien. C'est pourri et malsain, à l'opposé de ma façon habituelle d'agir. Mais pour le moment, c'est l'affaire de Tori, et la dernière chose que je souhaite, c'est lui rendre la vie encore plus difficile.

— Tu as fini ? demandé-je deux minutes plus tard en me levant pour débarrasser.

— Tu n'as pas besoin de t'en occuper, s'écrie-t-elle en se redressant d'un bond pour attraper le plat au milieu de la table. Je m'en charge…

— Tu as cuisiné, c'est moi qui fais la vaisselle. C'est une équation toute simple, rétorqué-je en la faisant se rasseoir d'un geste doux.

— Pas si on considère que tu m'héberges gratuitement…

— Tu reviens toujours à ça. Pourquoi est-ce que ça t'embête tellement ? Certes, je paie un loyer, mais c'est chez Chloe, ici. Et tu l'as hébergée généreusement aussi quand elle était en stage chez Frost Industries, l'été dernier : ça n'a posé de problème à aucune de vous deux. Alors, pourquoi est-ce que c'est tellement important pour toi, tout à coup ? Pourquoi est-ce que tu ne la laisses pas te rendre la pareille ?

Je pose les assiettes dans l'évier et commence à les rincer, sans toutefois quitter Tori des yeux. Elle est tellement indéchiffrable, tellement difficile à comprendre que je ne veux rater aucune de ses expressions.

— Parce que je n'ai pas l'impression d'être chez elle, là. Je suis chez toi. C'est déjà assez dur de devoir vivre aux crochets de Chloe, mais aux tiens aussi… ça ne peut pas aller.

— Qu'est-ce qui ne peut pas aller ? Le fait qu'on essaie de t'aider ? Je ne comprends pas, dis-je en disposant les assiettes dans le lave-vaisselle.

— Évidemment que tu ne comprends pas ! s'exclame-t-elle en levant les mains dans un geste exaspéré. Ce n'est pas toi qui n'as même pas une paire de chaussures à ton nom ! Dormir ici pour le plaisir, c'est une chose. Être là parce que je n'ai nulle part où aller, c'est complètement différent. Et maintenant que je couche avec toi…

Elle s'interrompt lorsque l'interphone retentit. Un coup d'œil à l'horloge m'indique que c'est sans doute la livraison que j'attendais. Mais comme les paparazzis sont toujours campés devant la grille dans l'espoir d'apercevoir Tori, je me rends dans le coin sécurité pour regarder la vidéo au lieu de me contenter de répondre depuis la cuisine.

En effet, une grosse fourgonnette de livraison attend devant la grille, et, après quelques mots avec le chauffeur, je la laisse entrer. Je surveille ensuite attentivement l'écran pour m'assurer qu'aucun des journalistes ne tente de profiter de la situation afin de pénétrer dans la propriété. Personne ne s'y risque, sans doute parce qu'Ethan en a fait arrêter trois pour violation de propriété privée et harcèlement quand ont éclaté les révélations sordides à propos de Brandon et de Chloe.

Je ne peux pas me réjouir de quelque chose en rapport avec cette histoire, mais les précautions qu'Ethan a prises pour ma sœur me facilitent aujourd'hui la protection de Tori, et j'en suis reconnaissant.

Je regarde le fourgon s'éloigner des grilles et vérifie qu'elles se referment bien derrière lui, puis retourne vers la table – et Tori.

— Viens, dis-je en lui tendant la main.

— On va où ? C'était qui ?

— Une surprise.

— Une surprise ? Pour être franche, Miles, je ne sais pas si je vais supporter une surprise de plus, là. Entre la sextape et mon père, j'ai eu ma dose.

— Cette fois, c'est une bonne surprise. Promis.

Elle n'a pas l'air enthousiaste. Mais elle accepte tout de même de me prendre la main et me laisse l'entraîner hors de la cuisine, vers l'entrée.

Nous arrivons juste quand le livreur sonne.

— Une livraison pour Miles Girard, annonce-t-il en me présentant son terminal électronique.

Je signe et attends avec Tori pendant qu'il apporte plusieurs gros colis à l'intérieur.

Une fois qu'il a terminé, je lui donne vingt dollars de pourboire et referme derrière lui, sans oublier de mettre le verrou.

— C'est quoi, tout ça ? demande Tori, bien que je devine à son air qu'elle a déjà compris.

Chaque paquet porte le nom du magasin dont il provient, après tout.

— Je te laisse le découvrir, dis-je avec un signe de tête vers les imposants sacs gris de chez Nordstrom. Je veux surveiller les caméras pour être sûr qu'il ressorte bien de la propriété. Je reviens dans une seconde.

Ça ne me prend qu'une minute ou deux de regarder la fourgonnette emprunter l'allée et franchir la grille. À la façon dont il se détourne, il est évident que le livreur est aussi agacé que moi par les paparazzis. Il manque d'en renverser un avec son pare-chocs, et je regrette de ne pas lui avoir donné un pourboire plus généreux.

Une fois assuré que la grille est bien fermée – et que les vautours sont de l'autre côté –, je retourne dans l'entrée. Mais, à peine ai-je fait quelques pas en direction de la cuisine que je tombe nez à nez avec une Tori pâle et furieuse.

– J'espère que c'est ta taille en vêtements de femme, le deux, siffle-t-elle en tapant mon torse d'un doigt rageur. Parce que, si tu as acheté tout ça pour moi, on va avoir un gros problème.

— Et pour quelle autre raison ? Tu avais besoin d'habits. J'avais la possibilité de t'en procurer. C'est quoi, le problème, bordel ?

— Le problème, c'est que tu ne les as pas achetés parce que tu avais envie de m'offrir un cadeau. Tu t'es senti obligé de le faire !

— Obligé ?

— Parce qu'on a couché ensemble. Tout ça, là-bas, dit-elle en désignant l'entrée, ce n'est pas un cadeau. C'est la rémunération de mes services.

J'ai la tête qui va exploser. Elle va éclater pour de vrai, et mon cerveau va s'éparpiller. Il n'y a aucune autre explication à ce que je ressens. Ses services ? Elle a vraiment dit « services » ?

— Tu as perdu la boule ?

Ce n'est certainement pas la question la plus diplomatique du monde, mais je ne suis pas capable de mieux en cet instant.

— J'allais te poser la même question.

Sa voix se brise sur le dernier mot, mais elle réagit en levant le menton, le regard plus dur que jamais.

Ça me va très bien, parce que je ne dois pas avoir l'air plus sympa. Je ne me rappelle pas m'être jamais senti aussi insulté.

— Vraiment ? Parce que je suis absolument certain que la seule personne dans cette pièce à t'avoir qualifiée de pute, c'est toi-même. Et moi de client, par la même occasion.

— Je ne suis pas une pute, c'est justement ça ! Mais tu me traites comme si j'en étais une. Alors oui, ça fait de toi un micheton.

La colère me saisit avec une puissance que je ne ressens pas souvent. Brûlante, bouillonnante, explosive, elle s'empare de moi. De la moindre partie de mon être. Elle m'empêche presque de parler, de penser, d'ouvrir la bouche, m'évitant ainsi de déballer tout un tas de merdes que je regretterai plus tard. Ou de prendre feu dans une combustion spontanée en plein milieu de la cuisine.

Après quelques secondes, je prends plusieurs grandes inspirations et me récite le tableau périodique des éléments. Enfin, j'arrive à m'exprimer.

— Et tu es sérieuse, là, bordel ? Tu as déboulé ici avec, en tout et pour tout, un sac sur l'épaule. Pas de téléphone, pas d'ordinateur, pas de maquillage, et presque pas de vêtements. Tu avais une entaille quasiment sur la totalité du pied, car tu n'as pas de chaussures non plus, merde ! Et parce que ça me fait de la peine, parce que j'ai envie de me montrer gentil avec toi, de t'aider, car tu es dans une situation horrible en ce moment, tu m'accuses de te traiter comme une pute ? De vouloir te rémunérer pour tes services ? C'est quoi, ton problème ?

— C'est toi qui veux m'aider. Toi qui es triste pour moi, gronde-t-elle, les bras croisés, affichant un air défensif. Est-ce que ça t'a seulement effleuré l'esprit de me demander ce que je veux, avant de m'ensevelir sous les paquets à peine une heure après que je suis sortie de ton lit ?

— Très bien, dis-je, les dents serrées. Qu'est-ce que tu veux ?

— Je ne sais pas encore. Mais je ne veux pas de ta pitié. Et je veux encore moins cette montagne de trucs dans l'entrée que tu as achetés pour moi.

— Eh bien, pas de chance, chérie, parce que tu as les deux.

— Pas du tout. Rappelle le livreur et dis-lui de tout remporter. Je n'en veux pas.

— À ce point de la conversation, je me branle de ce que tu veux ou pas.

Elle est insupportable, absolument insupportable. Pendant une seconde, je suis partagé entre le désir de lui coller une bonne fessée et celui de la baiser contre le mur le plus proche. La seule chose qui me retient, c'est de savoir que l'un ou l'autre mettrait par terre ce que je tente difficilement de construire.

Mais ça ne signifie pas que je vais me laisser faire. Certainement pas.

Je me rapproche d'elle et l'accule au mur contre lequel, même en cet instant, j'ai envie de la baiser. Je me penche afin d'être à sa hauteur.

— Tu as besoin de chaussures, Tori. Tu as besoin de produits de beauté, de sous-vêtements et d'une tenue pour tes entretiens d'embauche. Tu ne vas pas y aller en legging. C'est exactement ce que je t'ai acheté.

— Tu penses peut-être que je ne suis pas au courant ? Crois-moi, je sais mieux que toi ce dont j'ai besoin.

— Vraiment ? Tu crois ? Parce que tu me donnes plutôt l'impression d'être trop irrationnelle en ce moment pour savoir de quoi tu as besoin, ma chérie. Et tant que tu n'en seras pas capable…

— Tant que je n'en serai pas capable, tu vas le faire à ma place.

— Exactement. Tu es dans une situation de merde, et tu as besoin que quelqu'un prenne soin de toi…

— Parce que je ne peux pas me débrouiller toute seule.

— Je n'ai pas dit ça.

— Ça n'est pas nécessaire. Et c'est injuste.

Elle pose les mains sur mon torse pour me repousser. Je ne recule pas.

— Qui a dit que c'était juste ? Rien n'est juste dans cette situation. Sinon, ce merdeux n'aurait pas diffusé cette sextape qu'il a faite à ton insu. La presse ne te lapiderait pas comme une croqueuse d'hommes. Et ton père ne t'aurait pas virée de chez toi et abandonnée à ton sort au milieu d'une bande de paparazzis en folie. Mais c'est pourtant exactement ce qui se passe, et l'on est bien d'accord que ce n'est pas juste. J'essaie seulement de…

— De quoi ? Tu crois que tu vas me sauver ?

J'ai beau mesurer trente centimètres de plus qu'elle, elle arrive à me regarder de haut.

— Je vais t'aider, que ça te plaise ou non.

— Je tiens à souligner que ça ne me plaît pas.

— Je tiens à souligner que c'est pas de bol.

— Tu es un vrai connard, tu le sais ? hurle-t-elle d'une voix étranglée.

— Parce que j'essaie de t'aider ? dis-je en me retenant de m'arracher les cheveux. Je suis un connard parce que j'essaie de m'occuper de toi ?

— Non ! Tu es un connard parce que tu penses que je suis incapable de m'occuper de moi-même ! Et parce que tu as voulu acheter ce que je t'aurais donné.

— Bordel de merde, hurlé-je, cette fois hors de mes gonds. Est-ce qu'on est obligés de recommencer à parler de ça ?

— On n'a jamais cessé d'en parler.

— Eh bien, maintenant, si.

Je l'attrape par le bras et la tire brutalement vers moi.

Son corps se trouve collé au mien et, malgré la dispute – ou peut-être à cause d'elle –, une onde de chaleur déferle en moi. Son contact est délicieux, vraiment, et, pendant une seconde, je ne parviens pas à penser à autre chose qu'à mon désir de la baiser à nouveau.

Je lui passe un bras autour de la taille, la main dans le bas du dos pour la serrer encore plus fort. Elle ne me repousse pas, n'essaie pas de se dégager, même quand je descends la main vers ses fesses. Je la soulève sur la pointe des pieds afin de n'avoir plus qu'à plier un peu les genoux pour que sa chatte toute douce se trouve contre ma queue à présent dure.

Tori ne proteste toujours pas, et je me penche pour l'embrasser sur la bouche. Elle se laisse faire, et je me dis que c'est peut-être la façon de régler les choses avec elle quand elle devient irrationnelle. Apaiser sa mauvaise humeur par le sexe. Ça fonctionne pour moi, et, d'après ses gémissements, pour elle aussi.

Dieu merci.

Je la laisse aller en arrière pour l'appuyer contre le mur comme dans mon fantasme. J'ai envie de la soulever, d'enrouler ses jambes autour de moi et de la prendre ici, dans le grondement de l'océan qui entre par les portes-fenêtres de la terrasse restées ouvertes.

Mais d'abord… je prends le temps d'un vrai baiser, avec la langue, les dents, tout l'intérieur de sa bouche. Je suis tellement noyé dans les sensations qu'elle me procure, sa chaleur, son contact que je ne prends pas conscience tout de suite qu'elle ne me rend pas mon baiser – du moins jusqu'à ce qu'elle dégage son bras et me donne un coup de poing dans le ventre, assez fort pour me couper le souffle.

Chapitre 17

Tori

— Tu es sérieux ? lancé-je à Miles, plié en deux PAR le coup. Tu es sérieux quand tu crois que je vais te laisser me baiser encore une fois ? Après tout ce que je viens de t'expliquer ?

— Tori, attends !

Il tente de m'attraper, mais je repousse sa main. Il me faut une sacrée maîtrise de moi pour ne pas le frapper de nouveau, ce connard prétentieux.

— Ne me touche pas ! Tout ce bazar, là, ça paie peut-être une partie de jambes en l'air, mais ça ne suffit certainement pas pour t'en offrir une deuxième ! Alors, lâche-moi !

— Je veux te parler !

— Franchement, Miles, je me branle de ce que tu veux ou pas, répliqué-je en citant la phrase qu'il m'a balancée il y a quelques minutes. Tout ce qui m'importe, c'est qu'on me foute la paix.

Je m'éloigne, mais cette fois il parvient à me saisir par le bras.

— Arrête, ordonne-t-il en me maintenant en place d'une simple main sur le poignet. Si tu voulais bien te montrer raisonnable deux secondes…

— Je suis très raisonnable. Sinon, je t'aurais déjà arraché les yeux. Lâche mon bras.

Je tords la main dans tous les sens pour me dégager.

— Pas tant que tu ne m'auras pas écouté. Je ne sais pas ce que j'ai fait pour que tu penses des choses horribles sur mon compte, mais…

— Lâche-moi tout de suite, énoncé-je pour la deuxième fois d'une voix basse en lui lançant un regard sombre. Ou je te jure que c'est la dernière fois que tu me touches.

— Bordel de merde, Tori. Tu ne crois quand même pas que je vais te laisser partir en plein milieu d'une dispute ? On a besoin de régler ça.

— Ce dont on a besoin, c'est d'un peu de temps pour se calmer. En tout cas, c'est ce dont, moi, j'ai besoin. Je descends à la plage. Ne me suis pas.

Je parviens enfin à dégager ma main de son étreinte. Certes, c'est parce qu'il le veut bien, mais je m'en contente.

— La plage ? Tu ne peux pas sortir, voyons, les paparazzis…

— Je sais que tu persistes à me prendre pour une dinde incapable de s'occuper d'elle-même… Et je reconnais que je n'ai pas arrêté de te donner cette impression ces derniers jours… mais je ne suis pas totalement abrutie, vois-tu.

Sur ces mots, je me détourne et m'éloigne. De lui. De sa charité. Et de son air qui montre qu'il ne me croit pas vraiment capable de gérer le bordel dans lequel je suis prise.

Il a raison, je ne peux pas franchir les grilles avec tous les photographes massés de l'autre côté. Mais je ne peux pas non plus rester dans cette maison avec lui une seconde de plus. Pas alors que sa présence plus grande que nature emplit la moindre pièce.

J'exploite donc l'unique possibilité. Je sors par la porte-fenêtre sur la terrasse, dépasse la piscine et me dirige droit vers l'escalier de pierre à flanc de falaise, vers la petite alcôve privée que constitue la plage d'Ethan. À mon avis, c'est ce qu'il y a de mieux dans la maison. Une petite tranche de La Jolla, sans foule ni touristes cramés par le soleil.

J'y ai déjà passé des instants au calme sur une serviette, mais je ne suis pas d'humeur à prendre un bain de soleil en ce moment. La dernière chose dont j'aie envie, c'est de me donner en spectacle pour un connard de paparazzi avec un téléobjectif et un peu d'ingéniosité. Mais je ne peux pas remonter non plus et affronter Miles.

Alors, je marche vers le fond de la crique et m'assieds, les fesses sur le sable et le dos contre la falaise.

J'essaie de me faire la plus petite possible, les genoux remontés sur la poitrine et la tête appuyée dessus. Ce n'est qu'alors que je repense à ce qui s'est passé dans la maison, cette dispute avec Miles et tout ce que nous nous sommes dit. Et je commence à me demander si je n'ai pas un peu surréagi.

À présent que j'ai du temps pour réfléchir, pour reprendre mon souffle loin de cette montagne de paquets au milieu de l'entrée, je peux reconnaître qu'il essayait peut-être seulement de m'aider, comme n'importe qui le ferait pour une personne à laquelle il ou elle tient.

Si Chloe et Ethan m'avaient acheté tout ça, aurais-je été aussi en colère ? S'ils m'avaient offert un téléphone, des chaussures, un ordinateur et de quoi m'habiller pendant quinze jours, me serais-je sentie aussi offensée ?

Je n'ai même pas besoin d'y réfléchir pour savoir que non. Je n'aime pas l'idée d'accepter leur aide, mais je le ferais sans arrière-pensées. C'est d'ailleurs pour ça que j'ai atterri chez eux, dans leur maison. Parce que je savais que ça ne leur poserait aucun problème de m'héberger le temps de retomber sur mes pieds.

Alors, qu'est-ce qui me dérange autant quand c'est Miles qui me donne un coup de main ? Pourquoi est-ce que je me sens comme une prostituée, et non telle une femme aimée, lorsqu'il essaie de faire quelque chose de gentil ?

Je n'ai pas la réponse à cette question, et je ne remonterai pas – pour me retrouver face à face avec lui – tant que ça ne sera pas le cas.

Avec un soupir, je regarde l'océan. Le ciel est nuageux, chargé, et l'air un peu froid bien qu'on soit à la fin de l'été. Et l'humeur du Pacifique s'en ressent. Les vagues sont agitées et bleu-gris, fortes et écumeuses, serrées. Elles sont assez hideuses, en fait. Bordéliques, désorganisées.

Un peu comme ma vie en ce moment.

Un peu comme moi en ce moment.

Je n'aime pas la comparaison, et j'aime encore moins avoir une vie soudain tellement hors de contrôle. On pourrait arguer, je suppose, qu'elle n'a au contraire jamais été autant entre mes mains. Que j'ai à présent l'occasion de recommencer à zéro, de choisir la direction que je veux sans me justifier auprès de quiconque.

Mais, même si c'est vrai, je déteste la façon dont ça se passe. Ce n'est pas tant en raison de la perte de mon appartement – bien que, je ne vais pas me mentir, ce soit l'horreur, car j'aime cet endroit – ni du fait que mon fonds de placement m'échappe pendant encore deux ans, même si, ça aussi, c'est pénible.

Non, c'est surtout que Miles me voie comme ça. Qu'il sache à quel point je suis perdue, fauchée, démolie et terrifiée. Qu'il n'ignore rien du désastre total qu'est devenue ma vie.

Il ne me juge pas – du moins, je ne crois pas –, mais ça ne m'empêche pas d'avoir l'impression d'être une tache et de me sentir très mal à l'idée d'avoir besoin de son secours.

Je repense à l'aide proposée par Ethan et Chloe. Puis au moment où j'ai accepté celle de Miles en arrivant hier matin. Ce n'était pas l'idéal, mais ça ne me faisait pas monter sur mes grands chevaux non plus. Je ne me sentais pas comme une traînée.

La seule chose qui a changé, c'est ma relation avec Miles. Ce que je ressens pour lui, et ce que je voudrais qu'il ressente pour moi. Depuis notre première rencontre, je n'ai jamais caché la colère que j'éprouve à son égard. Ni, lui, le mépris qu'il a pour moi.

Mais tout a changé en l'espace de trente-six heures. Ou du moins, ça a changé de mon côté. Je n'ai pas la moindre idée de ce qu'il ressent pour sa part.

Et c'est là tout le problème. Je le comprends enfin tandis que je contemple la mer secouée par la tempête à venir. Je ne sais pas où j'en suis avec Miles. Le sexe a changé les choses entre nous, de toute évidence, mais est-ce que ça suffit ? Ou bien Miles conçoit-il toujours du dédain pour moi ? Pense-t-il encore que je suis une héritière tout juste bonne pour un plan cul ?

Cette idée me déchire. Ce n'est pas que j'attende qu'il s'engage avec moi. Après tout, ça fait seulement vingt-quatre heures qu'on a cessé de s'aboyer dessus à chaque instant. Mais j'ai besoin d'être sûre qu'il me respecte, qu'il n'a pas pitié de moi. Que je ne suis pas à ses yeux la pauvre et pathétique Tori.

Quand j'ai vu tous ces paquets dans l'entrée, que j'ai compris qu'il m'avait acheté tout ce qui me manquait, des chaussures au PC en passant par les culottes, j'ai eu peur que ce soit ainsi qu'il me voie. Qu'il ait commandé tout ça non pour m'aider à retomber sur mes pieds, mais parce qu'il pensait que j'étais incapable de m'occuper de moi-même. J'ai eu peur que, comme mon père, il ne voie que mes échecs. Mes erreurs. Les problèmes que je ne peux m'empêcher de m'attirer.

Et je me suis vengée. Je l'ai accusé de me traiter comme une pute parce que j'étais terrifiée à l'idée qu'il me considère ainsi. Non qu'il l'ait sous-entendu, en aucune façon, mais parce que je n'arrive pas à effacer de ma tête les paroles de mon père. Je n'arrive pas à arrêter de repenser au moment où il m'a lancé que j'aurais dû coucher avec Alexander pour empêcher que cette catastrophe se produise. Après tout, une fois de plus, un gars de plus, après tant d'autres, qu'est-ce que ça change ?

Si mon propre père peut penser cela de moi, pourquoi pas Miles ? Même s'il n'en a jamais donné le moindre signe…

Merde.

Je lui dois des excuses. Et ça m'agace.

Je déteste demander pardon. Vraiment, vraiment beaucoup. Mais je n'ai pas le choix. Je me suis comportée comme une conne et il ne le méritait pas. Sans doute. Peut-être. Je veux dire, il se peut qu'il pense tout ce que je crains qu'il pense… Dans ce cas, je n'aurais pas de raisons de m'excuser…

Non. Non. Non. Je ne vais pas repartir par là. Non.

Je me relève avec un gros soupir. Chasse le sable de mes fesses. Arrange mes cheveux. Redresse mon débardeur. Puis m'ordonne d'arrêter de traîner, et me force à remonter les marches.

Mais, lorsque je retourne dans la maison, Miles n'est nulle part. Tout ce qu'il m'a acheté est bien empilé dans l'entrée, mais lui est parti.

Ça retombe comme un soufflé, c'est le moins que l'on puisse dire. Sans compter que cette situation inconfortable me met les nerfs en pelote. Certes, en toute logique, je sais qu'il finira par rentrer – sans doute bientôt –, mais une part de moi, irrationnelle, se dit qu'il en a peut-être eu marre de mes conneries.

Moi, oui, en tout cas.

Ce qui me rend encore plus anxieuse : où est-il et quand reviendra-t-il ? Et c'est un problème, car je ne devrais pas m'en soucier. On a couché ensemble pour la première fois ce matin, après tout. Je ne devrais pas être si investie. Et pourtant, c'est le cas.

Frustrée et plus paniquée que je ne veux l'admettre, je prends le téléphone sans fil dans la cuisine pour appeler Chloe. Pas pour discuter de Miles, car la dernière chose dont j'aie envie est de m'aventurer sur ce terrain avec elle. J'ai juste envie d'entendre une voix familière.

Mais Chloe ne répond pas. Je garde les yeux rivés sur le téléphone quelques minutes, réfléchissant, avant de finir par me décider à appeler mon frère. On ne peut pas dire que nous soyons proches – il a toujours ressemblé un peu trop à mon père pour ça. Mais, puisque ma mère est en France, il n'y a que lui pour me tenir lieu de famille dans ce pays.

Je m'attends à moitié à tomber sur le répondeur, mais il décroche à la deuxième sonnerie.

— Tori ! Est-ce que ça va ? Où es-tu ?

La note de panique dans la voix de Jason me prend par surprise et me fait chaud au cœur. Je sens fondre la glace qui s'est formée en moi depuis que mon père est apparu à la porte de mon appartement, il y a deux jours.

— Je vais bien. Je suis chez Chloe.

— Dieu merci. Tu veux que je vienne te chercher ?

— Me chercher ? Mais tu es à Los Angeles !

— Ce n'est qu'à deux heures de route. Je peux arriver avant le dîner.

— Tu as envie de descendre ici ?

Je ne parviens pas à cacher mon incrédulité.

— Bordel, Tori. Ce n'est pas parce que papa est débile que je le suis aussi. Je ne sais pas ce qu'il avait en tête, mais laisse-moi venir te chercher. Tu peux t'installer chez moi…

— Chez toi ?

— Tu as l'intention de répéter tout ce que je dis ? demande-t-il, agacé.

— C'est juste que…

Ma voix se brise, et merde. Merde. Cette histoire est en train de me transformer en lavette qui pleure à tout bout de champ.

— Tori ?

— Je suis là. Merci.

— Merci pour quoi ? Je n'ai pas pu empêcher papa de se comporter comme un abruti. Dieu sait que j'ai essayé, pourtant. On s'est vraiment engueulés quand il m'a raconté ce qu'il t'avait fait. Et je te cherche partout depuis… Je ne sais pas pourquoi je n'ai pas pensé à appeler chez Chloe. Sûrement parce que je la croyais partie faire son droit à San Francisco.

— Oui, c'est le cas. Mais elle me prête sa maison.

— C'est un soulagement ! Je me suis fait un sang d'encre à essayer de deviner où tu pouvais bien être. J'ai parlé à tous ceux auxquels j'ai pu penser, et personne n'avait de nouvelles.

— Bah, ce n'est pas comme si j'avais pu appeler. Papa m'a pris mon téléphone.

— Je m'en suis douté. Je t'ai appelé une centaine de fois, sans réponse. Écoute, donne-moi l'adresse d'Ethan. Je viens te chercher.

Je pense à Miles, à notre dispute. Je n'ai pas envie de partir, de disparaître alors qu'il y a tant de choses à régler entre nous. Une partie de moi voudrait rester et voir ce qui va se passer, mais je ne souhaite pas m'imposer non plus. J'ai quand même débarqué ici sans prévenir et exigé de lui qu'il m'héberge…

— Tori ? insiste Jason.

— Je peux prendre le temps de réfléchir ?

— Réfléchir à quoi ? Tu ne peux pas rester indéfiniment chez Ethan Frost…

— Deux jours, ce n'est pas l'éternité. Mais j'ai besoin de régler des trucs avant tout.

— Qu'est-ce que tu dois régler ? demande-t-il sèchement. Tu es prise dans un scandale sexuel, tu n'as ni boulot, ni argent, ni toit. Ce n'est pas comme si des masses de possibilités s'offraient à toi…

— Certes. Mais j'ai passé deux jours à me contenter de réagir face à ce qui m'arrivait, au fur et à mesure. Je ne peux pas continuer comme ça. Je dois commencer à *agir*. C'est ma vie, et il faut que j'en reprenne le contrôle.

Je me tais.

— Je comprends. Vraiment, insiste-t-il. Mais laisse-moi t'aider, tirer quelques ficelles. Je peux te trouver un job, un appartement…

— Je ne veux pas que tu fasses ça pour moi.

La phrase est sortie toute seule. Mais une fois que je l'ai prononcée, je sais qu'elle est vraie. Parce que, si je laisse Jason m'aider, alors j'en serais exactement au même point qu'il y a deux jours. Je dépendrai de lui et plus de mon père, mais ce sera pareil. Si tout ce que j'ai me vient de mon frère, il peut me le reprendre quand il le décide.

Plus jamais je n'agirai ainsi. Plus jamais je ne souhaite dépendre d'un homme, que ce soit mon père, Jason ou Miles.

C'est alors que ça me frappe, que je comprends pourquoi je suis tellement en colère au sujet de ces paquets. Pas seulement parce que j'ai peur que Miles ne me croie pas capable d'être autonome, mais parce que je crains qu'il ait raison. Tous les hommes que j'ai connus m'ont laissé tomber, et en aucun cas je ne donnerai au frère de Chloe, trop souvent centré sur lui-même, l'occasion d'être le prochain à me blesser.

— Qu'est-ce que tu veux dire ? demande Jason, perplexe. Tor, tu as besoin d'aide.

— Je sais. Mais je suis encore tellement secouée que je ne sais pas quelle sorte d'aide il me faut. Accorde-moi deux jours pour remettre de l'ordre dans mes idées... Je te recontacterai, d'accord ?

— Deux jours ? Mais tu n'as même pas de téléphone !

— Je t'appelle avec le fixe d'Ethan et Chloe. Tu peux me joindre à n'importe quel moment. Dieu m'est témoin que je n'ai ni l'argent ni l'envie de sortir de la maison.

— Et pour manger ? Et pour...

— Je ne vais pas mourir de faim, promis. J'ai tout ce qu'il me faut pour survivre. J'ai juste besoin de temps pour décider de la prochaine étape.

— La prochaine étape, ça devrait être ta venue à Los Angeles et ton installation chez moi quelque temps.

La dernière chose dont j'ai envie, c'est bien de m'installer à L.A. Je hais cette ville. L'idée d'aller y vivre – et, pire encore, d'emménager provisoirement chez mon frère – me donne des boutons. Je me garde bien de le lui dire, évidemment. Je ne peux pas me le permettre, alors qu'il m'accorde toute son aide et son soutien.

— Peut-être, dis-je finalement pour acheter la paix. Mais j'ai besoin de prendre ma décision toute seule. Une fois que je saurai ce que je vais faire, je t'appellerai. Promis.

— Ah non, tu vas m'appeler avant. Je veux de tes nouvelles chaque jour jusqu'à ce que toute cette affaire soit résolue.

— Chaque jour ?

— Chaque jour. Et je veux ton adresse. Je vais t'envoyer quelques affaires.

— Tu n'as pas besoin de faire ça.

— Ce n'est pas à toi de me dire comment je dois agir. Tu es ma petite sœur. Ce n'est pas parce qu'on n'est pas toujours sur la même longueur d'onde que je veux te retrouver dans la rue. Je t'aime, Tori.

Il ne le dit pas souvent. Et moi non plus, d'ailleurs. Et il le fait maintenant, alors que, pour contenter mon père, il devrait me tourner le dos…

— Je t'aime aussi, dis-je d'une voix chargée d'émotion. Je suis désolée pour la sex…

— Chut. Ta seule faute, c'est d'avoir aussi mauvais goût pour les hommes que moi pour les femmes. Maintenant, donne-moi cette fichue adresse avant que je devienne fou.

— Je t'assure que tu n'as pas besoin de m'envoyer quoi que ce soit, insisté-je après une courte pause. J'ai tout ce qu'il me faut pour le moment.

J'espère que c'est vrai.

Maintenant, c'est lui qui ne parle plus.

— Tu es sûre ? finit-il par demander.

— Oui. J'essaie d'y voir plus clair à propos de cette histoire, et j'ai l'impression que je dois faire ça toute seule.

— C'est des conneries. À quoi ça sert, la famille, si ce n'est pas à t'aider quand tu es dans la mouise ?

— Je ne sais pas. Je…

— Écoute, Tori. Je n'ai pas besoin de te dire à quel point nos parents n'assurent pas. Surtout papa. Mais ce n'est pas parce que maman et lui ne savent pas ce que signifie le mot « famille » qu'on doit se comporter comme eux. Alors, s'il te faut du temps pour te décider, prends-le. Mais n'oublie pas que je suis là en cas de besoin. D'accord ?

— D'accord.

J'ai la gorge si serrée que j'ai du mal à parler. Bordel, quand est-ce que je vais arrêter de chialer comme une madeleine ? Je m'y reprends à deux fois avant de retrouver une voix normale.

— Il faut que j'y aille. Mais je t'appelle demain, OK ?

— OK. Tori ?

— Oui ?

— Ne réfléchis pas trop longtemps, sinon Ethan Frost va se retrouver avec un autre occupant dans sa maison, qu'il le veuille ou non. Compris ?

— Compris. Salut, Jason, dis-je d'une voix tremblante.

— Salut, petite sœur.

La ligne grésille, comme s'il était aussi réticent que moi à raccrocher. Je finis par reposer le combiné la première. Ma relation avec Miles me donne assez de choses auxquelles penser. Y ajouter les eaux troubles de ma famille – très – dysfonctionnelle me demanderait plus d'énergie que je n'en ai en ce moment.

Alors, je vais prendre la proposition de mon frère pour argent comptant, et pour une fois, advienne que pourra…

Chapitre 18

Miles

— Me rouler à ses pieds ? Comment ça, c'est à MOI de me rouler à ses pieds ?

— C'est une expression, Miles. Ça veut dire s'écraser devant…

— Je connais l'expression, Frost. Ce que je ne comprends pas, c'est pourquoi ce serait à moi de le faire. J'avais de la peine pour elle, je lui ai acheté quelques trucs. C'est quoi, le problème ? Les chaussures n'étaient pas assez classes ?

À peine ai-je prononcé cette phrase que je me rends compte de sa mesquinerie, mais c'est trop tard. Je suis déjà fou de rage devant les accusations que m'a balancées Tori tout à l'heure. Et maintenant, Ethan m'explique que c'est à moi de m'excuser ? Pas question. J'ai juste voulu l'aider. Et elle m'a accusé de la traiter comme une prostituée.

— Je sais que tu as voulu rendre service, mec. Chloe est aussi de cet avis. Et au fond, même Tori en est consciente. Mais ce n'est pas parce qu'elle est dans la merde en ce moment qu'elle n'a plus sa fierté. En lui achetant tout ça, tu l'as humiliée. Ce n'était pas le but, mais le résultat est le même.

— Je lui ai acheté quelques affaires qu'il lui fallait absolument. Comme un téléphone. Et des chaussures. Elle ne peut pas rester sans chaussures, Ethan, surtout qu'elle s'est coupé le pied en faisant les trois kilomètres depuis son appartement. Je ne vois pas en quoi c'est un problème. Franchement, d'après ce qu'on m'a raconté, tu as littéralement bombardé Chloe de cadeaux quand vous vous êtes rencontrés.

— C'étaient de petites choses. Des sachets de thé, des coquillages…

— Et un Vitamix à quatre cents dollars.

— Avec lequel elle a failli me décerveler quand elle me l'a renvoyé pour la première fois. Et qui a péri d'une mort atroce lorsque tout a foiré entre nous… Donc, je ne comprends pas trop à quoi tu t'attendais lorsque tu as commandé tout ça pour Tori.

— Je ne m'attendais pas à quoi que ce soit. Je ne vais rien exiger d'elle en échange d'un PC portable, pour l'amour du Ciel. Je veux juste qu'elle ne manque de rien. Franchement ! Nous savons tous les deux que Tori a bien plus de besoins que Chloe, et elle est arrivée ici complètement démunie. Je pensais qu'elle serait ravie d'avoir quelques affaires.

— Par « quelques affaires », tu entends des milliers de dollars de vêtements et d'équipement ?

— Il lui faut un téléphone, Ethan. Et un ordinateur. Des chaussures. Quelques tenues.

— Je me répète, ce sont des cadeaux à plusieurs milliers de dollars. Et je sais qu'elle en a besoin. Mais tu ne crois pas que Chloe s'en serait déjà occupée si elle pensait que son amie était prête à l'accepter ? Tori vient de voir son univers s'écrouler, et elle est encore sous le choc. Elle a les nerfs à vif. Tu aurais dû lui laisser un peu de temps pour se remettre, faire l'état des lieux de ce qui lui manquait…

— Je ne voulais pas la forcer à le demander. Je me suis dit que ce serait humiliant pour elle de faire appel à Chloe ou à moi, et j'ai voulu lui éviter ça. Je voulais lui rendre les choses plus faciles, pas plus difficiles.

— Eh bien, dis-le-lui. Excuse-toi, reconnais que tu as merdé, et explique-lui pourquoi. Une fois qu'elle aura compris que c'est parce que tu la respectes et que tu te soucies d'elle, et pas parce que tu la méprises, elle aura du mal à rester fâchée.

Mon premier réflexe est de répondre : « Jamais de la vie ! » En temps normal, j'ai déjà du mal à m'expliquer devant les gens. L'idée de le faire face à Tori – qui n'aura vraiment pas envie de m'écouter – va à l'inverse de mon fonctionnement habituel. Et même si d'ordinaire je me dis « Pourquoi devrais-je m'expliquer ? » – j'ai tendance à considérer que, si les gens comprennent de travers, c'est leur problème, pas le mien –, ce n'est pas ce que je ressens en ce moment.

Tori a été furieuse contre moi pendant la majeure partie de l'année écoulée, et la dernière chose dont j'ai envie, c'est de revenir à la case départ. Pas après l'avoir vue rire, l'avoir écoutée parler, et moins encore après avoir passé la moitié de la matinée à faire grincer le matelas ensemble. Je n'ai jamais eu autant de plaisir au lit qu'avec Tori, et je ne voudrais pour rien au monde y renoncer.

Mais c'est bien plus que ça : il ne s'agit pas de savoir si je vais pouvoir tremper mon biscuit bientôt ou pas. Je ne veux pas que Tori soit en colère. Et, plus encore, je ne veux pas qu'elle soit blessée. Surtout, je ne veux pas être celui qui la meurtrit.

Oui, nous avons passé un an à nous bouffer le nez. À échanger des torpilles et à nous engueuler. Mais, à ce moment-là, elle était bien dans ses baskets. Elle avait le monde à ses pieds. Lui faire une crasse maintenant – même sans le vouloir –, ce serait vraiment horrible. Je repense à sa tête quand elle m'a crié dessus. Et, pire, à son expression quand elle s'est éloignée.

—Eh, Girard, tu es toujours là ?

—Je suis toujours là. J'essaie juste de trouver la meilleure façon de me rouler à ses pieds.

—Je savais bien que tu finirais par entendre raison, s'esclaffe Ethan.

—Ouais, disons que, plus vite j'arrive à la calmer…

—… plus vite tu la ramènes dans ton lit, d'où elle n'aurait jamais dû sortir. Et, au fait, on est vraiment super heureux, Chloe et moi. Ça fait un moment qu'on se dit que vous allez bien ensemble… C'est d'ailleurs la raison pour laquelle on n'a pas arrêté de lui organiser les pires rendez-vous galants de la terre. Mais c'est la meilleure amie de Chloe, et elle est fragile, alors, même si je n'ai sans doute pas besoin de le préciser, ça va toujours mieux en le disant : ne lui fais pas de mal, mec. Elle a déjà assez de problèmes sans qu'on lui brise le cœur par-dessus le marché.

Le voir si protecteur envers elle me hérisse. C'est ridicule, car Tori est comme une sœur pour lui. Mais je n'ai quand même pas envie qu'il la protège. Je veux qu'aucun homme ne la protège à part moi, et…

Oh, là ! D'où c'est sorti, ça ? Me soucier de la femme avec laquelle je couche, c'est une chose. Devenir « un homme, un vrai » à son contact, c'en est une autre, et ce n'est pas dans mes habitudes.

La plupart de mes relations ont été décontractées. On couche ensemble un certain nombre de fois, puis je passe à autre chose parce que ces jeunes femmes ne sont pas si intéressantes que ça le lendemain matin, à la table du petit déjeuner. Ça peut sembler cynique, mais c'est la vérité. La plupart des femmes ont du mal à me suivre, et plus encore à jouer dans la même cour que moi. Mais avec Tori, je n'ai pas ce problème. Même après un an, elle reste fascinante à mes yeux… Je viens juste d'en prendre conscience, en même temps que de ce besoin de la protéger.

Je ne sais pas ce que ça signifie. Et je ne veux pas le savoir. Il y a deux jours, on se sautait encore à la gorge, et me voilà en train de m'énerver parce qu'Ethan me demande de ne pas la blesser. Ethan, pour l'amour du Ciel, qui est tellement timbré de ma sœur que ça fait presque peine à voir. C'est dingue. Ou, plus vraisemblablement, c'est moi qui suis en train de le devenir.

Cette pensée suffit à me mettre en mouvement. Je n'ai aucune intention de rester assis là à ruminer. Pas alors que Tori est toujours folle de rage contre moi. Et certainement pas alors que je n'ai de réponse à aucune des questions qui tournent dans ma tête.

Je ne confie pas cela à Ethan, pourtant. J'ai déjà du mal à supporter d'être dans un tel état… alors, mettre mon beau-frère au courant, non merci. Je me contente donc d'affirmer la seule chose dont je suis certain.

— Je n'ai pas l'intention de lui faire de mal, mec.

— Ouais, bon, je n'ai jamais eu l'intention d'en faire à Chloe… et toi non plus.

Ce qu'il ne précise pas, bien sûr, c'est que, chacun à notre façon, nous avons manqué de détruire ma sœur. Comme toujours, lorsque j'y pense, la culpabilité me ronge de l'intérieur.

— Comment va-t-elle ?

Même si je sais qu'elle est heureuse, que tout s'est arrangé pour elle mieux que dans ses rêves les plus fous, je ne peux m'empêcher de m'inquiéter. Je ne m'en suis pas assez préoccupé lorsqu'elle était plus jeune. Je la croyais sur parole quand elle affirmait que tout allait bien. Plutôt être damné que de retomber un jour dans ce piège.

— Elle va vraiment bien, répond Ethan. Le premier mois en master de droit est un peu brutal, mais elle ne lâche rien. Et elle est folle de Violet, donc… tout va bien.

— Tant mieux. Je…

Quelqu'un vient de frapper à ma porte. Je perds aussitôt le fil de mes pensées.

— … je dois te laisser, Ethan.

— N'oublie pas de te rouler à ses pieds, rappelle-t-il, car il a deviné que c'est Tori qui me distrait ainsi.

— C'est bien noté.

Je raccroche sans lui laisser le temps d'embrayer, et regarde la porte de mon labo s'ouvrir.

— Coucou, dis-je en m'approchant du seuil, sur lequel se tient une Tori un peu contrariée et très hésitante. Ça va ?

— Très bien, répond-elle sèchement. Tu peux arrêter de me poser la question chaque fois que tu m'aperçois. Je ne suis pas mourante, tu sais. Seulement fauchée, et occupée à payer les conséquences de ma propre stupidité.

— Tu n'as pas été stupide. Tu as juste fait confiance à la mauvaise personne, rétorqué-je en lui faisant signe d'entrer.

— Ce qui signifie que je suis une véritable idiote.

— Ce qui signifie au contraire que tu es humaine.

Je pose une main dans le bas de son dos pour la guider plus avant dans la pièce, où se trouvent deux tabourets. Je m'attends à moitié à ce qu'elle m'arrache la tête – ou la main –, alors je garde la pression de mes doigts légère en l'escortant vers le seul siège que j'ai à lui offrir.

Elle se laisse faire – sans mordre ni griffer –, et j'entends une alarme dans ma tête, qui me pousse à me demander ce qu'elle mijote. Soit elle tente d'endormir ma méfiance afin de me sauter à la gorge dès que je baisserai la garde, soit elle s'est considérablement calmée depuis sa tonitruante sortie en direction de la plage tout à l'heure. Sachant que je n'ai pas encore eu l'occasion de m'excuser, je suis presque sûr que la première hypothèse est la bonne.

— Je suis désolé, dis-je en la regardant s'installer sur l'un des tabourets. Je n'aurais pas dû commander tout ça sans, au moins, t'en parler au préalable. Ça m'ennuie de te voir te débrouiller sans, alors que je peux facilement te le procurer. Mais j'aurais dû vérifier, te demander si tu étais d'accord.

— En effet, convient-elle avec le hochement de tête hautain d'une reine au royaume longtemps confisqué, en rien atténué par ses cheveux multicolores. Mais je suis désolée, moi aussi. Tu as juste voulu m'aider, et j'ai réagi de façon totalement disproportionnée.

C'est bien la dernière chose à laquelle je m'attendais de sa part – je m'étais préparé à ramper, bon sang ! –, et ça me prend de court. Je reste plusieurs secondes incapable de parler. Je suis planté là, les yeux écarquillés, la bouche entrouverte, à tenter de raccrocher les wagons. Je pensais devoir me rouler par terre cinq bonnes minutes avant qu'elle accepte ne serait-ce que de me parler.

Je parviens finalement à me reprendre assez pour m'exprimer.

— La dernière chose que je veux, c'est que tu croies que j'attends quoi que ce soit en retour, juste parce que j'ai fait quelques achats pour toi. Ce qui peut se passer – ou ne pas se passer – entre toi et moi n'a rien à voir avec un nouveau téléphone ou une paire de Jimmy Choo. Si tu veux, je peux tout renvoyer.

Elle semble amusée, les lèvres pincées et les sourcils levés.

— Vraiment ? Tu es prêt à tout renvoyer ? Vraiment tout ?

— Non, avoué-je, car je préfère ne pas lui mentir, même si ce qu'elle va entendre ne lui plaira pas. Je n'ai pas envie de renvoyer le téléphone ni l'ordinateur, parce que tu en as besoin. Et je souhaite encore moins renvoyer les chaussures.

Je n'arrive toujours pas à croire que son salaud de père l'ait laissée sortir de l'appartement pieds nus. Si Tori pense que j'ai eu tort de lui acheter tout ça, j'imagine trop bien ce qu'elle éprouverait si je faisais ce dont je rêve, c'est-à-dire me pointer dans le bureau de ce fils de pute pour le tabasser presque à mort.

Chaque fois que je repense à la façon dont il l'a jetée dehors sans rien d'autre qu'un sac rempli à la hâte, ça me rend dingue. Peu importe la colère et la honte qu'il a pu ressentir devant cette vidéo – même si je ne parviens pas à m'imaginer éprouver suffisamment de colère et de honte pour virer de la sorte une personne que j'aime. Son rôle, c'est de prendre soin d'elle dans ses moments de besoin, pas de lui rendre la vie encore plus difficile.

— Décidément, cette histoire de chaussures, ça te travaille..., commente-t-elle.

Elle passe les doigts dans les passants de mon jean pour m'attirer entre ses cuisses soudain ouvertes.

— C'est vrai. Ton pied était dans un tel état quand tu es arrivée... tu n'aurais jamais dû faire trois kilomètres pieds nus, et il n'aurait jamais dû te laisser faire. Sans compter que tu boites encore.

— Je ne...

— Arrête tes conneries. Tu fais de ton mieux pour que ça ne se voie pas, mais tu hésites toujours à porter ton poids sur ce pied.

— Ce n'est pas...

Le regard que je lui lance la convainc de se taire sans achever son mensonge.

— Ce n'est presque rien, concède-t-elle en levant les yeux au ciel dans une mimique théâtrale. Je ne sais même pas comment tu l'as remarqué.

Elle n'a toujours pas lâché mon pantalon, et je choisis de considérer ça comme un bon signe. Surtout si l'on songe qu'elle a, à présent, les genoux appuyés sur l'extérieur de mes cuisses. Je sens la chaleur de son sexe à travers le tissu de mon jean. Ça me flanque une érection magistrale, tous les nerfs en éveil. Ça me donne aussi assez de confiance pour glisser un bras autour de ses épaules afin de lui attraper doucement la nuque.

— Je remarque tout ce qui te concerne, Tori. C'est pour ça que je n'aurais pas dû me planter comme un bleu, tout à l'heure. Je suis sérieux quand je dis que je vais tout renvoyer. Sauf…

— … les chaussures, conclut-elle avec un sourire.

— Exact. Et…

— … le téléphone.

— Oui. Et…

Cette fois, elle m'interrompt d'un doigt sur les lèvres.

— Eh, Miles…, souffle-t-elle, une lueur séductrice dans les yeux.

— Oui ?

Merde. Ethan savait vraiment ce qu'il disait quand il m'a conseillé de m'écraser. Si ça l'incite à prendre ce regard et cette voix, je veux bien me traîner par terre tous les jours de ma vie.

— Tu ne peux pas la fermer et m'embrasser ?

— Avec plaisir, acquiescé-je dans un sourire.

Et j'ouvre la bouche pour aspirer le doigt qu'elle a posé sur mes lèvres.

Elle halète en me sentant mordiller sa dernière phalange, puis gémit quand je recommence. À plusieurs reprises.

— Eh, Tori, dis-je en lâchant enfin son doigt.

— Oui ? demande-t-elle d'une voix rauque, essoufflée. Celle que je préfère.

— Je ne vais pas me contenter de t'embrasser.

Elle sourit en se penchant pour effleurer ma bouche de la sienne.

— J'y compte bien.

Chapitre 19

Tori

Au premier contact de la bouche de Miles sur LA mienne, je me mets à trembler. Une part de moi se dit que je ne devrais pas faire ça, pas ici, maintenant, et surtout pas avec lui. Je suis venue le rejoindre pour m'excuser, et peut-être – juste peut-être – pour un petit moment coquin sans signification. Mais de la signification, il y en a dans sa façon de me tenir le cou. De se coller contre moi. Et, plus encore, de me lécher l'intérieur de la bouche lentement, posément.

Je sais que je dois faire attention, que Miles est le dernier mec dont je doive tomber amoureuse en ce moment. Mais je suis incapable de m'en souvenir alors qu'il se rapproche du creux de mes jambes.

Qu'il glisse une main sur l'extérieur de ma cuisse.

Qu'il me suce la lèvre inférieure et la mord juste assez fort pour me donner un frisson dans le dos.

Son goût est si délicieux que toutes mes bonnes intentions volent en éclat et qu'il ne me reste plus que le battement affolé de mon cœur, comme une puissante pulsation dans mon crâne. La sensation se transforme en un mantra :

Je le veux, j'ai besoin de lui, il faut que je l'aie.

Sans fin, les mots se répercutent dans ma tête. Dans mon cœur. Dans cette âme que j'ai si longtemps prétendu ne pas avoir.

Pendant une seconde, guère plus, une alarme se déclenche dans ma tête et je pose les mains sur ses épaules pour le repousser. Je ne devrais pas avoir autant envie de lui, être aussi enchantée, excitée et ravie de le sentir me tenir ainsi. Mais c'est le cas. Complètement. Parce que son étreinte ne dit pas : *petit moment coquin sans signification.* Elle crie haut et fort : *très bon moment ensemble.* Elle dit qu'il me veut, qu'il a besoin de moi, comme moi de lui. Et c'est la sensation la plus exaltante et la plus terrifiante que j'aie jamais connue.

Même me retrouver reniée par mon père et dépouillée de tout ne m'a pas autant effrayée. Parce qu'en parcourant ces trois kilomètres à pied, je savais que j'avais un refuge où aller. Je savais que je pouvais m'appuyer sur Chloe. Mais là… il n'y a rien pour amortir ma chute, personne pour me tenir la main et me dire que tout va bien. Si je me donne à Miles, si vraiment je me donne à lui, il n'y aura pas de retour en arrière possible. C'est la réussite ou la mort, et l'on ne peut pas dire que, jusqu'ici, j'ai accumulé les succès avec les hommes…

Pourtant, je ne m'écarte pas. Malgré tous mes doutes, toute la peur qui brûle en moi, je l'attire plus près, de mes mains qui, pourtant, devraient l'éloigner. Je lui offre ma bouche, le laisse y entrer plus profondément, et j'enroule les jambes et les bras si fort autour de lui que je sens son cœur battre contre le mien.

— Tu es magnifique, murmure-t-il contre mes lèvres. Tellement magnifique…

— Toi aussi…

À présent, c'est moi qui le mords. Moi qui lui suce la lèvre inférieure. Qui la savoure. Qui étouffe son gémissement contre ma bouche.

Aussitôt, ce baiser tendre et chaleureux devient dur, avide.

Il enfouit les doigts dans ma chevelure et me tire la tête en arrière. Je soupire et me cambre contre lui, m'abandonnant alors qu'il m'envahit. Qu'il me dévore.

Les lèvres, la langue et les dents, il se sert de tout pour attiser le brasier qui me consume, m'amener jusqu'à une frénésie dans laquelle plus rien d'autre ne compte que de le sentir contre moi, autour de moi, en moi. Car, tout ce que je veux, tout ce dont j'ai besoin, tout ce que je dois avoir, c'est lui.

— Tori.

Mon prénom est sorti dans un grondement, bas et profond, si rauque qu'il me déchire. Chacun de mes nerfs prend feu et tous mes poils se hérissent. Je gémis en réponse, incapable de proférer un mot, et je fais la seule chose encore possible : je m'ouvre pour lui. Je lui donne tout ce que j'ai, tout ce dont il a besoin. Et je prends en échange tout ce dont je meurs d'envie de m'emparer.

Une fois encore, il glisse la langue entre mes lèvres entrouvertes. Elle s'enroule autour de la mienne avant de me lécher le palais, l'intérieur des joues. Sans savoir comment, je plonge les mains dans ses cheveux, mes doigts emmêlés dans ses mèches fraîches et soyeuses, pour l'attirer encore plus près.

Pour l'attirer jusqu'au fond de moi.

Il gronde encore, sa bouche de plus en plus dure et brûlante contre la mienne, alors qu'il exige tout de moi, et même plus.

Il me mord les lèvres à présent, en petits coups acérés qui m'enflamment le bas-ventre. Puis, il aspire ma langue dans sa bouche pour la caresser. À d'innombrables reprises, jusqu'à ce que je ne sente plus rien, ne veuille plus rien, que je n'aie besoin de rien d'autre que lui.

Jusqu'à ce que mes peurs ne semblent plus avoir d'importance.

Que plus rien n'aie d'importance, à l'exception de Miles.

Il glisse la langue entre mes lèvres, l'agite, et je m'embrase comme un feu de joie alors que la chaleur se déverse en moi. M'enveloppe. Me dévore jusqu'à ce que je redoute de me perdre – et lui avec – dans cette combustion.

— Miles.

J'arrache ma bouche à la sienne et inspire de grandes bouffées d'air en essayant de reprendre un semblant de contrôle sur mon corps. Mais je suis trop éperdue, chacune de mes cellules, chacun de mes nerfs appelant tout ce qu'il peut me donner, n'importe quoi. Et plus encore. Toujours, toujours plus.

Mes mains se crispent dans ses cheveux et il gronde de nouveau. Je me délecte de ce son et tords plus fort, tire plus fort, l'attire plus près, plus près...

— J'ai besoin de toi. J'ai besoin de te sentir en moi. Je t'en supplie.

En un clin d'œil, me voilà sur la table, son corps tendu contre le mien, sur le mien, me maintenant en place alors qu'il glisse les mains vers mes fesses. Il est partout, partout, son corps bouillant, ferme et imposant alors qu'il se presse entre mes jambes. Qu'il me soulève et m'abaisse pour frotter son sexe contre le mien.

— Mets tes jambes autour de ma taille, ordonne-t-il.

J'obéis, et il est soudain si près que je sens les contours de sa queue à travers son jean et le tissu fin de mon legging.

— Merde, Tori !

Il me pétrit les fesses, sans cesser de me faire aller et venir, au rythme des battements du sang qui bourdonne à mes oreilles. Puis, son autre main se retrouve dans mes cheveux pour me tirer la tête en arrière afin de m'offrir totalement à lui, mon cou long et mince à sa disposition.

C'est ce qu'il voulait. Il passe les lèvres sur ma joue et ma mâchoire, vers la peau tendre de ma gorge. Il s'arrête là pour lécher, embrasser et sucer mon cou jusqu'à ce que je sente des marques se former. Alors, il ralentit, puis me dessine un autre suçon sur la clavicule, et un autre dans la chair tendre de ma poitrine.

Je halète, à présent, les jambes serrées autour de ses hanches, les doigts crispés dans ses cheveux, sur ses épaules, son dos. La même frénésie le gagne et il tire sur mon débardeur, qu'il balance à travers la pièce avant de faire de même avec mon soutien-gorge.

Alors, il pose la bouche sur mon téton, le lèche, le suce, le mord, jusqu'à ce que mon corps entier tremble et que j'aie les yeux révulsés de plaisir. Il roule mon mamelon entre ses lèvres, ses dents, avant de tendre la langue et de la passer si vite et si fort sur le bout que mon corps entier se convulse dans un sommet de volupté.

Il recommence à de nombreuses reprises, jusqu'à ce que je frissonne, que je tremble, que je crie son prénom, les joues ruisselantes de larmes. Je sanglote presque, mon corps entier secoué sous le sien, et il lève mon visage vers lui pour le regarder. Pour vérifier que je suis toujours avec lui.

Je ne sais pas ce qu'il voit, mais c'est sans doute ce qu'il cherchait, car il baisse la tête et recommence la même torture sur mon deuxième sein, sans cesser pour autant de pincer le premier entre ses doigts.

C'est tellement fort, tellement trop, même, que je le repousse alors que la tension et le désir continuent de monter en moi.

— Arrête, haleté-je.

J'entortille les doigts dans son t-shirt pour l'empêcher de trop s'écarter.

— De quoi tu as besoin, bébé ?

D'une main, il me caresse la joue tandis que l'autre continue de jouer avec mon mamelon.

— Miles, arrête !

Je le repousse avec plus de force cette fois, et il relève la tête d'un geste brusque pour me regarder dans les yeux. Il semble plein de questions, d'une inquiétude sincère alors qu'il scrute mon visage. Il cherche sa respiration en tremblant, et je prends conscience qu'il essaie de retrouver le contrôle de lui-même. Qu'il croit que je veux qu'il arrête pour de bon.

Je suis en équilibre précaire sur la table, mais je lui fais confiance pour me retenir alors que je remue contre lui et commence à lui enlever son t-shirt. Il me faut deux secondes pour l'arracher de son jean, mais, une fois que c'est fait, je le lui ôte d'un geste fluide.

Il a la poitrine lisse, sculptée, et tellement ferme que j'en ai l'eau à la bouche. Je brûle de le goûter de nouveau, de passer la langue sur les muscles dessinés de ses flancs et de ses épaules. De couvrir ses pectoraux de baisers avant de lui lécher les tétons.

Il gronde au premier contact de mes lèvres sur sa peau, sa main remontant pour me tenir la nuque et me garder en place. C'est un geste tellement possessif que ça devrait me paniquer, m'inciter à me dégager, mais je m'abandonne au contraire. À lui.

Mais ce n'est pas parce que je me laisse guider que je n'ai pas mes propres petites astuces. Et, alors qu'il appuie ma bouche contre son torse, je plante les dents dans sa peau. Il se raidit et pousse un juron, mais je sens sa queue battre contre mon sexe, et il ne s'écarte pas. Je n'ai pas besoin de plus d'encouragements, et je passe la langue sur la légère morsure avant de recommencer. Puis une nouvelle fois.

Il a une réaction explosive, immédiate, avide. Tellement avide. Presque autant que je le suis de sentir sa bouche sur moi. De le recevoir en moi. Il enfouit une main dans mes cheveux, et me tire sans ménagement pour mettre mon visage à la hauteur du sien.

Un seul regard dans ses yeux et je halète, le sexe humide, car ils sont à présent d'un bleu nuit – sombre, dangereux, et si tentant… Je vois son désir scintiller au fond de ses iris, et je n'ignore rien de la fragilité du contrôle qu'il garde sur lui-même. Il ne tient plus que du bout des doigts.

J'ai un peu envie de reculer, de voir ce qui se passerait si je le maintenais plus longtemps à ce point de rupture. Mais le contempler ainsi, si près du gouffre à cause de moi – parce qu'il me veut, qu'il a besoin de moi autant que moi de lui –, c'est tout ce que je souhaite, et plus que j'aurais songé à demander.

Coucher avec un mec, c'est facile. Mais les toucher réellement et m'ouvrir à eux, c'est compliqué. Je n'agis jamais ainsi. Jusqu'à maintenant, en tout cas.

Mais il y a quelque chose dans le fait de savoir que je ne suis pas seule, de savoir – vraiment – qu'il est là, avec moi ; quelque chose qui m'aide à accepter le maelstrom de désir qui se déchaîne en moi.

Je me lèche les lèvres et le regarde suivre des yeux chacun de mes mouvements, comme si j'étais son salut. Je recommence et me repais du gémissement qu'il ne tente même pas de réprimer. Puis, je le fais de nouveau, et laisse ma langue sur ma lèvre inférieure pendant que, des yeux, je sous-entends toutes sortes de promesses que j'ai bien l'intention d'honorer.

Il m'attrape alors, passe les mains sur mon cou et laisse ses doigts courir sur le pouls qui bat à cent à l'heure. C'est un geste à la fois intime et dominateur, et jamais dans ma vie je n'ai laissé quelqu'un me toucher ainsi. Mais je n'ai jamais laissé non plus quiconque me tenir par la nuque, et je lui ai pourtant accordé ce droit sans hésiter. Plus encore, je m'en suis délectée, parce que, même si ça me met les nerfs en pelote, je ne veux pas qu'il s'écarte. Et encore moins qu'il arrête.

Je ne sais pas ce que ça révèle de moi, de nous, mais je m'en fiche. Car la chaleur que nous produisons crée des éclairs qui me déchirent le corps. Me secouent les nerfs et les muscles. L'esprit, le cœur et l'âme. Et chaque parcelle de mon être, jusqu'à ce que je ne puisse désirer rien d'autre que Miles.

Son autre main est toujours sur mon sein, et ses doigts sur mon téton me rendent encore plus folle. Je me penche pour poser les lèvres sur les siennes avec une avidité que je ne me serais pas crue capable d'éprouver. Je n'ai jamais rien ressenti de tel, pas même lorsque nous étions au lit ce matin. Jamais je n'ai imaginé pouvoir me sentir aussi vulnérable, aussi puissante, et aussi désirée en même temps.

Soudain, la barrière de nos vêtements n'est plus supportable. Je veux me débarrasser de son jean, je veux que mon legging atterrisse par terre dans le labo pour que Miles enfonce son sexe en moi. Mon corps entier se convulse à cette idée, mon intimité douloureuse de désir alors que je me débats avec le bouton de son pantalon.

— Enlève-le, imploré-je en arrachant ma bouche à la sienne. Enlève-le, enlève-le…

Je suis folle d'excitation, et mon corps se tord contre le sien alors que le désir devient intolérable.

— Bientôt, bébé, murmure-t-il en imprimant de nouveaux suçons sur ma clavicule, mon épaule, ma poitrine.

— Tout de suite, m'écrié-je en arrachant mon legging alors que la douleur du manque s'intensifie. J'ai besoin de toi tout de suite.

— Merde. D'accord.

Il s'écarte, m'arrachant un gémissement plaintif, les mains sur son corps alors même qu'il fait glisser ma culotte sur mes jambes pour la jeter derrière lui. Il lutte ensuite avec son pantalon, devant mes yeux avides.

Il a le regard sauvage, les mains tremblantes alors qu'il ouvre la fermeture éclair d'un geste brutal. Il ne perd pas de temps à retirer entièrement son jean. Il le descend juste assez pour libérer sa queue, puis, d'un geste rapide, enfile un préservatif qu'il a sorti de sa poche arrière.

Quelques secondes plus tard, il entre en moi d'un geste si puissant et si profond que je vois des étoiles, mon corps entier en éruption au premier va-et-vient. Tout devient noir autour de moi alors que l'orgasme le plus incroyable de ma vie déferle en moi. Le plaisir se répand dans chacun de mes nerfs et me prive de ma faculté de penser, de bouger, de respirer même. Tout ce que je peux faire, c'est le recevoir alors qu'il s'enfonce en moi, encore, puis une nouvelle fois, accroissant mon plaisir à chacun de ses coups de reins.

Avant que mon premier orgasme s'achève, j'en sens monter un deuxième, encore plus vif que le précédent. C'est tellement violent que c'en est presque douloureux, mais d'une douleur si voluptueuse que je ne l'échangerais pour rien au monde. Miles ne tiendra pas longtemps non plus. Je le sens alors qu'il plonge sauvagement en moi. J'enfonce les ongles dans ses épaules et m'accroche comme à une planche de salut alors qu'il me cogne sur la table avec une telle violence que les pieds grincent sur le sol.

Et il jouit en criant mon prénom, tout son corps secoué de frissons, tendu et tremblant alors qu'il se vide en moi. Son extase se prolonge, et la sensation augmente ma volupté jusqu'à ce que je frôle mon deuxième orgasme.

— N'arrête pas, dis-je en me frottant à lui. S'il te plaît, n'arrête pas…

Il n'en avait pas l'intention. Bien sûr que non. Au contraire, il tend la main pour rouler mon clitoris entre ses doigts. La chaleur déferle en moi et je gémis, soulève les hanches pour appuyer davantage. Avoir plus de plaisir.

Toujours en érection, il continue son va-et-vient, comme si la jouissance n'avait en rien diminué son désir pour moi. Cette idée m'excite encore plus alors qu'il accentue ses mouvements, de plus en plus fort.

Il m'installe plus loin sur la table, et je sens le métal froid sous mon dos, mes fesses, tandis qu'il me soulève les hanches pour me pénétrer plus profondément.

C'est tellement bon – il est tellement bon – que je comprends à peine ce qui arrive à mon corps. Ce qui m'arrive. J'ai tant besoin de jouir que je noue mes chevilles autour de sa taille et laisse aller ma tête contre la table. Je sanglote son prénom dans une litanie sans fin. Mon corps est comme possédé, je perds le contrôle… mon esprit, mon corps, tout ce que je suis s'ouvre à lui. Devient sien, pour qu'il le prenne.

Ça devrait m'effrayer – me terrifier, pour être honnête –, et peut-être qu'en d'autres temps, ce serait le cas. Avec un autre homme. Mais en cet instant, avec Miles, je ne peux rien faire d'autre que de m'offrir à lui pour le laisser prendre possession de moi.

Je veux que ça se termine, je veux le sentir se vider en moi complètement. Je veux que ça dure toujours, je veux sentir éternellement son corps dur et puissant plonger dans le mien, jusqu'à ce que j'aie mon content. Jusqu'à ce que mon corps cesse de réclamer le sien. Jusqu'à ce que je ne sache plus où il s'achève et où je commence.

Il enfonce ses doigts dans la chair de mes hanches, et je frissonne de plaisir. Je dois avouer que je ne peux pas imaginer un moment où je ne désirerais pas Miles. Dans mon corps et dans ma vie. C'est une pensée effrayante, pourtant, et intime. Elle devrait me faire peur, mais je suis trop occupée à aller au-devant de chacun de ses mouvements puissants pour m'en inquiéter. Trop occupée à courir après mon prochain orgasme pour me soucier d'autre chose que du lien incroyable qui se crée entre nous.

— Tori, regarde-moi.

Sa voix est grave, déformée, mais si insistante que je sais que je n'ai pas le choix.

Il me faut toute ma volonté pour ouvrir les yeux. Je contemple les siens, si bleus, les pupilles dilatées par une lueur affamée.

Le lien devient plus profond, plus fort, et je voudrais détourner le regard. Mettre un terme à ce phénomène si puissant qu'il me submerge. Mais il ne me laisse pas faire, son regard capture le mien, me fait prisonnière, à l'image de son corps.

Je ne peux pas m'échapper. Plus encore, je ne le veux pas. Je suis complètement envoûtée, et la seule chose qui m'empêche de perdre pied est la conscience qu'il est aussi vulnérable que moi. Qu'il n'a pas plus de contrôle sur son corps – et son cœur – en cet instant que moi.

— Miles.

Je murmure son prénom et lève une main vers sa joue piquante de barbe. Il soutient mon regard tout en tournant la tête pour m'embrasser la paume. En même temps, il appuie plus fort sur mon clitoris.

La vague de sensation qui me déchire aussitôt me fait crier, alors que je bascule pour la deuxième fois de la soirée. Je jouis, son corps en moi et son prénom sur mes lèvres. Et pourtant, il refuse toujours de lâcher mon regard. Il me cloue avec ses yeux envoûtants, mystiques, qui semblent voir jusqu'à mon âme.

Et, lorsqu'il me suit quelques secondes plus tard – son propre orgasme déferlant avec force –, ses yeux exigent plus que je ne veux donner. Que je ne peux donner.

Mais il s'effondre sur moi, son corps à la recherche du mien alors qu'il m'écrase sur la table, et je refuse d'y penser. Je refuse de m'inquiéter du lien que, même en cet instant, je sens se tendre avec force entre nous. Je noue les bras autour de lui et murmure de petits riens apaisants dans son oreille, alors que nous redescendons tous deux doucement.

Je m'en fous, me dis-je alors qu'il se redresse pour me prendre la bouche dans un dernier baiser.

Ce qui doit arriver arrivera, que je m'inquiète ou pas. Autant rester dans ce moment aussi longtemps que je le peux, le vivre, aimer Miles, et ne penser à rien d'autre. Le monde s'écroulera assez vite autour de nous. Pour le moment, je vais m'autoriser à l'aimer de toutes les façons possibles.

Chapitre 20

Miles

— Comment tu sais que j'aime l'aubergine à la parmesane ? demande Tori en déballant le repas que j'ai commandé pendant qu'elle prenait sa deuxième douche de la journée.

Sans moi, cette fois, car le but était d'en ressortir propre, m'a-t-elle dit.

— Au cas où tu l'aurais oublié, ça fait un an que je te connais, dis-je en ouvrant une bouteille de chianti pour accompagner le dîner italien. Et nous avons mangé ensemble à de nombreuses reprises.

— Mais je n'ai commandé de l'aubergine qu'une seule fois. Je m'en souviens, parce que je n'en mange que si elle vient de chez *Romero*.

— Je sais.

Je tapote le sac, où les lettres « Romero's Ristorante » s'étalent en grand.

— Tu es drôlement observateur pour un geek, me taquine-t-elle avec un sourire.

— Et toi, tu es drôlement classique pour une fille tatouée de la tête aux pieds, rétorqué-je en passant une main sur les arabesques de ses épaules.

Elle se cambre, frissonnante, pour profiter de ma caresse. Je ne peux retenir un sourire tout en suivant du doigt les lignes complexes du pissenlit qu'elle porte sur l'omoplate gauche.

— Je crois que c'est celui que je préfère, avoué-je en embrassant les petites graines qui s'envolent au-dessus de la fleur.

— Ah bon ? Tout à l'heure, c'étaient les étoiles que tu préférais, commente-t-elle en penchant la tête pour m'offrir sa nuque.

— Les étoiles sont à l'endroit que j'affectionne le plus, lui accordé-je en posant les doigts sur sa hanche, puis le haut de sa cuisse, suivant de mémoire le tracé du tatouage. Mais il y a quelque chose dans cette fleur, une liberté, une grâce… J'adore.

— Moi aussi.

Elle se laisse aller contre moi, l'arrière de sa tête sur mon torse dans un mouvement si fugace que j'aurais cru l'avoir imaginé si ma peau n'avait frémi à son contact… comme chaque fois qu'elle me touche. Je pose ma deuxième main sur son autre hanche pour la maintenir dans mon étreinte.

— Alors, pourquoi un pissenlit ? Pourquoi pas une fleur plus traditionnelle ?

— Je ne sais pas, répond-elle avec un haussement d'épaules.

— Mais si.

Elle se retourne pour me lancer un regard malicieux. Je ne cille pas. Rien ne l'oblige à tout me raconter, mais je ne vais pas jouer les idiots juste pour la mettre à l'aise. Pas sur un point aussi important, qui parle de la personne qu'elle est, et non de celle qu'elle donne à voir.

— Très bien, capitule-t-elle dans un rire qui ressemble à un soupir. Je crois que j'ai toujours admiré la résistance et la détermination des pissenlits. Ces plantes ne se contentent pas de pousser, elles s'épanouissent littéralement là où elles sont indésirables. Elles plantent leurs racines et déploient une magnifique fleur jaune qu'on ne peut pas ignorer. Et ensuite, quand elles sont prêtes – et seulement à ce moment-là –, elles se transforment, à leur façon. Le vent va peut-être les disperser, répandre leurs graines aux quatre coins du monde. Alors, elles recommenceront à zéro ailleurs pour briller de nouveau…

Ses paroles me tombent dessus sans crier gare, me déchirent la poitrine, le cœur, comme un train qui écraserait tout sur son passage, et me laissent abasourdi, détruit. Tori ne s'aperçoit de rien. Le dos toujours tourné, elle attrape la bouteille et remplit deux verres à vin qu'elle a sortis du bar pendant qu'on attendait le livreur, mais ça ne donne que plus d'impact à son discours.

Son ton désinvolte, son acceptation aisée du destin du pissenlit – de sa propre vie – me brise en morceaux et m'emplit de rage… et d'émotions que je n'aurais jamais cru ressentir un jour. Pas maintenant. Pas pour cette femme qui m'a haï pendant presque toute notre relation, et ne s'en est jamais cachée.

Mais comment ne pas avoir de sentiments puissants pour Tori, alors qu'elle est l'exemple même de la force, du pouvoir et de la beauté du pissenlit qu'elle porte sur l'épaule, ce fameux pissenlit dont je suis les contours d'un doigt perdu ?

— Tu es prêt à passer à table ? demande-t-elle sans se rendre compte le moins du monde du chaos qui règne en moi.

Comme je ne réponds pas tout de suite, elle se retourne pour me regarder. Elle a les yeux écarquillés et vulnérables d'une façon que je lui vois rarement, les lèvres relevées en un sourire sans méfiance. C'est tout ce qu'il fallait pour que mes émotions tumultueuses se cristallisent brusquement et que, comme Alice qui chute dans le terrier du lapin, je tombe amoureux.

C'est une prise de conscience à couper le souffle qui me noue l'estomac. Pour la première fois de ma vie, j'ai les genoux qui tremblent. Oui, comme une demoiselle en détresse ou un gamin avec son premier béguin. J'ai envie de m'appuyer au comptoir pour garder l'équilibre et me donner le temps d'accepter cette compréhension soudaine de mes sentiments pour elle.

Mais elle me regarde toujours. Ses yeux se font prudents, et son sourire commence à chanceler alors que les secondes s'écoulent sans que je réponde. Et ça ne va pas, pas du tout.

Tout mon self-control est nécessaire pour que je parvienne à changer d'expression, à cacher l'amour que je ressens pour elle, la rage et le chagrin que j'éprouve face à sa situation. Elle ne me remercierait pas pour mes sentiments – qu'elle prendrait pour de la pitié – et, après la catastrophe tout juste évitée de ce matin, la dernière chose dont j'ai envie est de la fâcher une deuxième fois.

Alors, je fais ce dont je suis capable avec toutes ces émotions qui se bousculent en moi.

— Je suis prêt à passer à autre chose…, dis-je dans un grondement en l'attirant contre moi pour poser les lèvres sur les siennes.

Elle rit et me rend mon baiser, puis me repousse doucement d'une main sur mon torse.

— Pour ça, tu es toujours prêt.

— Ça te déplaît ?

Je feins d'être offensé, sans cesser de me demander comment faire payer à son salaud de père – et à Parsons – ce qu'il lui a infligé.

— Au plus haut point. Je meurs de faim, et tu m'as à peine laissé le temps de manger de toute la journée.

— Ah, d'accord.

Je tire une chaise pour elle et attends qu'elle soit assise pour me diriger vers la mienne.

— Comme si c'était ma faute si tu as eu les mains baladeuses tout l'après-midi, lancé-je.

— Ah, c'est donc ça qui s'est passé ? s'étonne-t-elle en servant deux assiettes de salade. C'est moi qui avais les mains baladeuses ?

— Et la bouche, ajouté-je en tournant la tête pour montrer les petites morsures qu'elle m'a faites sur la mâchoire. Non que je m'en plaigne. Je constate, c'est tout.

— C'est ça, soupire-t-elle, les yeux au ciel. Ça ne doit pas être facile tous les jours d'être un sex-symbol comme toi…

— Que veux-tu, chacun porte sa croix. Ça forge le caractère.

— Et tu résistes tellement bien.

— J'essaie. On a tous nos fardeaux, après tout.

Je souris comme un crétin, tout comme elle.

Ça aussi, c'est une première pour moi. J'ignorais qu'une relation pouvait être comme ça, pleine de rires, de joie et de sexe merveilleux. Avant Tori, j'ai toujours considéré le couple comme une distraction, quelque chose que j'acceptais de temps en temps – à contrecœur – afin de pouvoir coucher régulièrement avec la même femme, lassé des coups d'un soir depuis des années. Bien sûr, ces histoires ne duraient jamais longtemps, car je n'avais pas envie d'accorder mon attention aux femmes en question plus que le temps d'un dîner suivi d'une partie de jambes en l'air deux fois par semaine. Ce qui explique que, ces dernières années, je me sois plutôt orienté vers le concept de *sex friend*. Si la fille n'attend rien, elle n'est pas déçue, surtout quand je suis tellement absorbé par un projet que j'oublie de l'appeler.

Avec Tori, c'est différent. Tellement différent que j'ai du mal à y penser dans les mêmes termes que lors de mes relations passées. C'est certain qu'elle représente une distraction – je devrais être dans mon labo en cet instant –, mais, au contraire des autres femmes, je ne lui en veux pas de me détourner de mon travail. Je ne lui en veux pas si je passe du temps à traîner avec elle au lieu d'avancer sur mon dessalinisateur. Et je ne peux absolument pas tracer de limites, comme je l'ai toujours fait par le passé. Bordel, depuis qu'elle est arrivée, j'ai eu du mal à l'oublier assez longtemps pour me concentrer un peu sur mon travail. Avec mes précédentes conquêtes, je devais faire des efforts pour me souvenir de leur passer un coup de fil. La vérité, c'est que, pour moi en tout cas, Tori est aussi inoubliable qu'irrésistible.

Mais que signifient ces nouveaux sentiments, pour elle comme pour moi ? Je ne le sais pas encore, et le problème est là, surtout quand on se souvient à quel point elle me détestait il y a quelques jours encore. Sa vie est sens dessus dessous en ce moment, tous ses repères chamboulés. Ça paraît injuste de lui demander plus que ce que nous partageons déjà, d'exiger d'elle de décider si nous sommes ou non un couple, alors qu'elle n'a ni argent, ni emploi, ni même un toit autre que celui-ci.

La seule idée de sa vulnérabilité actuelle me met mal à l'aise. Non, ce n'est pas le moment d'essayer de définir notre relation. Ni même de dire si, oui ou non, nous sommes dans une relation. Pas alors qu'elle est si fragile et désorientée. Le fait que, moi, je sois bien dans mes baskets – et que j'aie l'impression de penser clairement pour la première fois depuis longtemps – importe peu. Du moins, tant que Tori est dans cet état.

Elle m'a déjà accusé une fois de la traiter comme une traînée. La dernière chose que je veux, c'est faire pression sur elle et risquer qu'elle croie n'avoir d'autre choix que de se mettre en couple avec moi. L'idée me dérange, mais celle d'attendre aussi… car tout en moi me pousse à la prendre, l'avoir à moi seul, la faire mienne de toutes les façons possible.

Mais c'est vraiment une vision digne d'un homme des cavernes, et je ne peux pas me permettre de céder à cette petite part irrationnelle de mon esprit. Surtout pas avec Tori assise en face de moi, un sourire sincère aux lèvres. Un sourire qui dit que je compte pour elle, et, plus encore, que ce qui se passe entre nous lui tient également à cœur.

Non, je ne peux pas la brusquer. Pas maintenant. Pas avant qu'elle reprenne pied. Et, si ça signifie que je dois attendre qu'elle ait un boulot, qu'elle sache à nouveau qui elle est et quelle place elle occupe dans le monde, alors je m'y plierai.

Ça ne me plaît pas, mais je le ferai.

C'est la raison pour laquelle je passe le reste du dîner à la faire rire, à lui raconter des anecdotes gênantes sur Chloe et les innombrables catastrophes que j'ai accumulées dans mon labo au fil de mes inventions. J'ai envie d'aller plus loin, de la prendre sur mes genoux pour enfouir les doigts dans ses cheveux multicolores, d'exiger qu'elle me révèle ses secrets. Mais je ne veux pas lui faire peur. Et encore moins la blesser, cette femme qui porte sur l'épaule un pissenlit pour ne pas oublier que rien n'est permanent.

Une fois le repas terminé, nous débarrassons ensemble, puis prenons le reste de chianti pour nous installer dans le salon, devant la télé.

Mais à peine sommes-nous sur le canapé que Tori se tourne vers moi et annonce :

— Je vais accorder une interview.

— Une interview ?

Je ne sais pas pourquoi je répète ces mots bêtement, qui plus est sous forme de question. Il n'y a qu'une seule sorte d'interview à laquelle elle puisse faire allusion, qui lui donne cette expression et la pousse à entourer ses genoux de ses bras comme pour se protéger.

Peut-être est-ce parce que je veux la protéger, moi aussi. Et, même si la partie logique de mon cerveau sait que s'exprimer publiquement est la meilleure chose à faire, le reste n'a qu'une envie : que je la serre contre moi pour l'abriter. La garder en sécurité.

— J'ai appelé Chloe et Ethan depuis l'étage.

Elle ne me regarde plus, à présent. Elle contemple la mer déchaînée à travers l'immense baie vitrée. Une tempête se prépare – je le sens à la brise qui entre par les portes-fenêtres ouvertes –, mais ce n'est rien comparé à celle qui bouillonne en Tori.

Je déteste la voir dans cette situation, et plus encore que ce soit une pauvre raclure comme Alexander Parsons qui l'y ait mise. Je n'exprime toutefois pas mes sentiments à voix haute.

— Alors, que t'a organisé Ethan ?

— Un entretien, demain, dans les locaux de la NBC locale. Ils feront un reportage qui passera chez eux, et demain soir sur MSNBC. Et sur toutes les chaînes qui en voudront.

— C'est-à-dire toutes, sachant que la promo du film de Parsons bat son plein.

— Exactement.

— Ça te fait quoi ?

Je sais ce que je ressens, moi, en tout cas. J'ai envie d'aller trouver Parsons et de l'aider à bouffer ses dents, à cette raclure. Je voudrais le réduire en bouillie, lui faire comprendre qu'il n'aurait jamais dû s'en prendre ainsi à Tori, ni traiter aucune femme comme il l'a traitée.

Je veux faire plus que cela, cependant, plus que lui démolir ce visage dont il est si fier. Je veux le réduire à néant. Le détruire, le frapper si fort et avec tellement de merdes que sa précieuse carrière vole en éclats.

C'est pour ça qu'il a jeté Tori aux loups, après tout. Pour booster sa popularité. Écrabouiller cette fameuse carrière comme il a terrassé Tori me semble une forme de justice poétique.

J'ai déjà un tas de bots qui fouillent Internet à la recherche de saletés sur son compte. Pour l'instant, il semble propre. Trop propre, en fait. Ça m'a pris environ cinq minutes pour découvrir qu'il a fait nettoyer sa présence en ligne par des pros. Peut-être parce qu'il est acteur et sous le feu des projecteurs tout le temps. Ou alors, il a quelque chose à cacher…

Jugez-moi suspicieux si vous voulez, mais je parie pour la seconde hypothèse. Ce type est une vraie tête de pine, après tout. Tellement que je me dis qu'il n'a pas pu se réveiller comme ça un matin. Je suppose qu'il a toujours été ainsi – égocentrique et misogyne –, même avant de devenir célèbre. Ce qui signifie que ce n'est qu'une question de temps avant que je trouve les squelettes qu'il cache dans son placard. Et à mon avis, ça ne sera pas juste quelques os, mais des corps complets, avec plein de petits secrets peu ragoûtants à révéler au grand public…

Je m'enjoins de rester patient encore un moment, de donner à mes bots le temps d'effectuer ce pour quoi je les ai programmés. Mais c'est difficile quand je vois à quel point Tori souffre. Quand je sais combien elle va continuer à souffrir à cause de ce salaud.

— Ce que ça me fait… Je ne sais pas, avoue-t-elle enfin. La sextape, c'est déjà horrible, mais ça… devoir passer à la télé, parler de ma vie sexuelle avec ce type, expliquer au monde entier qu'il m'a filmée à mon insu et qu'il a diffusé les images sans ma permission… jouer la victime aux yeux de tous… Ça ne me plaît pas.

— Si ça ne te plaît pas, tu ne devrais pas le faire.

Elle rit, mais ce n'est pas un son agréable.

— Facile à dire, pour toi.

— En vérité, non.

Elle me regarde pour la première fois depuis le début de la conversation.

— Non quoi ?

— Ce n'est pas facile à dire pour moi. Ce que je veux, c'est te voir le réduire en miettes, lui botter le cul de toutes les manières possibles. Mais la question n'est pas de savoir ce que je souhaite. Ni Ethan, ni Chloe, ni leur service de relations publiques. On veut tous t'aider, présenter les choses d'une façon qui te soit favorable. Mais, au fond, ce n'est pas à nous de décider. C'est à toi. Et, si tu ne veux pas le faire, si tu as l'impression que passer à la télé pour en parler va te blesser, te rendre encore plus mal, alors n'y va pas.

Je tends le bras pour lui toucher le genou. Je m'attends à ce qu'elle recule, se replie sur elle-même et refuse mon contact autant que mes conseils. Mais c'est l'inverse qui se produit. On dirait qu'elle attendait juste que je l'effleure, car, aussitôt, tout son corps se détend et elle semble fondre à mon contact. Fondre dans mes bras.

Je l'attire tout près, d'abord contre mon flanc, puis sur mes genoux, et fais de mon mieux pour maîtriser mon tremblement de soulagement. De gratitude.

Elle se blottit contre moi, enroule les membres autour de mon corps et enfouit le visage dans mon cou. Je la serre plus fort et la berce. Je m'aperçois que, ce soir, elle ne pleure ni ne frissonne.

Elle s'accroche à moi comme un bébé koala, mais, lorsqu'elle lève la tête pour me regarder, elle a les yeux secs et déterminés.

— Tu penses vraiment que je devrais renoncer à cette interview ? demande-t-elle en me scrutant.

— Ce n'est pas ce que j'ai dit.

— C'est ce que j'ai compris, pourtant…

— J'ai dit que, si tu n'as pas envie de le faire, il ne faut pas te forcer. La dernière chose dont tu as besoin, c'est de subir des contraintes, même de la part des gens qui t'aiment. Si aller dans ce studio et répondre à des questions sur la vidéo et ta relation avec ce trouduc te blesse ou t'effraie, ou te donne l'impression, même juste une seconde, que Parsons va en profiter pour te nuire encore, alors, bordel, ne donne pas l'interview. Il s'agit de toi, maintenant, pas de lui, et il faut que ta conduite ait du sens pour toi. Pour personne d'autre. Pour toi seule.

— Donc, tu penses que je devrais donner l'interview.

Elle est perdue, et je ne peux pas le lui reprocher.

Parce qu'en vérité, oui, je pense qu'elle le devrait. Si elle est en forme, elle est capable de ne faire qu'une bouchée de ce pauvre type. Elle pourrait lui voler dans les plumes, et je paierais cher pour voir ça. Mais pas si ça la blesse. Pas si ça rajoute encore à toute la peine qu'elle a déjà traversée.

— Je pense que tu dois faire ce qui est bien pour toi, ma douce.

— Chloe dit que je pourrais parler au nom de toutes les femmes qui ont subi la même situation. Que je pourrais éveiller les consciences sur la question des doubles standards et…

— Avec tout le respect que je dois à ma sœur, merde pour l'éveil des consciences.

— Quoi ? s'écrie-t-elle, effarée.

— Je suis sérieux. Merde. Je veux dire, bien sûr que tu peux attirer l'attention sur les doubles standards et ce genre de situations. Peut-être que tu pourrais changer un peu les choses. Mais pas si tu risques d'y perdre trop. Rappelle-toi que l'important, ici, c'est toi. Ce qui compte, c'est toi. Pas la curiosité de l'Américain moyen. Pas d'être la porte-parole des autres femmes qui ont connu le même sort. Et certainement pas le salaud qui t'a fourrée là-dedans.

— Tu ne m'aides pas, tu sais… Je suis une adulte. Ça ne devrait pas être aussi difficile de prendre une décision, soupire-t-elle.

— Je suis désolé, dis-je en l'embrassant sur le haut du crâne, alors que son visage est de nouveau niché dans mon cou. Je voudrais pouvoir le faire à ta place.

— Non, réplique-t-elle avec un drôle de sourire. Aucune personne saine d'esprit ne souhaiterait vivre une telle folie.

— Je n'hésiterais pas une seule seconde à échanger ma place avec toi si je le pouvais. Tu n'as rien fait pour mériter ça.

Elle rit avec amertume.

— Tu es sûr ? Quand une fille joue trop longtemps avec le feu, elle finit toujours par se brûler.

— Mais là, tu ne t'es pas brûlée. Tu as été carbonisée. Et je suis bien certain que tu ne le mérites pas.

Je prends la bouteille de vin presque vide et verse le fond dans le verre de Tori avant de le lui tendre.

Elle secoue la tête.

— Ça va, merci.

Je suis surpris. Bien sûr, j'ai remarqué que Tori s'est racheté une conduite ces derniers temps, mais je pense que personne ne lui reprocherait d'avoir besoin d'un peu d'alcool pour tenir le coup. Ou pour se détendre. Dieu sait que, pour ma part, je me sentirais prêt à attraper la première bouteille de Jack Daniel's qui passe, et pourtant ce n'est même pas à moi que ça arrive, toute cette histoire.

Je me contente d'attraper Tori à la place et la serre encore plus fort. Je l'embrasse avec toute la violence des émotions qui se déchaînent en moi. Avec tout l'amour, la rage et la peur que j'éprouve pour elle, et qui me rongent peu à peu.

Elle s'écarte la première, et, lorsqu'elle ouvre les yeux, j'y vois les larmes qu'elle tente à toute force de refouler. Ça attise le brasier en moi et amène ma colère à ébullition. Bordel de merde.

J'ai envie de lui dire de ne pas pleurer, que tout va s'arranger. Mais est-ce seulement vrai ? Qui sait comment cette histoire va finir…

Regardez Chloe et ce qui lui est revenu à la figure des années plus tard pour mettre sa vie en pièces. Tori n'a pas été violée comme ma sœur, mais, pour autant, elle a tout de même subi une violence. Elle souffre. Si elle a envie de pleurer, il me semble qu'elle en a bien le droit.

Je me penche pour lui effleurer les yeux du bout des lèvres. Effacer ses larmes de mes baisers. Elle laisse échapper un sanglot si profond qu'il secoue son corps entier. J'attends la suite, les larmes et la fureur qui bouillonnent en elle.

Mais rien ne vient. Elle ravale ses pleurs, essuie ses joues. Et, lorsqu'elle me regarde, c'est avec une douceur et une ouverture que je ne lui ai encore jamais vues.

— Pourquoi tu es si gentil avec moi ?

Je ne tente même pas de cacher ma perplexité.

— Mais pourquoi pas ?

Elle hausse les sourcils et rit comme je l'ai entendue faire si souvent depuis un an. Mais son rire ne masque pas la vulnérabilité dans ses yeux ni ses épaules qui se voûtent un peu, comme si elle se préparait à recevoir un coup. Encore une grande première de la part d'une femme qui ne m'a montré que sa force. Je serais heureux du changement, de la voir enfin s'ouvrir à moi… si elle n'était pas dans une telle détresse. Je ne souhaiterais ce qu'elle vit à personne, et encore moins à la femme que j'aime. La femme qui a protégé ma sœur avec tant d'ardeur pendant si longtemps. La femme qui a pris soin d'elle bien avant qu'Ethan entre dans sa vie. Bien avant que je comprenne à quel point je lui avais fait défaut.

— La gentillesse, ce n'est pas trop notre style à tous les deux.

J'aurais des millions de choses à dire, des millions de façons de jouer ce coup, et chacune changerait notre relation d'une façon subtile, mais profonde.

Je pourrais lui déclarer que je suis tombé amoureux d'elle, mais elle n'est pas encore prête à l'entendre.

Je pourrais lui affirmer que ce qu'elle endure me rend fou, mais elle prendrait cela pour de la pitié, et me sauterait à la gorge.

Je pourrais lui confier que je veux être là pour elle parce que je ne l'ai pas été pour Chloe, mais ça diminuerait l'importance qu'elle a prise à mes yeux.

Pour finir, j'abats la seule carte possible. Je dis la seule chose qui a du sens pour moi en cet instant.

— Je crois qu'il est temps de changer ça, tu ne penses pas ?

Et je me penche pour poser la bouche sur la sienne, et mettre toutes ces choses que je ne peux avouer – alors que je le voudrais tant ! – dans ce baiser-là.

Chapitre 21

Tori

Je ne sais pas pourquoi, mais ce baiser est différent des autres.

Peut-être à cause de notre dispute et de la colère que j'éprouvais pour lui.

Peut-être que c'est la dernière touche de notre réconciliation – quelque chose que je m'embête rarement à faire avec un mec.

Ou peut-être que Miles a changé. Parce que c'est notre cas à tous les deux. Être ensemble nous transforme.

Quelle qu'en soit la raison, ce baiser paraît plus intime, plus important, plus… Plus, tout simplement. Et je ne peux m'empêcher de m'en délecter. D'y répondre, de répondre à Miles, de toutes mes forces.

Je me colle à lui pour prendre son visage trop parfait entre mes mains. Passer les pouces sur ses mâchoires ciselées. Enfouir les doigts dans ses cheveux soyeux. Et m'abandonner à l'instant. À lui.

Je sens le moment précis où il perçoit ma reddition. Je le devine à sa façon de me serrer plus fort dans ses bras. De glisser une main vers ma hanche en un geste possessif.

De faufiler sa langue entre mes lèvres entrouvertes jusqu'au plus profond de ma bouche, comme si lui aussi avait perçu cette différence.

Je m'ouvre à lui – évidemment – et me prépare à la chaleur, la précipitation. Le feu et la folie.

Mais ça ne vient pas.

Et, à la place, je rencontre attention et douceur. Et une tendresse si suave qu'elle me fait trembler comme jamais auparavant. Lorsqu'il se lève et m'attire à lui pour me soulever, je suis heureuse de lui laisser les rênes. De passer les bras autour de son cou pour m'agripper de toutes mes forces. De me fondre en lui, de me perdre dans ce moment si parfait au milieu du tourbillon de ma vie si imparfaite.

Il ne décolle pas la bouche de la mienne en empruntant le couloir vers l'escalier en colimaçon qui s'élève depuis l'entrée. Même en grimpant les marches quatre à quatre, il ne cesse de m'embrasser. Et il n'abandonne pas les caresses de ses lèvres sur ma mâchoire, mon cou, mon épaule, même alors qu'il me dépose au milieu de son lit.

Au contraire, il me suit, la bouche, les mains, le corps entier collé au mien comme s'il avait peur de me lâcher, même un instant.

Je sais ce qu'il ressent. Comment en serait-il autrement alors que la même intensité me déchire ?

La chaleur monte à chaque seconde qui passe, le feu que j'attendais plus tôt commence à m'embrouiller l'esprit et à ronger chacun de mes nerfs. Je tire sur son t-shirt, enroule les jambes autour de ses hanches et me serre contre son corps fort et mince.

Il est en érection, sa queue collée si près de mon sexe que ce serait douloureux si je n'avais pas tant envie de lui.

Besoin de lui. Mais c'est le cas, j'ai besoin de lui autour de moi, en moi, pour combler le vide que je ressens du plus loin qu'il m'en souvienne.

Une partie de moi pense que c'est absurde d'attendre à ce qu'il agisse ainsi, mais une autre, plus importante, sait que ce n'est pas du tout ridicule. Tout comme je sais qu'il a déjà comblé tant de vides en moi en étant simplement lui-même.

Je ne sais pas comment on en est arrivés là en deux jours, comment on a pu dépasser une année entière de querelles pour découvrir cette sensation si juste, si intense et brûlante… Mais je mentirais si je prétendais ne pas en être reconnaissante, si j'affirmais que je ne me délecte pas de chaque seconde où le corps ferme et magnifique de Miles recouvre le mien.

Je glisse les mains sous son t-shirt en une silencieuse supplique et lève les hanches vers lui en une invitation qu'il ne peut ignorer.

Mais il ne mord pas à l'hameçon. Au contraire, il s'écarte. Pas loin, mais assez tout de même pour m'arracher un gémissement de frustration. Je m'agrippe à ses épaules et resserre l'étreinte de mes jambes autour de sa taille dans un effort pour le garder contre moi.

— Chuuuut, souffle-t-il en m'embrassant les joues, puis les clavicules et le bout des seins avec douceur. Je suis là, chérie, je suis là.

Et c'est vrai, il est là, complètement, absolument. En temps normal, j'aurais du mal à l'accepter, mais c'est difficile de ne pas me réjouir de donner autant à cet homme alors que ses caresses, ses baisers et ses regards prouvent qu'il s'abandonne tout autant à moi.

Je ne sais pas quoi faire face à lui. Mais ce n'est pas grave, parce qu'il a l'air de le savoir pour deux.

Lentement, tout doucement, il passe les mains sur mon corps. Ses doigts effleurent ma clavicule, suivent le haut de mes seins, caressent la ceinture de mon legging. C'est bon, si bon que je halète déjà alors qu'il m'a à peine touchée.

— S'il te plaît...

Je pose les mains sur ses biceps pour tenter de l'attirer plus près, de le faire accélérer. Je hais la vulnérabilité qui transpire de ma voix, cette supplication, mais je n'y peux rien. Car Miles me tient, me touche comme si rien au monde n'était plus précieux que moi.

— Je suis là, répète-t-il en parcourant mon cou de ses baisers. Je te le jure.

Et il m'ôte mon débardeur, tire mon legging et ma culotte sur mes jambes. Me retourne, à plat ventre sur le drap, les jambes écartées, le corps offert. Sans défense.

Avec n'importe qui d'autre, je changerais de position. Je le ferais basculer pour être dessus. Pour être celle qui fait monter la pression. Celle qui contrôle.

Mais, depuis l'instant où Miles m'a prise dans ses bras sur la piste de danse, l'autre soir, je n'ai plus le contrôle. Ni de lui. Ni de ma vie. Ni de rien du tout.

Et même si je déteste ça – la vulnérabilité et l'incertitude qui en découlent –, je mentirais si je disais que je n'en ai pas envie avec Miles. Parce que si. Juste cette fois, juste maintenant, je veux m'ouvrir à lui et voir ce qu'il advient. Cette pensée fait un peu trembler mes mains... et alors ? Miles n'a pas besoin de savoir ce qui me met dans cet état.

Il se penche sur moi, dépose une ligne de baisers brûlants sur mon dos, entre les omoplates, jusqu'en haut des fesses. Je fonds à nouveau, mon corps tout entier détendu alors qu'il s'installe sur mes hanches pour enfoncer les pouces dans les muscles de mon cou et de mes épaules.

Je m'apprête à le questionner, à lui demander pourquoi il me masse alors que je pensais qu'on allait baiser, mais il est vraiment doué. Tellement que j'en ai les neurones en pagaille et que je ne peux que gémir et me transformer en pâte à modeler entre ses mains.

Il rit en se dirigeant vers le bas de mon corps, ses mains calleuses d'ingénieur cherchant chaque nœud de tension né de ces derniers jours pour l'apaiser. En même temps, il se penche pour lécher, embrasser et mordiller mes épaules, puis mon dos.

Je me tortille en riant lorsqu'il m'embrasse l'arrière des genoux, le creux des coudes, les fossettes au bas de mes reins. Je sens ses lèvres se tendre en un sourire contre la peau sensible de ma hanche alors qu'il renouvelle ses baisers. Puis, il descend entre mes jambes. Me redresse sur mes genoux. Pose la main sur l'intérieur de mes cuisses et les écarte encore davantage.

Nous restons ainsi quelques secondes. J'attends qu'il me baise. Mais il se contente de me regarder. Il attend.

Je tourne la tête pour le dévisager. L'intensité que je lis sur ses traits me coupe le souffle, le désir si puissant que je le sens, ses yeux presque noirs rivés sur mon corps. Sur mon sexe.

L'ardeur de son regard me terrifie et m'excite à la fois. Je voudrais me couvrir, resserrer les cuisses, me mettre sur le dos et l'attirer au-dessus de moi. N'importe quoi pour chasser cette vulnérabilité. Pour que je me sente moins exposée.

Il me laisserait bouger – j'en ai la certitude. Je n'ai qu'à pousser le plus petit gémissement, et il me retournera lui-même. Il posera la main sur ma joue pour m'embrasser le visage en me murmurant des mots sans suite. Tout comme il prend soin de moi en cet instant, au lieu de me laisser prendre soin de lui.

Ce n'est pas ce que je veux pour lui. Ni pour moi. Pas cette fois-ci. Si l'on souhaite avoir une chance que ça marche entre nous, je dois lui faire confiance. Et je dois lui prouver que je suis son égale, pas une petite chose démolie qui a besoin qu'on s'occupe d'elle.

Alors j'attends, comme il l'a décidé. Comme il le veut. C'est peut-être la chose la plus difficile que j'aie jamais faite, rester à genoux alors qu'il m'examine, mon sexe, mon corps – mon âme – complètement ouverts devant lui. Plus d'une fois, je songe à resserrer les jambes, m'allonger sur le dos, faire quelque chose, n'importe quoi, pour rendre cette observation plus supportable.

Mais je ne cède pas. Je reste immobile et le laisse m'admirer tout son content, dans ce qui est sans doute l'expérience la plus intime de ma vie.

— Tu es tellement belle, Tori, déclare-t-il d'une voix douloureuse alors qu'il passe les pouces sur mon sexe.

Il écarte mes lèvres pour me voir encore mieux.

— Tellement, tellement belle, putain…

Malgré toutes mes bonnes intentions, un gémissement aigu et avide m'échappe. C'est trop. Il est trop, et je ne sais pas combien de temps je peux encore le supporter. Jusqu'où je peux me laisser aller à la vulnérabilité.

— Tout va bien, m'apaise-t-il. Je vais prendre soin de toi.

Mais c'est moi qui veux prendre soin de toi.

Les mots sont là, sur le bout de ma langue. Mais, avant que j'aie pu les prononcer, il se penche et donne un long coup de langue brûlant sur ma fente.

Les sensations qui me transpercent et le plaisir qui m'illumine de l'intérieur m'arrachent un gémissement. Mes bras tremblants me lâchent, et je tombe si violemment sur le lit que je rebondis.

Miles rit un peu, avec un bruit sombre et ténébreux qui embrase chacun de mes nerfs. Il passe une main sous mes hanches pour les soulever. Il me met encore plus à sa disposition afin d'entrer sa langue au plus profond de moi.

— Miles !

Je crie alors que les sensations me submergent. Ses mains puissantes agrippent mes hanches, ses cheveux soyeux me chatouillent les cuisses, sa langue chaude et humide plonge en moi sans relâche. Je voudrais me retourner pour prendre sa queue dans ma main, la glisser dans ma bouche et lui procurer ne serait-ce que la moitié du plaisir qu'il me donne. Mais je peux à peine bouger, à peine respirer tant la volupté m'envahit.

Frénétique, noyée, courant après un orgasme si proche que je pourrais le toucher, je serre les poings sur le coton frais des draps. Enfouis le visage dans la douceur d'un oreiller. Ondule du bassin contre la chaleur de sa bouche.

Il gronde un peu, ses mains glissant sur mes cuisses pour les écarter encore plus. J'aime leur température, leur rugosité, le fait de sentir leurs cals aussi bien que son désir alors qu'il caresse mon sexe, virevolte autour de mon clitoris. J'aime sentir sa barbe me griffer l'intérieur des cuisses tandis que, de la langue, il me pénètre de plus en plus profondément.

Plus encore, j'aime – à la folie – le tremblement de ses mains qui montre le même désir, le même besoin qui me secoue. Et malgré tout, le fait qu'il parvienne à rester doux. À me faire soupirer alors que je suis plutôt du genre à crier. À me donner l'impression d'être chérie.

Ce n'est pas comme les autres fois où nous avons fait l'amour. Pas de course folle vers l'orgasme, pas de frénésie de le faire entrer en moi le plus tôt possible. Ça n'est pas moins puissant pour autant, pas moins réel, brut et dévastateur.

Parce que je l'aime.

Cette prise de conscience m'atteint comme un tsunami, se déverse en moi en vagues si puissantes qu'elles me font basculer, me précipitent dans l'orgasme et l'abîme qui le suit, où plus rien n'existe que le plaisir sans fin qui me détruit l'âme.

Miles gronde en me sentant jouir. Il m'accompagne dans la volupté, m'entraînant de plus en plus haut, jusqu'à ce que mes joues ruissellent de larmes et que mon corps semble lui appartenir davantage qu'à moi.

C'est une pensée terrifiante… et réconfortante à la fois, rendue plus supportable par l'idée que je l'aime. Et qu'en cet instant, c'est juste – et nécessaire – de lui donner cela. De me donner à lui tout entière.

Je commence à redescendre, juste un peu, et il m'étend sur le dos. Je tends les bras pour l'enlacer, car j'imagine qu'il va se glisser entre mes cuisses. Et enfoncer son sexe dur comme de la pierre dans le mien.

Mais il ne s'allonge pas sur moi, n'entre pas en moi, ne me baise pas comme je le désire tant. Il passe mes jambes sur ses épaules et enfouit à nouveau le visage dans mon sexe.

Je manque de bondir du lit au premier coup de langue sur la chair trop sensible.

— Miles, non ! crié-je en tentant de me dégager de ce plaisir si vif qu'il en devient douloureux.

Il ne répond pas, du moins pas par des mots. Mais ses mains se resserrent sur mes cuisses, sa langue se raidit alors qu'il tourne autour de mon clitoris. Je replonge. Je me noie dans la sensation, me noie en lui, car, en cet instant, je ne peux rien refuser à cet homme. Ne peux rien retenir alors qu'il demande par la tendresse ce que tant d'autres ont tenté d'obtenir par la domination.

Et je jouis de nouveau, bredouillant des mots que j'entends à peine et comprends encore moins, les mains tendues vers lui.

— S'il te plaît, Miles. S'il te plaît, chéri, s'il te plaît. S'il te plaît. S'il te plaît…

Ces paroles sont comme un mantra frénétique, motivé davantage par un besoin émotionnel que physique. Je m'agrippe à ses épaules, tente de l'attirer au-dessus de moi. Et essaie de le convaincre d'entrer en moi alors même que mon cerveau a fondu et que mon corps est rassasié.

Il comprend sans doute. À moins que son self-control rigide ait finalement atteint un point de rupture. Parce que, pour la première fois depuis qu'il m'a déposée sur ce lit, Miles s'allonge sur moi et recouvre mon corps avec le sien.

C'est un choc de le sentir – chaud, dur et nu – contre moi, car je ne me souviens pas qu'il se soit déshabillé. Mais il est si délicieux que la logistique m'importe peu. Tout ce qui compte, c'est d'enrouler mes jambes autour de ses cuisses pour frotter mon sexe contre sa bite.

Il pousse un cri incohérent, peut-être mon prénom, puis il prend mon visage entre ses grandes mains calleuses. Me penche la tête en arrière. Et me lèche l'intérieur de la bouche.

C'est presque assez pour me débarrasser de cette sensation de vide, pour apaiser le besoin que les deux orgasmes spectaculaires qu'il vient de me donner n'ont fait qu'attiser. Mais il s'écarte et je gémis, agrippée à lui, enroulée autour de lui dans une tentative désespérée pour garder là où je le veux l'homme dont je suis étrangement tombée amoureuse. Là où il doit être.

Il jure doucement, se penche pour m'embrasser à nouveau tout en tendant le bras vers la table de chevet. Il s'écarte, ouvre l'emballage avec ses dents. Sort le préservatif.

Il s'apprête à le mettre, mais je le lui enlève et repousse ses mains. Même au comble de l'excitation, c'est toujours lui qui pense à prendre soin de moi, et cette fois, je veux lui rendre la pareille. Je glisse sur le lit jusqu'à ce que mes épaules se trouvent entre ses genoux. Puis, je lève la tête et le prends en moi, jusqu'à ce que mon nez touche son ventre et qu'il soit enfoncé dans ma gorge.

— Merde, Tori !

Les mots lui échappent alors qu'il tente de reculer, décidé – même maintenant – à me rendre la tâche plus facile.

Mais ce n'est pas la facilité que je veux, pas avec lui. Alors, je m'assieds tout en passant les bras autour de sa taille pour le tenir par les fesses et le pousser vers moi.

— Tori, ma chérie, je ne veux pas risquer de te…

Il laisse sa phrase en suspens avec un gémissement lorsque je me mets à aller et venir de la langue sur le dessous de sa queue, avant de m'attarder sur le point sensible à la base du gland. De nouveau, je l'attire plus près avec mes mains, et le prends encore plus profondément dans ma gorge.

Il pousse un juron et se penche pour s'appuyer à la tête de lit.

— Tu es sûre de toi ? demande-t-il d'une voix rauque, sombre et vibrante.

Mais c'est toujours avec douceur qu'il pose une main sur ma joue, ses yeux cherchant les miens pour y déceler la moindre étincelle de doute.

Je n'en ai aucun, pas avec Miles. Alors, je fais la seule chose possible : j'appuie mes mains sur ses fesses sublimes et l'attire encore plus profondément.

C'était certainement le meilleur choix, car aussitôt Miles perd ce contrôle si sexy qu'il avait sur lui-même. Il a soudain l'air d'avoir autant besoin de moi que moi de lui.

Il pousse un grognement bas et s'abandonne, les mains enfouies dans mes cheveux pour me maintenir la tête en place alors qu'il se met à aller et venir. Il est puissant, presque brutal dans son intensité alors qu'il me baise la bouche, la gorge, mais je ne voudrais rien d'autre. Pas alors qu'un seul regard à travers mes larmes à son visage me montre à quel point il y prend plaisir, combien il en avait besoin. Et pas alors que, pour la première fois de ma vie, je m'aperçois que ce vide qui m'a hantée et tourmentée si longtemps est enfin comblé.

Et, lorsqu'il finit par jouir, tout au fond de ma gorge, il me remplit comme rien ni personne ne l'a jamais fait. C'est suffisant.

Ensemble, nous sommes enfin suffisants.

Chapitre 22

Miles

Il est une heure du matin et je ne dors pas.

Dehors, c'est la tempête. L'océan se déchaîne et le vent hurle dans les arbres. À croire que c'est la fin du monde…

Et ça y ressemble, pour être honnête.

Tori est blottie dans le lit à côté de moi, son corps doux et tendre enroulé autour du mien comme une vigne vierge. Elle est belle, magnifique. Et fragile. Tellement, tellement fragile.

Oh, elle me sauterait à la gorge – voire me collerait une beigne – si elle m'entendait la décrire ainsi, mais ce n'est pas parce qu'elle refuse de le reconnaître que ce n'est pas vrai.

Elle a certes une sacrée attitude. Elle semble plus grande que nature quand elle est en forme, en pleine possession de ses moyens. Mais, en cet instant, allongée à mes côtés dans le lit, tout ce que je vois – tout ce à quoi je pense –, c'est combien elle est minuscule. Sans défense. À quel point elle a besoin de ma protection.

Comme si elle sentait mes pensées, elle s'agite. Gémit un peu. Puis se roule en boule comme pour se protéger d'un nouveau coup.

Ça me rend dingue, je sens la rage bouillonner dans mes veines alors que je pense à ce qui l'a mise dans cet état. Ou plutôt, « qui ». Ce salaud d'Alexander Parsons.

Elle remue à nouveau, donne un coup de pied, crie, et je passe un bras autour d'elle. Puis, je caresse de la main ses vertèbres trop saillantes. Cela ne fait que deux jours, et elle a déjà perdu un peu de poids qu'elle n'avait pas en trop. Le stress et la douleur de cette situation pèsent davantage sur elle qu'elle ne veut bien l'admettre.

Mon contact ne l'apaise pas autant que je l'aurais voulu, et j'écarte les cheveux de son visage pour lui embrasser le front et lui murmurer des paroles sans queue ni tête, sans d'autre but que de lui faire entendre ma voix. Pour qu'elle sache que je suis là, que c'est moi qui la touche, l'embrasse, lui caresse les cheveux.

Et ça marche. Elle se calme presque instantanément, avec un sourire à peine perceptible qui me bouleverse et accroît encore ma fureur. Je me force à rester détendu, à garder ma colère à l'intérieur tandis que je la serre juste un peu plus fort. Que je la rassure encore un peu plus longtemps.

J'ai le cerveau en ébullition. Je cherche un moyen de lui épargner ce qu'elle veut faire demain… non, ce qu'elle doit faire demain, qu'elle le veuille ou non. Je comprends bien le raisonnement qui l'amène à se rendre sur le plateau de NBC pour donner sa version de l'histoire ; je vois aussi que, malgré la déclaration que le gars des relations publiques d'Ethan a publiée, le public s'est fait sa propre vision de l'histoire. Si elle se lève pour dire la vérité sur cette affaire, elle y sera pleinement intégrée. Mais le problème, c'est qu'elle a un passé. Il existe des photos d'elle avec différents gars partout dans le monde. Les médias en ont déjà déterré pas mal, et les sites les moins reluisants les placardent sur leurs pages d'accueil avec toutes sortes de titres racoleurs.

Quand bien même elle aurait couché avec tous les types avec lesquels on la voit en photo – c'est matériellement impossible, vu leur nombre –, cela ne donnerait pas à Parsons le droit d'agir comme il l'a fait. Ni aux trolls d'Internet celui de la lapider ainsi, de la traiter de salope qui se délecte de voir sa sextape circuler, entre autres accusations tellement ignobles que je préfère m'interdire d'y penser.

Tori gémit à nouveau et secoue la tête sur l'oreiller. Je passe une main rassurante sur son épaule. Son pissenlit attire mon attention, et je me surprends à suivre pensivement les graines qui s'envolent avant de caresser la rivière qui orne sa colonne vertébrale. Je touche le phénix tatoué sur la hanche droite avant de glisser vers l'attrape-rêves, qui s'étire sur l'intérieur de la cuisse.

Tant de tatouages. Tellement d'histoires qu'elle a écrites sur sa peau. Je veux toutes les connaître.

Mais comment l'inciter à me les raconter, alors que son existence est un tel champ de bataille ? Comment la pousser à me faire confiance – et à m'aimer –, alors que tant d'hommes dans sa vie s'en sont montrés indignes ? Comment lui donner envie d'être avec moi tandis qu'elle s'apprête à passer à la télé, où elle sera malmenée à cause des actions d'un homme auquel elle a autrefois fait confiance ?

Surtout qu'il va probablement gagner dans toute cette affaire…

C'est incroyable, les doubles standards, dans ce pays. Même après toutes ces années à en dénoncer le ridicule, Parsons va s'en tirer. Parce que c'est un homme. Un homme célèbre, qui plus est, capable de rapporter des centaines de millions de dollars de bénéfices aux studios pour lesquels il choisit de travailler. Ils le protégeront, rallieront les médias derrière lui ; et, même si Tori se montre éloquente, même si elle a raison, elle passera pour aigrie, salope, avide d'attention ou, pire, pour folle. En fait, meilleure elle sera, plus convaincante elle se montrera, et plus ils tenteront de la détruire.

C'est comme ça. Et je ne suis pas d'accord. Du tout.

Ma sœur a souffert pendant des années à cause de son violeur et de ses amis. Il l'a tourmentée, s'est moqué d'elle, a convaincu tout le monde qu'elle mentait, que c'était une traînée, alors que sa seule erreur avait été d'accepter de monter dans la voiture d'un garçon à qui elle pensait pouvoir faire confiance. Et quand la vérité a éclaté des années après, la seule chose qui a empêché Brandon de la salir dans la presse, c'est son lien avec Ethan, et toute la richesse ainsi que les relations que ça lui rapportait.

Ça n'arrivera pas à Tori. Pas tant que je serai là.

Je baisse la tête pour lui embrasser la mâchoire. Constatant qu'elle ne se réveille pas, qu'elle ne bouge pas du tout, j'estime que les cauchemars ont cessé. Et même si je devrais dormir un peu plus moi aussi, je suis trop énervé pour essayer. Pas alors que mon cerveau passe d'un scénario à un autre, à la recherche de celui dans lequel Tori ne sera pas blessée davantage. Qu'elle ne juge pas nécessaire de se faire tatouer dans quelques semaines, voire quelques mois, parce que c'est sa seule façon de gérer la douleur.

Cette idée me déchire plus qu'elle ne le devrait. Un mélange de rage et de souffrance infuse dans mes veines alors que je sors du lit. Je prends un boxer dans ma commode, mais ne m'embête pas avec d'autres vêtements. La nuit est étonnamment chaude, et il n'y a personne d'autre que Tori de toute façon.

Je descends sans bruit l'escalier en direction de la cuisine et me prépare un café trop fort. Pendant qu'il finit de couler, j'ouvre mon ordinateur portable sur la table de la cuisine et me mets au travail.

Pour commencer, je vérifie les bots que j'ai lancés sur Internet à la recherche de saletés concernant Parsons, dans l'espoir de dénicher des munitions contre lui. Ils n'ont rien trouvé d'intéressant. Il est évident à mes yeux que son profil Internet a été nettoyé par des pros.

Je parcours tout de même les résultats. Toute la publicité pour son prochain film, toutes les interviews passées, les photos de paparazzis et les posts de fans qui l'ont rencontré un jour ou l'autre. Tout est du même tonneau, jusqu'à ce que je tombe sur un petit Tumblr pas très consulté. Il n'a pas beaucoup d'abonnés, et la fille qui l'administre poste des billets sur les *boys bands* plus que tout autre sujet. Mais elle affiche aussi des opinions politiques et publie des articles qui vont de commentaires sur les politiciens aux critiques de la législation en matière de droits LGBTQ+.

Et au milieu de tout ça, enfoui entre des posts concernant la garde-robe de Harry Styles et le bébé de Justin Timberlake, se trouve une photo d'Alexander Parsons prise après la sortie d'un blockbuster pour adolescents. Il est entouré de filles qui tendent leur téléphone en lui demandant un selfie. Le cliché a été partagé de nombreuses fois, mais le tag du post original est toujours visible : #Ange. Ce qui en soi ne veut pas dire grand-chose. Sauf que la blogueuse dont j'étudie le Tumblr l'a aussi tagué : #Violeur.

Un frisson glacé me parcourt le dos. Ce n'est peut-être rien. Probablement que cette fille tape juste sur un acteur qu'elle n'aime pas. Ou qu'elle est jalouse parce qu'elle n'a pas eu la chance de le rencontrer. Ou un million d'autres possibilités. Je n'ai jamais su comprendre pourquoi les gens font ce qu'ils font, pourquoi ils disent ce qu'ils disent sur les réseaux sociaux. Il y a peut-être une explication logique.

Mais plus je parcours son blog, plus j'ai du mal à y croire. Elle est intelligente, avec une conscience, et elle semble presque trop honnête pour son bien : elle s'adresse au moins autant de reproches à elle-même pour ses erreurs et préjugés qu'aux autres blogueurs ou aux chanteurs. Elle semble… *authentique*, dirais-je, faute d'un terme plus adapté. Et même si je sais combien il est dangereux de se laisser avoir, je ne peux m'empêcher de la croire. Au moins assez pour continuer de creuser.

J'explore ses hashtags. Elle a utilisé le mot « violeur » sept autres fois depuis la création de son Tumblr il y a quatre ans. Cinq fois pour exprimer sa profonde indignation devant un cas de viol récent, lorsqu'un nageur universitaire n'a écopé que de trois mois de prison pour le viol d'une fille sans connaissance derrière une benne à ordures. Mais les deux autres… les deux autres sont aussi sous des photos d'Alexander Parsons. L'un des tags est #CEstToujoursLeVioleurQuiGagne, et l'autre #VioleurUnJourVioleurToujours, en réponse à un post où quelqu'un disait à son sujet #VosGueulesLesRageux.

Ce n'est donc pas une occurrence unique… Et c'est une affaire qui dure, car les trois commentaires s'étalent sur plus de trois ans. La première image avec le hashtag #CEstToujoursLeVioleurQuiGagne a de nombreux autres tags, dont #Perrysburg.

Oh, merde.

J'ouvre une autre fenêtre et Google Perrysburg. Mais, je sais déjà ce que je vais trouver. Il y a plusieurs années – sept ans d'après Wikipédia –, trois lycéens de la même équipe de football américain ont été condamnés pour le viol d'une fille sans connaissance, viol qu'ils avaient filmé et publié sur les réseaux sociaux en temps réel. D'autres jeunes gens étaient impliqués, mais seuls trois ont été accusés, car c'étaient les seuls qui apparaissaient en action sur la vidéo. D'autres traces d'ADN ont été trouvées, mais les trois garçons ont refusé de dénoncer leurs complices, et le juge a rejeté la demande de prélever l'ADN de tous les hommes présents à la soirée. Quatre autres personnes au moins ont été acquittées.

J'ouvre une fenêtre de plus pour chercher des infos sur les jeunes années de Parsons. Et, sans surprise, sa biographie officielle révèle que, lors du divorce de ses parents, il a quitté Londres avec sa mère, américaine, pour une petite ville de l'Ohio, où il est allé au lycée. Mais on ne précise pas laquelle.

Fils de pute.

Je retourne sur le Tumblr de la fille dans l'espoir de trouver d'où elle vient. Rien ne permet de l'identifier, mais je tombe sur une photo de classe de 2011. Lycée de Perrysburg.

Pas besoin d'être un génie pour relier les points et comprendre que Parsons était impliqué dans le viol, mais n'a pas été arrêté.

Le fils de pute…

Je commence à chercher pour de bon, à présent, et lance quelques bots pour trouver tout ce qu'ils peuvent sur toute personne portant le patronyme de Parsons à Perrysburg, Ohio, et dans les environs. Pendant ce temps, je déniche une liste de tous les diplômés du lycée de Perrysburg entre 2008 et 2012. Puis, je me lance à leur poursuite avec des logiciels qui écument leurs comptes sur les réseaux sociaux pendant que je me penche sur les joueurs de foot universitaire l'année du viol. Une fois que j'ai la liste de l'équipe de 2010, je les retrouve en ligne. Et, lorsque je déniche leur numéro de portable, je les suis à la trace. La plupart n'ont pas changé de numéro depuis le lycée. Une fois que j'ai mis la main sur leurs fournisseurs d'accès, je pirate leurs comptes et explore les messages qu'ils ont postés le jour du viol et les suivants.

Le problème qu'ont rencontré les autorités, c'est que la plupart des preuves avaient été effacées des téléphones, et, pour des raisons que j'ignore – corruption, protection, paresse ? –, ils n'ont pas demandé de mandats pour effectuer les recherches que je mène en ce moment sur les serveurs, où tous les messages sont stockés. De toute évidence, moi non plus, je n'ai pas de mandat, ce qui signifie qu'aucune des preuves que je pourrais trouver ne sera recevable devant un tribunal.

Mais je m'en fous. Mon but n'est pas d'envoyer Parsons en prison. Juste de dégoter de quoi le griller devant l'opinion publique, aider Tori, et mettre en miettes sa petite carrière si parfaite et sa misérable vie par la même occasion.

Ça ne rendra peut-être pas justice à la victime, mais ce sera toujours mieux que ce qu'elle a obtenu jusqu'ici. Et peut-être que, si je déniche assez d'éléments, l'affaire sera rejugée.

Un coup d'œil à l'horloge m'apprend que je n'ai pas beaucoup de temps. Il est déjà 3 heures, et, si Tori décide de se rendre au studio télé, elle donnera son interview à midi. Je peux essayer de la convaincre de la repousser d'une journée, mais si jamais je ne trouve rien… Plus le temps passe, plus on racontera de saloperies sur elle. Et plus elle devra trouver de façons de se blinder, ou de les accepter.

Elle a assez souffert. Je ne veux pas qu'elle subisse davantage d'infamie.

Alors, je creuse plus vite que jamais de ma vie, conscient de rater des éléments, alors que je cherche désespérément une piste, n'importe laquelle, qui me ramène vers Parsons.

Il ne faut que quelques minutes pour dénicher deux des autres suspects, d'après les photos où on les voit violer la bouche de la fille évanouie et lui éjaculer sur le ventre. L'ADN non identifié leur appartient. Je mets de côté ce que je trouve dans un dossier que j'enverrai à différents grands journaux avant que tout soit fini, et commence à tracer leurs messages dans l'espoir de trouver une connexion avec Parsons.

J'avance si vite que je manque de passer à côté du premier lien lorsqu'il apparaît. C'est un texto entre

Taylor Bradley, *quarterback* dans l'équipe de football, et un certain Al. Le message lui-même est plutôt anodin – en tout cas, comparé aux autres qui fusaient entre ces types cette nuit-là –, mais associé au diminutif Al, il suffit à me faire réfléchir un peu.

Si on ajoute qu'il contient une photo d'une jambe de fille contusionnée, nue jusqu'en haut de la cuisse où s'arrête l'image, ça suffit pour que je prenne le numéro de ce Al et pirate son compte également.

C'est là que je touche le jackpot, car Al n'est autre qu'Alexander Parsons, âgé de vingt ans, en deuxième année à l'université de l'Ohio, qui jouait au poste de *quarterback* dans les Perrysburg Yellow Jackets, et qui passait justement ce long week-end à la maison.

De là, c'est très facile de parcourir ses messages entrants et sortants de la nuit en question. Enfin, « facile » n'est pas le mot, vu le contenu que je dois éplucher : non seulement il est impliqué dans la prise et la diffusion des photos de la fille inanimée pendant que les autres lui faisaient subir des sévices, mais il y a également pris part lui-même. Et à vingt ans, il est responsable pénalement, comme les trois qui ont été arrêtés et jugés.

Le salaud. C'est un taré, un connard de psychopathe.

J'enregistre les preuves – textes, vidéos et photos –, puis me lève et sors respirer un peu d'air. En tant que frère d'une victime de viol, je sais mieux que bien des gens à quel point certains hommes peuvent être des monstres. Et je sais aussi combien la justice et l'opinion publique peuvent être iniques. Je l'ai constaté l'année dernière, quand la sordide affaire est sortie dans la presse nationale, et je l'ai vu également il y a des années, alors que Chloe était harcelée par ses camarades de classe sous l'impulsion de son violeur en personne. Le garçon – l'homme – que mes parents avaient laissé filer en échange d'une somme d'argent obscène.

Mais ce que je viens de voir dans ces vidéos et photos... c'est horrible. Inhumain. Impensable. Non seulement le viol de la jeune fille évanouie, toute la nuit, par au moins huit garçons, mais le fait qu'ils l'aient transportée de soirée en soirée, de lieu en lieu, devant des dizaines de camarades de classe. Que des textos aient été envoyés à presque tous les élèves des deux tranches d'âge et que personne n'ait levé le petit doigt pour les arrêter. Personne ne s'est bougé pour l'aider et personne, pas même un seul individu, ne s'est donné la peine d'appeler la police.

Je ne comprends pas. Putain, je ne comprends pas. Comment ont-ils pu s'en sortir ? Comment ont-ils pu considérer que traiter ainsi un être humain, ou regarder faire, était drôle ? Ou excitant ? Ou je ne sais pas quoi... Je ne saisis pas, et je ne saisirai jamais.

Et Alexander Parsons, star du cinéma, sex-symbol international et chouchou des médias, était au cœur de cette affaire.

Certes, ce n'est pas lui qui a provoqué les événements, mais, lorsque ses coéquipiers lui ont écrit vers 21 h 30, il n'a pas traîné pour se pointer et se jeter dans la mêlée. Et, d'après ce que j'ai compris, il ne lui a pas fallu longtemps pour se transformer de participant enthousiaste à instigateur de certaines des pires horreurs infligées à cette pauvre jeune femme pendant la nuit.

Pas étonnant qu'il ait fait nettoyer son empreinte Internet par des pros quand il a commencé à être connu. Pas étonnant du tout…

L'idée que ce connard ait touché Tori me rend dingue. Il aurait pu lui faire du mal quand il le voulait, lui faire subir des tas de choses horribles pendant qu'ils étaient ensemble. Non seulement elle était à sa merci, mais il était capable de perpétrer les crimes les plus atroces. En plus, sept ans après s'être sorti sans ennuis d'une histoire de viol avec séquestration sur mineure, il se sent tellement protégé, tellement en sécurité grâce à sa position qu'il n'hésite pas le moins du monde à laisser fuiter une sextape qui va lui attirer beaucoup de curiosité. Et pas n'importe quelle sextape : une vidéo prise sans le consentement de sa partenaire.

Il faut être sacrément sûr de soi, arrogant, privilégié et prétentieux pour faire une connerie pareille ! Et sacrément malade…

Je pense à Tori, couchée là-haut, roulée en boule et geignant dans son sommeil alors que sa vie tombe en miettes autour d'elle. Je pense à Marli, la fille de Perrysburg, à qui il a fait ça. Et je pense à toutes les autres femmes que ce prédateur a croisées dans sa vie.

Et j'en ai assez. J'en ai plus qu'assez. Il va couler. Il aura perdu sa carrière et sa liberté avant que j'en aie fini avec lui.

Je vais m'en assurer.

Je crée plusieurs adresses mail totalement anonymes que je protège avec une centaine de sécurités différentes pour m'assurer qu'on ne puisse remonter jusqu'à moi. Ou, plus important, jusqu'à Tori. Puis, je joins tout ce que j'ai trouvé sur Alex Parsons et les autres garçons, et l'envoie.

Au *New York Times*, au *Boston Globe*, au *Chicago Tribune*, à CNN, à MSNBC, au *Huffington Post*, au *Wall Street Journal*, au *Los Angeles Times*, à *USA Today* et au *Columbus Dispatch*. Puis, j'utilise une autre adresse pour envoyer les mêmes informations à la police de Perrysburg, au shérif du Wood County et au FBI de Cleveland.

J'ai encore des recherches à faire, des informations à rassembler, mais ça devrait suffire pour les mettre en branle. Et, plus encore, pour changer l'histoire de la sextape de Parsons et Tori en illustration de sa vie de prédateur qui blesse les femmes pour le plaisir.

Ça n'empêchera pas Tori d'avoir mal, mais ça lui rendra peut-être sa vie. Ce n'est pas assez, mais il faudra s'en contenter. Au moins pour le moment.

Chapitre 23

Tori

— Putain de bordel, tu as vu ça ?

— Si j'ai vu quoi ?

Je réponds d'une voix pâteuse, et écarte le téléphone de mon oreille pour éviter que les hurlements de Chloe me vrillent le tympan. Ce n'est vraiment pas comme ça que je pensais me réveiller ce matin. En plus, l'autre côté du lit n'est pas défait, comme si Miles n'y avait pas dormi.

— Les infos sur Alex ! Elles sont partout !

Oh, Seigneur ! Elle est encore en train de me parler de cette stupide sextape. Je résiste à la tentation de raccrocher et me contente d'enfouir la tête sous l'oreiller le plus proche. Raison pour laquelle c'est d'une voix étouffée que je réponds.

— Oui, Chlo, je sais qu'elles sont partout. C'est pourquoi je dois faire cette connerie d'interview aujourd'hui. Pour tenter de combattre…

— Laisse tomber l'interview ! La vidéo de vous deux, c'est oublié !

Elle se tait un instant avant de se corriger.

— Enfin, pas vraiment oublié. Les plus grands sites la mentionnent comme une preuve supplémentaire de ses habitudes de prédateur. Le monde entier reprend la déclaration qu'on a faite en ton nom afin d'expliquer que la vidéo a été tournée et diffusée à ton insu. Sauf que, maintenant, tout le monde y croit, et il est en train de se faire démolir sur Internet. Dé-mo-lir. Et c'est tout ce qu'il mérite, siffle-t-elle d'un ton haineux. Tous les malheurs du monde ne suffiraient pas à punir cet abruti !

Même si j'ai tendance à être d'accord – Alex est un abruti et il mérite d'être puni –, je ne peux m'empêcher d'avoir l'impression qu'on me fait une blague dont tout le monde connaît la chute, sauf moi.

— Quoi ? J'ai loupé un épisode ?

— Je ne sais pas. Tu n'as pas suivi ?

— Ben, c'est toi qui m'as appelée pour apparemment te réjouir, donc, dis-moi.

Un long silence s'installe, pendant lequel Chloe semble réfléchir à ses explications.

— Allez, Chloe. Crache le morceau.

— Tu n'as pas vu les infos ?

— Non. Je dormais.

Je tourne la tête pour consulter l'horloge rétro sur la table de chevet : 8 h 49.

— Ça alors ! Je n'arrive pas à croire que Miles ne t'ait pas sortie du lit pour ça ! Il m'a envoyé un mail à 6 heures, alors je sais qu'il est réveillé.

L'impatience me gagne et dissipe les dernières brumes de mon cerveau. J'en ai assez que ma meilleure amie ait un train d'avance sur moi.

— Arrête ! Tu vas me dire ce qui se passe, oui ou non ?

— La nouvelle est sortie tôt ce matin, sur CNN en premier. Alex a violé une fille il y a sept ans, quand il était à la fac.

Alors là, je n'ai pas seulement un train de retard. Je me déplace à dos d'âne, et dans la mauvaise direction, qui plus est.

— Houla, attends ! Répète ?

— J'ai dit : Alex a violé quelqu'un. Il n'a jamais été condamné parce qu'ils n'ont rien pu prouver…

— Mais qu'est-ce qui a changé ? S'ils n'ont rien pu prouver, pourquoi est-ce que les médias en parlent ? Il va porter plainte…

— C'est ça, le meilleur : il ne peut pas ! Ils ont des preuves avec son historique de téléphone et ses comptes de réseaux sociaux, et ceux des mecs avec qui il était à l'université. C'est un groupe qui a passé la nuit à violer une fille sans connaissance et à poster tout ça sur le Net. Trois d'entre eux ont fait de la prison, mais Alex et quelques autres s'en sont tirés. Jusqu'à maintenant.

Je suis parfaitement réveillée, à présent, le sommeil balayé par les centaines de questions qui fusent de mon cerveau en même temps. La plus grande, cependant – et, pour moi, la plus importante –, c'est : *Pourquoi ?*

Chloe se tait, comme confuse. Ce qui ne fait que renforcer mes soupçons. Soupçons de quoi, par contre, je ne sais pas encore… Mais des soupçons quand même.

— Pourquoi est-ce que tout ça sort maintenant ? Si le viol remonte à sept ans et qu'ils ont déjà condamné des gars, tu ne vas pas me dire qu'un inspecteur super zélé a subitement décidé de rouvrir le dossier pile-poil en plein dans mon scandale de sextape ?

— Bien sûr que non, je ne dis pas ça. Cette affaire de sextape, ça a provoqué beaucoup de remous dans les médias, ces derniers jours, surtout en ravivant le débat sur la différence de traitement entre les hommes et les femmes dans ce genre de situation. C'est pour ça que je voulais que tu donnes cette interview, d'ailleurs. En fait…

— Je sais, je sais. Je t'ai déjà dit que j'étais d'accord.

Je m'assieds dans le lit. Mais alors, le drap tombe sur mes hanches. Mes hanches nues. Et je me rappelle ce que Miles et moi avons fait une bonne partie de la nuit. Je me souviens aussi de la prise de conscience que j'ai eue à ce moment-là. Que j'étais tombée folle amoureuse du grand frère de ma meilleure amie. Que, malgré tout ce qui a pu se passer auparavant, j'aime Miles Girard.

Je devrais m'en trouver tremblante, à présent que le jour est levé, et ça serait peut-être le cas si je n'étais pas envahie par un autre sentiment, que j'ai encore du mal à définir.

— Alors, comment les médias ont eu vent de l'affaire ? insisté-je.

— Je ne sais pas, avoue Chloe. J'imagine que quelqu'un, dans une grosse rédaction, s'est intéressé à cette histoire à cause de la sextape. Il a dû commencer à fouiller. Ce n'est pas comme ça que la presse déterre les plus grands scandales ?

— Non. En général, c'est quelqu'un qui les met au courant…

Au moment où ces mots sortent de ma bouche, je sens mes soupçons se renforcer au fond de moi, et je serre convulsivement le téléphone.

— Est-ce que l'un des journaux a sorti la nouvelle avant les autres, ou bien ça s'est enchaîné rapidement ?

Pendant de longues secondes, je n'entends rien d'autre que du silence à l'autre bout de la ligne, et je sais d'instinct que ce n'est pas le bébé qui la distrait. Chloe réfléchit également, et son puissant cerveau tire les mêmes conclusions que le mien.

— CNN a lancé l'info en premier, mais, en quelques minutes, elle était partout. Sur des sites Internet, des Tumblr, bordel, même les chaînes locales étaient dessus.

C'est ce que je craignais. La sensation de malaise dans mon estomac s'accentue. Mais je me sens obligée de poser la question.

— Ce n'est pas Ethan qui a fait le coup, n'est-ce pas ?

Ça ne m'étonnerait pas de lui. Ethan est du genre protecteur, pas seulement avec sa femme, mais aussi envers la meilleure amie de celle-ci, comme j'ai pu le constater depuis le début de cette affaire de sextape.

Pour la première fois, Chloe semble gênée.

— Non. Je sais qu'il a des gens qui enquêtent sur le passé d'Alex, mais je ne crois pas qu'ils aient trouvé quelque chose jusqu'ici.

Elle se tait alors que la même idée germe dans nos deux esprits.

— Tu devrais lui parler avant de commencer à te faire des films, dit-elle enfin d'une voix douce.

— À Ethan ?

— On sait toutes les deux que ce n'est pas à mon mari que nous pensons, plaisante-t-elle.

Elle a raison. Ce n'est pas à lui que je songe. Après l'avoir écoutée débiter des platitudes pendant deux minutes – platitudes que j'ai du mal à suivre alors que mon esprit est en ébullition –, je réussis à la convaincre de raccrocher.

Je reste ensuite plusieurs secondes en étant incapable de bouger. Assise dans le lit, à écouter les sons qui m'environnent. Derrière la porte-fenêtre du balcon, j'entends le bourdonnement de la circulation matinale dans les jolies rues de La Jolla. L'océan se fracasse sur les rochers dans un cycle sans fin. Au loin, je reconnais *Power and Control* de Marina and the Diamonds. Je ne perçois pas plus que quelques mots ici ou là, mais c'est bien suffisant. J'ai eu quatre ans et demi pour apprendre les paroles, même si c'est seulement maintenant que je commence à les comprendre vraiment.

We give and take a little more,
Eternal game of tug and war.

Nous donnons et prenons un peu plus,
Éternel jeu de lutte acharnée.

La deuxième partie du refrain me reste dans la tête, bien après que la chanson s'est achevée et que celui qui écoutait cette musique s'est éloigné. Mais ce n'est pas « loin des oreilles, loin du cœur », et je ne peux m'empêcher de penser à quel point ma relation avec Miles a été comme une lutte acharnée. Et combien, à présent, alors qu'au début c'était drôle – tous ces mois où je ne voulais rien d'autre que le détester –, cela semble juste triste. Et mal. Comme si nous parcourions toujours le même chemin.

C'est cette pensée qui finit par me galvaniser. Je repousse les couvertures pour quitter, cul nu, la chambre de Miles en direction de la mienne. Une fois sur place, j'attrape le peignoir, mais ne prends pas la peine de l'enfiler alors que j'aperçois la tablette offerte par Miles posée sur ma table de nuit, là où je l'ai laissée hier.

Je la prends et ouvre le navigateur dans l'idée de consulter un ou deux grands sites d'informations, pour voir de quoi il retourne. Mais je n'en ai même pas besoin, car un titre à propos d'Alex – et de moi – me saute aux yeux dès la page d'accueil, ne demandant qu'un clic : « Alexander Parsons n'est pas juste un relou. Tori Reed a-t-elle échappé au pire ? »

Je suis le lien et survole l'article, l'estomac de plus en plus retourné à chaque ligne que je lis. J'ai couché avec ce type. Bordel, j'ai couché avec ce type qui est tellement plus qu'un opportuniste, qui est un violeur, un prédateur, un pervers narcissique de la pire espèce. Ce mec est le pire lâche que j'aie rencontré de toute ma vie.

Une fois que j'ai fini ma lecture, je ne peux m'empêcher de googler son nom. D'en découvrir davantage, sur CNN, le *Huffington Post*, le *New York Times*... Des centaines d'articles sont déjà en ligne, et les éditos commencent à s'en mêler. Les journalistes ne se contentent plus de relater les faits survenus lors d'une soirée il y a longtemps. Certains réclament à présent la tête d'Alexander.

Je ne sais pas ce que je ressens devant tout ce déballage. Le fait que j'ai couché avec ce monstre, que j'ai échappé au pire lorsque tout ça est sorti dans la presse, que toute cette couverture médiatique a fait remonter les horribles souvenirs de la jeune fille qui a été violée... Une fille qui est sans doute encore en train d'essayer de recoller les morceaux de sa vie.

Peut-être qu'elle est reconnaissante, car son violeur est enfin contraint d'assumer ses actes. Ou alors, elle est juste fatiguée, souhaitant seulement tourner la page et laisser tout cela derrière elle. Peut-être que cette nouvelle agitation médiatique l'en empêchera quelque temps.

Sachant ce qu'a enduré Chloe l'été dernier, ce qu'elle a vécu depuis le lycée, l'idée d'être responsable des souffrances renouvelées de cette jeune femme me torture.

Ce n'est pas la seule chose qui me blesse, ce matin, mais c'est tout en haut de la liste.

Je laisse tomber la tablette sur le lit et abandonne le peignoir. Je vais plutôt prendre une douche rapide. Je prends soin de ne pas toucher aux habits que Miles m'a achetés et qui sont bien rangés dans mon placard, et remets le legging et le débardeur que je porte depuis que je suis ici.

Puis, je reprends la tablette et descends vers la cuisine. Une odeur de café tout juste passé flotte dans l'air, mais Miles n'est pas là. Ni dans le salon ni sur la terrasse qui s'ouvre sur l'océan. Il n'y a qu'un seul autre endroit où il puisse se trouver : son labo.

Une partie de moi meurt d'envie d'une tasse de café, mais je sais que ce n'est qu'une béquille, et je choisis d'ignorer le mug que Miles a laissé sur le comptoir, sans doute pour moi. Je me dirige vers le garage climatisé qui lui sert de labo et tente, à chaque pas, de décider de ce que je vais lui dire.

Pourtant, une fois sur place, alors que je le vois penché sur trois ordinateurs à la fois, passant de l'un à l'autre à toute vitesse, je perds ma capacité à former des mots cohérents. Avec sa barbe matinale, ses yeux fatigués et ses cheveux hirsutes à force d'y avoir trop passé la main, il est plus beau que ça ne l'est permis. Surtout quand on sait qu'il ne porte rien d'autre qu'un boxer. Ou peut-être à cause de ça.

Dans un cas comme dans l'autre, il est évident qu'il a été debout toute la nuit, ce que je savais déjà puisque le lit n'était pas froissé de son côté, et qu'il a réussi à mettre la presse nationale et locale en ébullition ces dernières heures.

Je le contemple et perds mes mots, jusqu'au dernier. Mais je fais sûrement du bruit, car il se retourne brusquement pour me regarder. Puis, il quitte l'établi encombré qui lui tient lieu de bureau et se précipite vers moi.

Ses yeux sublimes se plissent, sa mâchoire se crispe alors qu'il observe mon visage, ma posture, ma façon de serrer les bras sur mon ventre, comme si j'avais besoin de me protéger de lui. De cet homme avec toutes ses bonnes intentions et ses techniques de bulldozer. Cet homme qui n'a aucune foi dans le système, et guère plus en moi.

C'est peut-être vrai que je devrais me protéger. À chaque pas qu'il fait vers moi, je recule d'autant. Ça ne lui échappe pas. Il s'arrête brusquement, à quelques mètres, et attend que je parle.

Mais je n'ai rien à dire. Ou tout.

Je commence par la seule chose possible. Je lui tends la tablette et lui demande, la voix rauque, le cœur au bord des lèvres :

— C'est toi qui as fait ça ?

Il regarde à peine l'écran avant de lever vers moi ses yeux immenses, brûlant d'une intensité qui leur confère une aura à la fois indéchiffrable et omnisciente. Le silence s'étire, et plus il dure, plus c'est facile de deviner les efforts qu'il accomplit pour évaluer mon humeur et tenter de gérer la situation, de me gérer, moi.

Mais pour finir, et c'est tout à son honneur, il n'essaie pas de mentir. Il se contente d'acquiescer, puis il se redresse pour m'étudier.

— Qu'est-ce qui t'a pris d'agir ainsi sans me consulter d'abord ?

— Tu dormais. Je ne voulais pas te réveiller.

— C'est quoi, cette justification à quatre sous ? Tu crois que le fait de refuser de t'expliquer te donne l'air cool ?

Il hausse les sourcils, et je vois alors son masque se remettre en place, celui que je n'ai pas revu depuis le matin de mon arrivée. Moitié « rien à foutre », moitié « je suis un connard et fier de l'être ». Je ne m'étais pas aperçue qu'il avait disparu, jusqu'à maintenant.

Je ne peux pas dire que ça me manquait.

— Mais je suis en train de m'expliquer. Ce que je te dis ne te plaît pas, c'est tout.

— Je ne comprends rien à ce que tu racontes, et je ne comprends pas non plus pourquoi tu as fait ça sans prendre la peine de m'en parler avant.

— Pourquoi je t'en aurais parlé ? Tu n'avais pas envie de donner cette interview. J'ai fait ça pour que tu n'aies pas besoin d'y aller. Je ne vais quand même pas m'excuser !

Devant tant d'arrogance, je ne peux que le dévisager, bouche bée.

— Tu es sérieux ?

— Qu'est-ce que tu veux que je te dise, Tori ? Je tiens à toi, et j'ai fait ce que je croyais le mieux pour toi. C'est quoi, le problème ?

— Mais tu t'entends parler ? Tu as fait ce qui était le mieux pour moi ?

— Ben oui.

— Ce n'est pas à toi de le faire, dis-je en luttant pour garder une voix posée. Tu n'as pas le droit de décider à ma place, parce que tu crois savoir ce qui est mieux…

— Mais je le sais, ce qui est mieux, décrète-t-il en montrant la tablette d'un signe de tête. Surtout dans cette situation. La presse est de ton côté, maintenant, et tout le monde tape sur Parsons. Ce n'est pas ce que tu voulais ?

Si, c'est ce que je souhaitais, tellement fort que j'ai un peu honte de le reconnaître. Mais quand même…

— Et cette malheureuse jeune fille ? Ce n'est pas grave, tu crois, de tout faire remonter à la surface ? Tu penses qu'elle se sent comment, ce matin ?

— Contente que le connard qui s'en était sorti doive finalement payer pour ses crimes ? Et si Parsons est aussi lâche que nous le pensons tous les deux, il va sûrement balancer tous ceux qui étaient impliqués. Peut-être qu'elle obtiendra enfin justice.

— S'il est arrêté.

— Il le sera. J'ai fait ce qu'il fallait.

Il franchit la distance qui nous sépare et tend les mains vers moi. Mais, en me voyant me raidir, il s'immobilise, bras tendus, alors que je recule si vite que je me cogne contre le mur du garage.

— Pourquoi tu ne m'as rien dit ? Pourquoi tu n'as pas vérifié que c'était ce que je voulais avant de le faire ?

— On n'avait pas le temps. Tu devais donner cette interview dans quelques heures, et je savais que tu n'en avais pas envie. J'avais besoin de diffuser l'info afin que tu ne te sentes pas obligée de le faire.

— Mais tu t'entends parler ? demandé-je pour la deuxième fois en deux minutes. Tu savais, tu avais besoin de… Et ce dont j'ai réellement besoin, moi ?

— Ce dont tu as besoin est là.

Il prend la tablette, parcourt des articles, puis me la tend.

— Tu as regardé ça ? Tu vois ce qu'ils disent de toi ? Tu es passée du statut de traînée à celui de victime en l'espace de quelques heures.

— Peut-être que je préférais être une traînée, Miles. Tu as pensé à ça ?

Il me regarde comme si j'étais folle.

— Ouais, bon, on ne peut pas dire que tu fasses toujours les meilleurs choix, pas vrai ?

Je réprime un cri. Ce qui m'énerve, parce que la dernière chose dont j'ai envie en cet instant, c'est de me comporter comme une vierge du XIXe siècle qui va avoir ses vapeurs. Mais je ne peux m'en empêcher, car ses paroles – et le mépris qu'elles révèlent – me donnent envie de me rouler en boule et de disparaître.

La honte m'envahit et fait trembler mes mains, ma voix.

— Non, je n'ai pas toujours fait les meilleurs choix. Mais j'ai passé les derniers mois à essayer de changer, et que tu me balances ça dans la gueule maintenant, alors que ce qui s'est passé n'est pas ma faute… c'est petit, Miles. C'est vraiment petit.

Il pousse un soupir et glisse une main dans ses cheveux, frustré.

— Tu sais bien que je ne voulais pas dire ça. Ce que je voulais t'expliquer, c'est que, en quelques jours, tu as été déshéritée par ton père, tu es devenue célèbre sur Internet et tu as été obligée d'aller te cacher avec rien d'autre qu'un sac et un legging. Là, tu as une porte de sortie. Tu dis que tu veux trouver un boulot, avoir une nouvelle vie. Régler ce bordel te donnera l'occasion de faire tout ça, et plus encore.

— Du coup, tu l'as réglé pour moi.

— Bien sûr. Je… Je tiens beaucoup à toi, Tori. Jamais je ne te laisserai souffrir si je peux l'éviter.

— Je comprends. Vraiment. Et moi aussi, je tiens à toi. Mais ça ne t'a pas traversé l'esprit que c'est à moi de régler la situation ? Pas à toi ? Que j'ai besoin d'être celle qui remet ma vie en ordre, parce que c'est la mienne, de vie ? On en a déjà discuté…

— On va encore parler de ces putain d'habits ? s'écrie-t-il, exaspéré.

— Oui, on va parler de ces putain d'habits. Et du putain d'équipement électronique, et des putain de chaussures, et de tout ce que tu as cru bon de m'acheter sans me consulter.

— J'essayais de t'aider !

— Je sais. Tu essaies toujours de m'aider.

C'est pour ça que je ne peux pas rester en colère contre lui, même si j'en ai très envie. Parce que, si j'étais en colère, ce qui va suivre serait beaucoup plus facile.

— Sauf que tu ne le fais pas seulement parce que tu veux aider. Tu le fais…

— Si tu t'apprêtes à m'accuser de t'aider en échange de services sexuels, je te recommande vivement de t'abstenir.

Sa voix est d'un calme glacial, d'un sérieux absolu. De toute évidence, c'est un bouton sur lequel il vaut mieux ne pas appuyer – ce qui n'est pas surprenant si l'on songe à la culpabilité qu'il traîne au sujet de ce qui est arrivé à Chloe –, mais ce n'est pas ce que j'allais énoncer.

— Tu sais, tu pourrais me laisser le bénéfice du doute et attendre de savoir ce que je vais dire avant de me sauter à la gorge.

Un peu de cette colère que je cherchais s'allume enfin en moi.

— Mais ça n'est pas dans tes habitudes, pas vrai ? ajouté-je. Tu ne me laisses jamais le bénéfice du doute sur rien, de toute façon !

Cette fois, c'est lui qui semble offensé.

— Et qu'est-ce que tu sous-entends par là, exactement ?

— Que tu ne penses jamais rien de bien à mon sujet !

— Pardon ? J'ai travaillé comme un malade pour t'aider parce que je pense beaucoup de bien de toi et que je veux que tout le monde pense de même.

— Non, tu as travaillé comme un malade parce que tu es persuadé que je suis incapable de m'en sortir seule.

Pendant des secondes interminables, il me dévisage, dents serrées et mâchoires crispées. La fureur brûle dans ses yeux, si sombre et vive à la fois que j'ai envie de retirer mes paroles. Mais je ne peux pas. D'une part, parce que c'est vrai, et d'autre part, parce que je ne veux pas plier devant Miles. Si je le fais maintenant, ce sera toujours ainsi. Et, si l'on veut que notre relation fonctionne (possibilité dont je doute en cet instant), il faut qu'il me considère comme son égale. Plus encore, je dois moi-même me considérer ainsi.

— Ce n'est pas juste, Tori, finit-il par dire entre ses dents.

— Je sais que ce n'est pas juste. Mais je sais aussi que c'est vrai. Tu penses que je suis amochée. Tu penses…

— Mais oui, tu es amochée ! hurle-t-il. Regarde-toi, quoi ! Tu viens de te faire renier par ton père, tu es tellement fauchée que tu squattes la maison de ta meilleure amie, tu n'as pas de travail, pas d'habits, aucun téléphone ni d'ordinateur pour chercher du boulot, et, jusqu'à ce matin, tous les journaux de la planète se moquaient de toi. Je ne vois pas comment ça pourrait être plus moche que ça.

Ses mots sont comme des poings, si durs que j'ai un peu envie de soulever mon débardeur à la recherche d'hématomes.

— Waouh. Ne te retiens pas. Dis-moi le fond de ta pensée.

— Merde ! Il ne faut pas le prendre comme ça.

— Oh, je suis certaine qu'il n'y a qu'une manière de le prendre, Miles. Mais merci pour ton honnêteté.

Les larmes me brûlent les yeux, et je me détourne pour les lui cacher. Mes paupières clignent à toute vitesse, et je tente de me forcer à penser par-delà la douleur. C'est alors que mon regard se pose sur la Tesla rouge vif d'Ethan, stationnée sur la dernière place du garage, et, pendant une seconde, je n'arrive pas à chasser de ma tête l'idée de monter dedans pour m'éloigner. De mes problèmes. De Miles. De la laideur de ma vie qu'il vient de décrire.

Je fais même un pas vers le véhicule, mais Miles m'attrape, m'attire dans ses bras, me serre fort et murmure :

— Tori, ma chérie, je veux juste arranger les choses pour toi.

— Je le sais.

Je ne le repousse pas, ne fais rien d'autre que rester là, à le laisser me tenir, ce qui normalement est la chose la plus réconfortante du monde. Mais pas dans ces circonstances. Là, je ne sens pas son corps pressé contre le mien ni ses bras enroulés autour de moi.

Je ne sens rien du tout, en fait. Sauf un froid immense.

— Mais ta façon d'arranger les choses n'est pas forcément la mienne, dis-je lorsqu'il desserre enfin suffisamment son étreinte pour que je m'écarte. Toute ma vie, on m'a dit que j'étais trop bête, incapable de sens pratique, trop démolie pour faire quelque chose de moi. Je suis amochée, j'ai un mauvais jugement, et je cause plus de problèmes que je n'en résous.

— Ce n'est pas ce que j'ai dit…

— Mais ça y ressemble beaucoup. J'ai entendu ça toute ma vie, et la plupart du temps, j'ai fait de mon mieux pour être à la hauteur des attentes négatives de mes parents. Pour leur montrer que je m'en foutais, de ce qu'ils pensaient. Bien sûr, ça n'a fait que renforcer leur mauvaise opinion de moi, jusqu'à ce qu'un jour, mon père tire le tapis sous mes pieds. Et tout le reste avec. La façon dont il l'a fait, et la raison pour laquelle il l'a fait, c'est sa faute. Mais… le fait que j'ai foiré ma vie pour l'emmerder, que je n'assumais jamais mes responsabilités, que je l'ai laissé m'entretenir alors que j'aurais dû être autonome depuis longtemps… Ça, c'est *ma* faute. Et quand j'ai marché ces trois kilomètres jusqu'ici depuis mon appartement, je me suis dit que je ne recommencerais pas la même connerie. Que je ne laisserais pas un homme s'occuper de moi alors que je peux me débrouiller seule. Et que je ne passerais pas le reste de ma vie, comme les vingt-trois premières années, à laisser quelqu'un que j'aime me mettre en pièces pendant que je tente juste de m'adapter à l'image qu'il se fait de moi.

— Ce n'est pas ce que je fais !

— Mais si. Peut-être que ce n'est pas ton intention, mais c'est ce que tu fais. Tu n'as pas confiance dans les décisions que je prends pour moi-même, tu n'estimes même pas nécessaire de me parler avant de choisir à ma place. J'ai vécu comme ça des années sous la houlette de mon père. Je ne le referai pas. Même pour toi, Miles.

Sur ces mots, je lui tourne le dos et attrape mon porte-monnaie avec le peu d'argent qu'il contient. Il me suit et exige de savoir ce que je compte faire. Où je vais. N'ayant pas de réponse, je ne lui en donne pas. Je ne sais pas où je veux aller. La seule chose dont je suis sûre, c'est qu'il faut que ce soit loin d'ici. Loin de lui.

Je me dirige d'un pas décidé vers la Tesla d'Ethan. En général, il range les clés à l'intérieur des voitures, et, lorsque j'abaisse le pare-soleil, je constate avec soulagement qu'il n'a pas fait d'exception pour celle-ci.

— Bordel, Tori, réponds-moi. Tu vas où ?

Je monte en voiture et hausse les épaules.

— Je ne sais pas.

— Tu n'as pas pris ton téléphone.

— Non.

J'ouvre la porte du garage et mets le contact.

— Bordel de merde ! jure-t-il entre ses dents. Attends au moins que je t'apporte ton téléphone et des chaussures. Tu es pieds nus !

Je n'accepte pas sa proposition, mais ne refuse pas non plus. Miles le prend comme un consentement, et il repart vers la maison. À la seconde où la porte se referme derrière lui, je sors du garage en marche arrière et emprunte la longue allée. Pieds nus, sans téléphone, sans rien de plus que ce que j'avais en arrivant il y a quelques jours.

Parce qu'il y a un point sur lequel Miles ne se trompe pas. Je suis amochée, et il est temps que j'envisage de fonctionner autrement. Tant pis si c'est une leçon que je ne veux pas apprendre avec lui. Pas maintenant, et plus jamais.

Chapitre 24

Miles

Elle s'est barrée. À la seconde où j'ai tourné le dos. Des heures plus tard, je n'arrive toujours pas à le croire. Je m'attends presque à la trouver blottie sur le canapé, en train de pleurer devant une comédie romantique débile, ou debout devant le comptoir de la cuisine, mangeant de la glace à même le pot.

Mais elle n'est pas là. Elle est partie et je ne peux rien y faire.

Bordel de merde !

Je ferme mon ordinateur portable d'un geste brusque et résiste à grand-peine à la tentation de le lancer à travers la pièce. Je sens monter une explosion de colère. Mais comme détruire le PC ne résoudra rien, je me contente de prendre mon téléphone et de composer le numéro familier.

Après deux sonneries, j'entends la voix de ma sœur.

— Elle ne m'a pas encore appelée, Miles.

— Tu es sûre ? Peut-être qu'elle t'a envoyé un texto ? Ou qu'elle a appelé sur le fixe ? Elle…

— Je suis assise, Violet dans les bras, avec mon portable et le fixe à mes côtés. Je t'assure, Miles, si elle essaie de me contacter, je ne peux pas la rater.

Je sais que je parle comme un fou, mais je ne suis toujours pas prêt à abandonner.

— Peut-être Ethan…

— Non, pas Ethan non plus. Je te jure qu'elle ne nous a contactés ni l'un ni l'autre.

Elle se tait un moment, puis sa voix, déjà inquiète, se fait encore plus angoissée.

— Tu ne veux pas me dire ce qui s'est passé ? C'était quoi, cette dispute si terrible qu'elle s'est enfuie sans rien d'autre que les habits qu'elle avait sur le dos ? Tori n'est pas du genre à fuir. Elle est plutôt…

— Combative. Oui, je sais.

C'est peu de le dire. Ça fait un an que je subis sa combativité. C'est l'une des raisons de mes craintes. Ça ne lui ressemble pas de disparaître quand elle estime qu'elle-même – ou quelqu'un qui compte pour elle – a été mal traitée.

Et où pourrait-elle aller ? La Tesla n'était pas chargée, elle n'aura bientôt plus de batterie. Et même s'il y a des stations là où elle se trouve, comment pourrait-elle les trouver sans smartphone ?

— Ce n'était rien, dis-je quand le silence devient intolérable. On ne s'est pas disputés. Pas vraiment.

— *Pas vraiment* ? répète Chloe.

Je ne sais pas si c'est son sixième sens de meilleure amie ou son instinct de petite sœur, mais il est évident qu'elle ne gobe pas mon mensonge. Pas une seconde.

Je ne peux pas le lui reprocher. J'étais là. Je sais que j'essayais seulement d'aider Tori, pas de la blesser, et pourtant je ne peux m'empêcher de douter de moi. De me repasser la conversation en boucle dans ma tête pour comprendre comment c'est parti en couille. Et pourquoi.

Non que ça ait la moindre importance si elle n'est pas là pour en discuter avec moi.

Cette idée ravive ma colère, et j'emprunte l'allée pour aller regarder dans la rue.

Où es-tu, Tori ? Pourquoi t'es-tu enfuie plutôt que de rester te battre avec moi ? Pourquoi as-tu choisi la lâcheté ?

Quand je répète ces pensées à ma sœur, elle éclate d'un rire méprisant.

— On voit bien que tu ne la connais pas. Elle n'est pas partie par lâcheté. Elle est partie pour éviter de t'étriper tellement elle était furieuse. Tu devrais être content d'être encore entier. Quand elle se sent menacée, elle cogne d'abord et réfléchit après.

Comme si je ne le savais pas. J'ai encore mal au cul d'un an de disputes.

— Tout ce que je veux, c'est être sûr qu'elle va bien, avoué-je, désespéré. Ça fait huit heures, et personne ne l'a vue ! Comment est-ce possible ?

J'ai lancé mes bots à sa recherche sur Internet, en quête du moindre tweet, snap ou post Instagram. Son visage est connu à l'heure actuelle, et, si elle est dans un lieu public, je pense que quelqu'un la reconnaîtra. Et balancera sa tête sur un réseau social. Que ça ne se soit pas produit en huit heures me laisse penser qu'elle s'est terrée quelque part.

Mais où ? C'est la question à un million de dollars, et ignorer la réponse me rend complètement dingue.

Elle était dans tous ses états lorsqu'elle est partie d'ici. Et si elle a eu un accident ? Et si elle est aux urgences, et qu'ils ne savent pas que c'est moi qu'il faut appeler, et non sa famille ? Et si…

Je repousse cette pensée et tente de juguler la folie avant qu'elle prenne le contrôle sur moi. Mais en même temps, maintenant que j'ai cette idée en tête, je suis impatient de raccrocher avec Chloe afin de pouvoir vérifier s'il y a eu des accidents dans le secteur. M'assurer que Tori n'a pas planté le joujou hors de prix d'Ethan contre un poteau.

C'est en tremblant que je bredouille une excuse hâtive avant de couper la communication. J'arrache à Chloe la promesse d'appeler si Tori la contacte, puis ouvre mon ordinateur pour commencer mes recherches.

Une demi-heure plus tard, je suis à peu près convaincu que Chloe n'a pas eu d'accident. Mais cette certitude ne me relaxe pas autant que je l'aurai espéré. Où est-elle ? Où, bordel, où ?

Comment a-t-elle pu s'enfuir comme ça au milieu d'une dispute ? J'essayais seulement de l'aider, de lui rendre les choses plus faciles, et sa réaction, c'est de disparaître comme de cette façon ?

Plus jamais, ma vieille. Plus jamais.

Lorsque je lui mettrai la main dessus, elle pourra s'estimer chanceuse que je ne lui flanque pas une fessée déculottée pour lui faire payer les inquiétudes qu'elle m'a causées.

Elle m'arracherait sans doute les yeux si j'essayais, mais je me surprends à attendre ce combat avec impatience. À attendre de l'avoir à nouveau dans mes bras, qu'elle n'aurait pas dû quitter.

Je me frotte le visage d'une main et remonte vers la maison, en songeant à me servir un verre. Mais je veux être en pleine possession de mes moyens quand elle se montrera. Assez pour être capable d'aller au fond des choses ou pour la récupérer quelque part au besoin.

Pour finir, je me contente donc de faire les cent pas, notre dispute tournant en boucle dans ma tête comme une playlist qui a buggé.

Mais chaque fois que j'y repense, j'ai un peu plus de mal à garder la tête haute, à me dire que ce n'est pas ma faute, que c'est elle qui a pété un câble. C'est vrai qu'elle est devenue folle, mais, quand je m'entends lui jeter au visage qu'elle est amochée, quand je me souviens de sa tête alors que je lui dressais la liste de tout ce qui n'allait pas dans sa vie, je suis en rogne contre moi-même. Plus encore, ça me rend dingue.

Je n'ai jamais été du genre à frapper une personne à terre, et encore moins quelqu'un à qui je tiens autant qu'à Tori. Alors, qu'est-ce qui m'a pris de lui parler comme ça ? Qu'est-ce qui m'est passé par la tête ?

Je n'ai pas réfléchi, c'est évident. J'ai juste réagi à chaud, et je m'en suis pris à elle pour ne pas reconnaître qu'elle avait raison. Que j'aurais dû lui parler avant de laisser fuiter cette histoire sur Parsons.

Mais, bordel, qu'est-ce que je pouvais faire ? Qu'est-ce que je pouvais faire, putain ? J'ai déjà merdé une fois dans ma vie avec une femme à laquelle je tiens, en ne voyant rien du tout quand mes parents ont vendu Chloe, la plongeant dans une spirale infernale qui l'a presque détruite. Et qui a démoli pendant longtemps toute chance pour moi d'avoir une vraie relation avec elle.

Je n'allais pas rester là et laisser la même chose se produire avec Tori. Je n'allais pas garder les bras croisés alors qu'un connard la démolissait pour s'amuser. Pas alors que je voyais décliner sa lumière intérieure à chaque nouveau commentaire qu'elle lisait sur Internet, où on la traitait de fille entretenue, de pute ou d'arriviste en quête de notoriété.

Elle ne mérite pas ça – aucune femme ne le mérite –, et surtout pas alors que cet abruti s'en sort indemne, sa vie et sa carrière auréolées par la même vidéo qui détruit Tori.

Hors de question.

Aurais-je dû lui parler d'abord ? Oui, absolument. Je suis à présent prêt à le reconnaître. Mais j'essayais seulement de l'aider, de faire ce que je croyais le mieux pour elle. La dernière chose que je souhaitais, pourtant, c'était lui donner l'impression qu'elle était incompétente. Si seulement…

Le téléphone retentit et interrompt le cercle sans fin de mes pensées. Je me jette dessus et décroche à la deuxième sonnerie. Je retiens mon souffle en reconnaissant la voix d'Ethan.

— Elle est ici, m'informe-t-il. Elle vient d'arriver. Avec une tête de déterrée.

— Elle est ici ? répété-je comme un putain de perroquet. À San Francisco ?

— Oui.

Soudain, j'entends du bruit en fond sonore. Ma sœur qui parle, Violet qui rit… et Tori qui la chatouille !

— Ne la laisse pas sortir, ordonné-je, à la fois flageolant de soulagement et fou de rage. J'arrive.

— Ouais, rétorque Ethan avec un rire de mépris. Comme si j'avais besoin que tu me le dises.

Chapitre 25

Tori

— J'ai besoin d'un travail, dis-je à Chloé alors qu'elle essaie de m'inciter à me poser sur le canapé avec un verre de vin.

Mais j'ai passé près de neuf heures en voiture, ne m'arrêtant que pour la recharger. Chacun des muscles de mon corps est tendu, et j'ai besoin de bouger. En outre, je suis trop énervée pour m'asseoir. Comment pourrait-il en être autrement, alors que j'ai passé huit heures et demie à me repasser ma dispute avec Miles en une boucle sans fin ?

— Ce dont tu as besoin, c'est de me dire ce qui se passe, réplique Chloé d'une voix douce, tout en berçant Violet, dans un fauteuil à bascule près de la fenêtre.

— Non, ce dont j'ai besoin, c'est d'un boulot. Et d'un verre. Pas forcément dans cet ordre-là.

— Je m'en suis déjà occupé, répond Ethan en surgissant derrière moi, un verre de vin rouge à la main.

Je le prends avec gratitude, et m'autorise à me laisser aller contre lui quand il passe un bras autour de mon épaule en une étreinte fraternelle.

— Je suis content que tu sois là, dit-il en me serrant brièvement avant de traverser la pièce pour contempler sa femme et sa fille avec un air d'adoration.

— Elle dort ? chuchote-t-il, le regard rivé sur le visage angélique du bébé.

— Elle vient juste de fermer les yeux.

— Donne-la-moi, dit-il en embrassant ma meilleure amie sur la bouche avant de prendre le bébé d'un geste expert.

Violet se réveille un peu et pousse un petit cri apeuré. Mais il la serre contre son torse en murmurant, avant même qu'elle ait fini son sanglot. Il a une voix si douce et aimante qu'on croirait recevoir une flèche en plein cœur. Ethan Frost est fou de sa femme et de sa petite fille, et il n'a pas peur de le montrer au monde entier.

Je pourrais être jalouse, mais Chloe mérite le moindre gramme d'amour qu'il peut lui offrir, la moindre seconde d'adoration qu'il lui voue. Personne sur terre ne mérite autant un homme comme Ethan que ma meilleure amie. Ils ont traversé l'enfer ensemble, en particulier lors de l'année écoulée, et ils ont bien droit au bonheur qu'ils ont trouvé dans les bras l'un de l'autre. Les voir dans une telle félicité me fait presque éclater de joie. Du moins, ce serait le cas si je n'étais pas totalement absorbée mes propres tourments après ma dispute avec Miles. Mais je suis soudain arrachée à mes pensées.

— Merde ! s'écrie Chloe en se levant d'un bond pour courir vers moi. Tu pleures !

— Pas du tout, rétorqué-je en m'essuyant les yeux et en reniflant. Je suis allergique à l'air de San Francisco, c'est tout.

— Ouais, c'est ça, soupire-t-elle en m'enveloppant dans un câlin où je retrouve son odeur. J'ai déjà été ici avec toi cinq ou six fois, et tu n'as jamais eu d'allergies.

— C'est l'automne, dis-je en tentant de ravaler mes larmes. Y a des pollens différents.

Elle me serre plus fort.

— D'accord, ma puce. Continue à te mentir à toi-même.

— C'est mon intention.

Je ferme les yeux et enfouis le visage dans son épaule en m'ordonnant de ne pas éclater en sanglots. J'ai trop peur, si je commence, de ne jamais réussir à m'arrêter.

Mais la semaine a été longue, tellement longue, avec tant de hauts et de bas émotionnels que, malgré tous mes efforts, je ne peux m'empêcher de verser encore quelques larmes sur son pull. Ni de laisser échapper un sanglot d'amour brisé. Je parviens toutefois à endiguer le flot, mais c'est trop tard. Le mal est fait.

Chloe s'écarte pour m'observer, inquiète.

— Putain de semaine, hein ?

— Tu n'as pas idée, acquiescé-je avec un nouveau sanglot.

Elle me prend par le bras et me pousse vers le canapé.

— Alors, raconte. Dis-moi tout. Commence depuis le début, et n'oublie aucun détail.

Et c'est ce que je fais, remontant à la soirée sur le toit où j'ai dansé avec Miles et contrarié Alexander, puis retraçant la visite de mon père dans mon appartement et ma mise à la porte. Chloe a déjà entendu l'histoire, juste après mon arrivée ici, seul toit qui me restait au-dessus de la tête. Mais elle n'est pas moins furieuse en l'écoutant une deuxième fois.

— Ton père est un vrai connard ! décrète-t-elle pour la énième fois, des éclairs dans ses yeux verts et la voix tremblante de fureur.

— Ouais. Mais… je ne sais pas. Peut-être qu'il a eu raison d'agir ainsi. J'ai vingt-trois ans. Il est temps que je grandisse et que j'arrête les conneries.

— Mais tu as arrêté les conneries, rétorque Chloe, outragée. Tu as eu ton diplôme, tu cherches un boulot, tu as diminué les soirées et l'alcool. Tu désires un mec bien au lieu d'une suite de plans cul, qui te servaient plus à dire « merde » à ta famille qu'à prendre ton pied. Moi, je trouve que tu as fait de ton mieux pour mettre de l'ordre dans ta vie.

— Ouais, si on oublie que je suis au milieu d'une affaire de sextape et que je vis aux crochets de ma meilleure amie et de sa famille parce que je n'ai aucune autre solution. C'est fini, les conneries, en effet. Absolument.

— OK, arrête ton char, Sarah Bernhardt. Tu ne crois pas que tu devrais être un peu moins dure avec toi, après tout ce qui t'est tombé dessus ces derniers jours ?

— Je crois que c'est justement ça, le problème. Ça fait trop longtemps que je ne suis pas assez dure avec moi-même. Sur tous les plans. Il est temps que j'arrête de me comporter comme une gamine en culotte Hello Kitty. Il faut que je mette des culottes de grande, et que je répare le merdier que j'ai fait de ma vie.

Ma voix se brise sur ces mots, et soudain, je ne peux pas rester une seconde de plus sur le canapé avec Chloe, qui me regarde d'un air compatissant. Je me lève, m'approche de l'immense baie vitrée et contemple le Pacifique en colère. Il est bien plus gris ici qu'à San Diego. Tellement plus sombre et sauvage qu'on a du mal à croire que c'est le même océan.

Non que ça me déplaise. Sombre et en colère, ça me correspond parfaitement en ce moment.

— Je me permets de ne pas partager ton opinion, reprend Chloe après m'avoir laissé ruminer quelques minutes. Tu as des culottes de grande, et tu fais exactement ce que tu dois.

— Pour être honnête, je n'ai pas de culotte, là, alors…

Elle éclate de rire, ce qui était mon intention. Mais au lieu de reconnaître que je suis une loque, elle retourne les choses à sa manière.

— Tu vois ? Tu te débrouilles tellement bien que tu n'as même pas besoin de culottes de grande !

Je reste bouche bée, et elle rit de plus belle.

— J'en fais trop ? demande-t-elle.

— Un peu !

— Mieux vaut trop que pas assez, commente-t-elle avec un haussement d'épaules philosophe. Tu as besoin de quelqu'un à tes côtés.

— Ce dont j'ai besoin, c'est d'un travail, dis-je pour la troisième fois depuis mon arrivée.

Quoi que puisse affirmer Chloe, ce sont les paroles de Miles qui repassent sans cesse dans ma tête et me rappellent à quel point je suis une incapable. Combien je suis amochée. Quelle incompétente je suis pour mener ma propre existence. Ça m'humilie, me brise le cœur et me dévaste totalement qu'il me voie ainsi et, plus encore, qu'il ait raison.

— Je t'ai déjà dit qu'Ethan et moi pouvions t'aider à ce sujet, réplique Chloe. Il a des ouvertures ici et à San Diego. Tu n'as qu'un mot à prononcer, et le poste est à toi.

J'ai envie de refuser, de lui expliquer que j'apprécie leur offre, mais que je veux faire les choses à ma manière. Par moi-même. Pourtant, je ne suis pas en position de me montrer difficile, surtout que ma tête a circulé partout sur Internet pendant plusieurs jours. Et même si, grâce à Miles, l'affaire a pris une tout autre tournure, ça ne signifie pas qu'on me voie autrement que comme la fille de la sextape d'Alexander Parsons. Ça ne sera pas toujours le cas, mais, pour l'instant, c'est comme ça, et ce ne sont pas les meilleures conditions pour chercher un emploi. Du moins, si je veux un poste où l'on garde ses vêtements.

La vérité, c'est que je ne peux me permettre d'attendre que les choses se calment. Pas si je veux reprendre le contrôle de ma vie. Et éviter de vivre trois mois aux crochets de mes amis.

— Je suis OK pour n'importe quelle proposition qu'Ethan juge dans mes cordes, dis-je d'une voix douce.

Chloe reste bouche bée une seconde, sous le choc.

— C'est vrai ? Tu veux bosser à Frost Industries ? Vraiment ?

— Oui. Je veux dire, si vous voulez bien de moi…

— Bien sûr qu'on veut de toi ! s'écrie-t-elle en sautant presque de joie. Maintenant, les deux seules questions importantes, c'est : que veux-tu faire, et préfères-tu travailler ici ou à San Diego ?

J'ai très envie de rester à San Diego. C'est chez moi, et, plus encore, c'est là où est Miles. Je viens juste de comprendre ce que j'éprouve pour lui et, même si on ne va pas se remettre ensemble – si tant est qu'on l'ait jamais été –, je ne veux pas m'éloigner, briser le dernier lien.

Bien sûr, c'est justement à cause de cette réticence que je devrais quitter San Diego. Mettre de la distance avec Miles et les sentiments qu'il m'inspire est sans doute la meilleure façon d'avancer. D'oublier à quel point je tiens à lui. Combien je l'aime.

Mais tenter de décrocher un job à San Francisco sans aucune expérience ne va sans doute pas marcher. Et j'ai peut-être l'habitude de fuir, mais porter des culottes de grande, c'est apprendre à agir autrement. À rester affronter mes problèmes plutôt que de me barrer au premier ennui.

— San Diego, je pense. Ce sera plus facile de trouver un appartement qui ne me coûte pas plus cher que ce je gagne. Euh, je n'ai pas besoin de beaucoup ! dis-je précipitamment, de peur qu'elle le prenne comme un reproche. Je sais bien que je vais commencer en bas de l'échelle.

— Ethan est très attentif à ses salariés. Et puis, tu sais que tu peux vivre chez nous. On serait ravis.

— Oui, tu as raison, c'est vraiment une bonne idée de m'incruster dans le petit nid d'amour de jeunes mariés. Jamais de la vie.

— C'est plutôt un manoir qu'un petit nid. Et je t'assure, je serais heureuse que tu sois là. J'ai Ethan et Violet, et ils sont merveilleux. Mais être mariée et maman me tient à l'écart de mes camarades de promo. Je me sens un peu seule, ici, parfois. Si tu habitais avec nous, ça réglerait le problème.

— C'est marrant, ça ne se voit pas que tu es seule.

— C'est marrant, ça ne se voit pas que tu n'as pas de culotte. Les apparences sont parfois trompeuses.

— OK, OK, soupiré-je en levant les mains. On n'a qu'à discuter avec Ethan, voir quel poste il pense que je pourrais occuper. S'il y en a un. Ensuite, on réfléchira à mon installation, en fonction du lieu de travail. Ça te paraît bien ?

— Ça me paraît parfait.

Elle passe un bras sous le mien et commence à me tirer vers la cuisine.

— Maintenant, tu peux servir le vin pendant que j'apporte le dîner ? Je meurs de faim, conclut-elle.

* * *

Le repas passe vite, car Ethan et moi discutons des postes qui pourraient m'intéresser – et, surtout, pour lesquels je suis qualifiée. Au point où j'en suis, je suis « intéressée » par n'importe quel job qui mettra un toit au-dessus de ma tête et des chaussures à mes pieds, sachant que la seule paire que je possède actuellement, ce sont des tongs achetées 10 dollars dans une supérette à mi-chemin entre Los Angeles et San Francisco. Heureusement que je n'ai pas besoin de passer d'entretien d'embauche, sinon je serais foutue. Je doute qu'un legging et des tongs présentent bien à Frost Industries.

Après avoir examiné une dizaine de possibilités, nous décidons que je devrais tenter ma chance au service des ressources humaines pour la gestion des événements. Frost Industries organise des rencontres festives une fois par semaine pour ses employés, ainsi qu'une occasion mensuelle à laquelle les salariés peuvent inviter leur famille, de même que de très nombreuses sessions de formation qui doivent être mises en place par quelqu'un. Pourquoi pas moi ?

Après tout, j'ai déjà organisé des centaines de festivités dans ma vie, que ce soit des rendez-vous avec quelques amis ou de grosses soirées, et même des galas de charité. Et j'adore ça. Sachant que je pensais démarrer comme assistante de la secrétaire de quelqu'un, je ne pourrais pas me réjouir davantage de cette proposition. Même si c'est à San Diego.

L'idée de retourner dans la maison d'Ethan et Chloe – et de vivre avec Miles en attendant mes premiers salaires – me rend malade. Et même si Chloe m'a proposé de bon cœur de me prêter de l'argent en attendant que je retombe sur mes pieds, je ne veux pas accepter davantage de sa part. Ethan et elle m'offrent déjà un boulot et un toit. Si j'en prenais plus, je ne pourrais pas me regarder dans une glace.

De toute façon, il faudra bien que je me retrouve nez à nez avec Miles à un moment ou un autre. C'est le frère de Chloe, et, même si ça s'est mal fini entre nous, je continuerai forcément de le voir. Chloe, Ethan et Violet sont désormais ma seule famille, alors ce n'est pas tiré par les cheveux d'imaginer qu'on va se croiser souvent. Comme c'était le cas avant qu'on décide de se jeter ensemble dans un lit. Avant que je commette l'erreur colossale de tomber amoureuse d'un homme qui ne me respecte pas.

Pour sa défense, on ne peut pas dire que je lui ai donné beaucoup de raisons de le faire.

Mais tout ça va changer demain, me dis-je en enfilant le pyjama que j'ai emprunté à Chloe avant de me glisser avec gratitude dans le lit.

La journée n'a pas été si longue que ça, en matière d'heures en tout cas, mais je suis absolument épuisée. Sans doute parce que mes émotions n'ont pas arrêté de faire le yoyo depuis que je me suis réveillée ce matin.

Je ne sais pas combien de temps ça m'a pris pour m'endormir ni si j'ai dormi longtemps, mais, vers le milieu de la nuit, je me réveille en sursaut. Au début, je ne sais pas ce qui m'a tirée du sommeil, mais je me rends vite compte que quelqu'un est assis au pied du lit. Quelqu'un de grand, dur et, de toute évidence, masculin.

Je m'apprête à crier, mais soudain Miles est là, les mains sur mes avant-bras. Le visage près du mien.

— Chut…, murmure-t-il.

Je sens mon pouls passer de « Seigneur, on va m'assassiner » au moins affolant « Oh, l'homme que j'aime encore, même si on vient de se séparer, est assis sur mon lit ». C'est un changement subtil, mais notable…

Mais, lorsqu'il lâche mes bras, certain que la menace est passée, je suis tout à coup emplie de rage. Parce qu'il m'a fait peur en se faufilant dans ma chambre avec si peu de remords, et aussi parce qu'il s'y est faufilé au beau milieu de la nuit, point. Surtout après la dispute qu'on a eue il y a moins de vingt-quatre heures.

Il ne me faut pas longtemps pour être dans l'état « Je suis tellement en colère que je ne peux plus réfléchir », et je me mets à lui rouer le torse de coups de poing.

— Tori, arrête ! siffle-t-il. C'est moi, Miles.

— Je sais que c'est toi ! grondé-je sans cesser de le frapper chaque fois qu'il baisse la garde. Tu m'as fait peur ! Qu'est-ce qui t'a pris de me tomber dessus comme ça en pleine nuit ? Et si j'avais été armée ? J'aurais pu te tuer !

— J'étais à peu près certain que tu n'avais pas d'arme. Sachant que tu es partie ce matin sans chaussures ni culotte.

Il parvient enfin à attraper mes deux poignets dans une seule de ses mains. De l'autre, il me caresse le dos en cercles apaisants.

— Comment tu sais que je n'avais pas de culotte ?

C'est une question idiote, et la dernière que j'aie envie de lui poser. Mais je suis encore à moitié endormie, et les mots m'échappent à mon corps défendant.

— Comment pourrais-je l'ignorer ? Je suis le gars qui couche avec toi. C'est le genre de choses que je remarque.

— Tu es le gars qui couchait avec moi. Au passé, mec. C'est différent.

— Peut-être. Mais une dispute ne signifie pas la fin d'une relation. Même si l'un des membres du couple s'enfuit avant qu'on ait réglé quoi que ce soit.

Il lâche enfin mes poignets, mais c'est seulement pour m'attirer plus près. Si près, en fait, que je suis presque sur ses genoux.

— Je ne me suis pas enfuie ! Je suis partie parce que je n'avais rien à ajouter.

Et soudain, mon cœur se remet à battre la chamade, mais pour des raisons bien différentes.

— Eh bien, tant mieux pour toi. Quant à moi, j'ai encore des tas de choses à dire, au contraire.

— Je suis certaine que tu en as assez dit.

Par principe, je lutte contre son étreinte, allant jusqu'à le repousser. Mais nous savons tous deux que je ne vais pas bouger d'ici, avant même qu'il me serre plus fort en murmurant :

— Arrête. Écoute… Je sais que j'ai dit des trucs, que je me suis mal exprimé. Je suis désolé. La dernière chose que je voulais, c'était te blesser.

— Ce n'est pas que tu m'as blessée. Et tu ne t'es pas mal exprimé. Le problème, c'est que ma vie est vraiment un merdier, et je suis…

— Tu n'es pas amochée.

— Je suis complètement amochée, et tu le sais très bien. C'est toi qui me l'as dit, après tout…

— Tu n'es pas amochée, et j'ai vraiment été con de te balancer ça.

— Non, tu n'as pas été con, parce que tu couches avec moi et tu ne me respectes pas. Mais je comprends. Vraiment. Je suis une tache, ma vie est en miettes, et j'ai besoin de toi, de Chloe et d'Ethan pour venir à mon secours.

— Je n'ai jamais dit ça !

— Tu n'en avais pas besoin. C'est très clair dans tout ce que tu fais pour moi. M'acheter des fringues, un téléphone et tout le reste, sans m'en parler. Lancer des bots pour retirer la vidéo sans même le mentionner. En lancer d'autres pour trouver des éléments contre Alex, toujours sans me tenir au courant. Et utiliser les informations que tu as dénichées pour détruire sa vie, encore derrière mon dos. Je parie que je ne l'aurais jamais su si Chloe n'avait pas appelé pour me le raconter.

— Ce n'est pas vrai. J'avais l'intention de t'empêcher de donner l'interview.

— Seigneur ! m'écrié-je en me levant de ses genoux pour faire les cent pas dans la lumière grise de l'aube. Est-ce que tu t'entends parler ? Tu m'aurais « empêchée ». Tu me l'aurais dit parce que tu aurais été obligé. Dès l'instant que ce merdier a éclaté, tu as pris toutes les grandes décisions sans jamais me consulter. Ce n'est pas faire preuve de respect, et ce n'est pas ce qu'on appelle une relation. Crois-moi, je sais de quoi je parle, j'ai observé mes parents pendant des années.

— Bordel ! rugit-il en se levant d'un bond pour se planter en travers de mon chemin. Je ne voulais pas prendre des décisions à ta place. J'essayais juste de t'aider !

— En m'excluant complètement du truc ?

— En te protégeant !

— J'ai une info pour toi, connard. Ça n'a pas marché. Tu m'as fait bien plus de mal qu'Alexander Parsons ne m'en fera jamais.

— Je sais.

Ça suffit à me faire perdre toute agressivité.

— Crois-moi, reprend-il, je le sais. Et je suis désolé. Te blesser, c'était la dernière chose que j'aurais voulu faire. Je t'aime, Tori, et tout ce que je souhaite, c'est te garder en sécurité. Te rendre heureuse. Et j'ai totalement merdé. C'est moi qui suis une tache, pas toi.

Pendant un long moment, les mots ne s'impriment pas. Comme s'ils restaient suspendus dans l'air de la pièce, entre nous, sans pouvoir entrer dans mon cerveau. Quand je parviens enfin à penser de nouveau – et même à respirer ! –, je rétorque d'un ton abrupt :

— Qu'est-ce que tu viens de dire ?

— J'ai dit que j'avais merdé avec toi, comme j'ai merdé avec Chloe. J'ai échoué à la protéger, et ensuite, je me suis laissé tellement absorber par mes recherches que je ne me suis même pas aperçu de ce que mes parents lui avaient fait. Et avec toi… avec toi, j'ai fait tout le contraire. J'étais tellement occupé à essayer de t'éviter de nouvelles blessures que c'est moi qui t'ai meurtrie.

— Ce n'était pas ma question, même si je te remercie pour ce que tu viens d'énoncer. Je parlais du reste de la phrase. Quand tu as dit…

Ma voix se brise alors que l'espoir monte en moi.

Pour la première fois, il se défait de son air farouche.

— Quand j'ai affirmé que je t'aimais ? C'est vrai. Je t'aime tellement ! Je ne sais pas quand ni comment ça s'est produit, étant donné que, depuis que tu me connais, tu me traites comme un pestiféré. Mais, à un moment, je suis tombé fou amoureux de toi. Et je suis vraiment désolé que tu croies que je ne te respecte pas, car rien ne pourrait être plus loin de la vérité. Tu es drôle, intelligente et couillue…

— Couillue ? J'ai passé ces derniers jours cachée dans une maison qui ne m'appartient pas, à essayer de me raconter que ma vie n'était pas en train de tomber en miettes à mes pieds. Je ne crois pas que ce soit particulièrement couillu.

— Eh bien, tu te trompes. Parce que je trouve que c'est très courageux de ta part d'essayer de te défendre malgré toutes les merdes qui te tombent dessus. Tu étais tellement décidée à régler tes problèmes toute seule…

— Mais je n'ai rien réglé du tout. C'est toi, et Ethan, et Chloe qui avez fait tout le boulot.

— On t'a tendu la main parce qu'on tient à toi. Mais je n'ai aucun doute : si on n'avait pas été là, tu t'en serais très bien sortie. Tu es intelligente, Tori, et je te crois capable de réussir tout ce que tu entreprends. Mais ce n'est pas parce que tu es capable de le faire toute seule qu'on doit t'abandonner.

— Je ne suis pas Chloe…

— Et c'est tant mieux !

Il me passe un bras autour de la taille pour m'attirer contre lui. Je ne suis pas certaine d'être prête, mais je n'ai pas non plus envie de me débattre. Je me laisse faire. Puis, je respire son odeur, me délecte de sa chaleur, de sa force, de sa fragrance sombre d'orange et de bergamote.

— J'ai envie de te faire des choses qui sont illégales dans au moins cinq ou six États, sans doute plus, avoue-t-il.

Je ris. C'est plus fort que moi.

— Seulement cinq ou six ?

— La législation commence à s'assouplir, répond-il avec un haussement d'épaules.

— Bref, ce n'est pas ce que je voulais dire, et tu le sais très bien. Me sauver ne rachètera pas tes fautes vis-à-vis de Chloe.

— Crois-moi, j'en suis conscient. Et si ce n'était pas le cas, tu me le rappellerais assez souvent. Pour quelqu'un qui ne supporte pas qu'on lui vienne en aide, tu es sacrément protectrice avec ma petite sœur.

— C'est ma meilleure amie.

— Et tu es la femme que j'aime. Je reconnais que j'ai été idiot. J'aurais dû te parler davantage. Je te promets qu'à l'avenir, je communiquerai tellement avec toi que tu me supplieras de la boucler pour avoir la paix deux minutes. Mais je t'en prie, Tori. Ne me rejette pas parce que je me suis comporté comme un pauvre type. Ne me quitte pas. Pas maintenant que j'ai enfin compris où je m'étais planté.

— Comme si ça ne m'avait pas brisé le cœur de m'éloigner de toi la première fois. Je ne crois pas que je serais capable de recommencer, même si je le voulais. Je t'aime, Miles Girard.

Pour la première fois depuis qu'il m'a réveillée en s'asseyant sur mon lit, il sourit.

— C'est vrai ? demande-t-il en me serrant plus fort pour m'embrasser dans le cou. Tu m'aimes ?

— Comment ne pas t'aimer ? Je veux dire, à part que tu es un peu dominateur, et que tu crois toujours avoir raison. Et que tu as tendance à être un peu con. Ah oui, et que…

Il me fait taire d'un baiser. Chaud et ardent, exactement comme j'en ai envie en cet instant.

Pendant plusieurs secondes, ses lèvres se font caressantes, sa langue entre dans ma bouche pour se mêler à la mienne. Mais j'ai encore des choses à dire, et, même si j'adorerais passer le reste de la nuit à l'embrasser, il faut que je m'exprime tant que j'en ai le courage.

J'écarte donc à regret ma bouche de la sienne et recule pour me dégager de ses bras. Je ne peux pas penser lorsqu'il est collé contre moi.

— Je suis amochée, avoué-je d'une voix un peu tremblante.

— Tu n'es pas…

— Si. Je n'ai jamais réussi à garder un boulot, je n'ai pas d'argent, ni d'habits, ni de toit. Je bois trop et j'ai la très mauvaise habitude de foncer tête baissée.

— Une habitude qui a tout pour me plaire.

— Oui, évidemment, pour le moment. Ça t'a permis de tremper ton biscuit, ce qui devrait à nouveau se produire avant la fin de la nuit, ajouté-je avec un clin d'œil coquin. Mais je veux que tu saches que je travaille sur ces problèmes. J'ai trouvé un boulot, et je pense que je peux vraiment assurer. J'apprends à prendre de meilleures décisions…

— Du moment que l'une d'entre elles est d'être avec moi, je suis d'accord avec toutes les autres.

— Bien sûr. Si tu veux bien de moi.

— Si je veux bien de toi ? J'ai conduit toute la nuit parce que je ne peux pas vivre sans toi. Quand est-ce que tu vas te mettre ça dans la tête ?

Sachant qu'il est le premier, à part Chloe, à vouloir de moi, j'ai dû mal à accepter l'idée. Mais je désire vraiment essayer parce que, moi non plus, je ne peux pas vivre sans lui.

— Du moment que tu sais que je ne serai pas toujours une telle catastrophe. Tu n'as pas besoin de te soucier de me remettre sur pied. Je vais le faire toute seule.

— Tu trouves que j'ai l'air inquiet ? demande Miles en m'attirant à nouveau contre son torse puissant. En plus, tu n'es pas la seule dans ce couple à avoir des problèmes à régler.

— Ouais, c'est bien vrai.

Il se contente de rire. Cette fois, quand il pose la bouche sur mes lèvres, je ne tente pas de le repousser. Au contraire, je m'abandonne. À l'instant, à lui, et à la certitude que ce n'est pas parce qu'on a des défauts, qu'on a souffert, qu'on ne peut pas vivre une relation parfaite. Et c'est tout ce qui compte.

Épilogue

— Tu es sûre que tu veux faire ça ? On peut encore se barrer.

Je regarde les yeux bleus espiègles d'Ethan et éclate de rire, car on sait tous deux qu'il plaisante. Que je suis aussi folle de Miles que lui de Chloe.

— Je n'irais pas très loin avec ces chaussures.

Je soulève le bas de ma robe pour exhiber mes Manolo blanches brodées de perles, avec leurs talons de quinze centimètres. C'est un cadeau de Miles, en réaction à mon inquiétude à propos de notre différence de taille, qui risque de lui donner l'air bizarre quand il se penchera pour m'embrasser devant toute l'assistance.

— Bonne remarque, convient Ethan avec un sourire. Alors, je crois qu'on n'a pas trop le choix, hein ?

— J'imagine. C'est pour ça que les gens sont venus, après tout.

Il m'offre son bras, et je le prends afin qu'il me guide vers la double porte, à l'entrée du couloir. Arrivée là, j'aperçois Miles pour la première fois. Il est debout devant le public dans un superbe smoking noir – qui lui donne davantage l'air d'un mannequin que d'un ingénieur –, les yeux pétillants de joie, un immense sourire aux lèvres.

J'ai l'estomac qui fait des bonds, mais il a l'air aussi calme et solide que toujours.

Évidemment.

Miles Girard peut certes être qualifié de bien des façons – brillant, distrait, et même un peu con quand il travaille –, mais, quand il s'agit de moi, il est solide comme un roc. C'est un point qu'il a prouvé à d'innombrables reprises alors que je remettais mon existence en ordre ces dix-huit derniers mois, et je sais qu'il continuera à agir ainsi pendant le reste de notre vie.

— Tu te sens chanceuse ? demande Ethan alors que la musique emplit l'église.

— Toujours.

Il regarde Chloe en me répondant.

— Oui. Je connais bien ce sentiment.

Ma meilleure amie – et demoiselle d'honneur – se trouve également à l'avant de l'église. De l'autre côté de l'autel par rapport à Miles, elle est vêtue d'une robe d'un pourpre intense qui rehausse son teint à merveille. Elle se tient près de Violet, mon autre adorable demoiselle d'honneur, qui continue de jeter des pétales en veux-tu en voilà sur toutes les surfaces à sa portée. Chloe voulait que sa nourrice l'emmène après avoir remonté l'allée, mais j'ai insisté pour qu'elle reste devant l'autel avec nous tous.

Ce mariage est une affaire de famille. Ethan, Chloe et Violet font partie de ma famille, autant que Miles, désormais.

Cette idée m'emplit d'un bonheur que je n'aurais jamais cru connaître. Le même bonheur qui irradie sur toute ma vie en ce moment. Le jour où Alex a laissé fuiter cette sextape a finalement été mon plus grand jour de chance. C'est juste que je ne le savais pas à ce moment-là.

— OK, murmure Ethan en me pressant la main d'un geste encourageant. C'est à nous.

J'acquiesce. On y va. Je tente d'oublier les nœuds de mon estomac et fais le premier pas vers ma nouvelle vie.

Nous n'avons parcouru que quelques mètres lorsque ça se produit. Les yeux de Miles se posent sur les miens, et son regard est empli de tant de tendresse, tant d'amour et de *certitude* que mon anxiété se dissipe comme de la fumée. J'oublie mon ventre noué, j'oublie tout sauf le fait que l'homme que j'aime m'attend au bout de cette allée.

J'ai l'impression de flotter au bras d'Ethan.

Quand je m'approche, Violet échappe à sa mère et accourt vers nous à toutes jambes. Chloe réprime un cri et essaie en vain de la rattraper, mais je me contente de rire. Puis, je me penche pour soulever la petite fille qui occupe autant de place dans mon cœur que sa mère et son père.

— Tu es zolie, gazouille-t-elle à mon oreille.

— Toi aussi, ma poupée, dis-je en l'embrassant sur les joues. Et tu as un goût délicieux, en plus !

— Z'ai un goût de cupcake, déclare-t-elle avec le plus grand sérieux.

— C'est vrai, un bon goût de cupcake.

Ethan rit à présent, et Miles, qui a entendu toute la conversation, l'imite avec bonheur.

Ethan s'approche pour prendre sa fille dans les bras, et nous finissons de remonter la nef.

Le prêtre pose alors la question traditionnelle.

— Qui donne cette femme en mariage ?

— Personne ! répond Violet. On la garde.

Mon cœur se gonfle alors que, derrière nous, tout le monde éclate de rire. Violet écarquille les yeux et enfouit le visage dans le cou de son papa.

— Absolument, on la garde, renchérit Ethan en m'embrassant sur la joue avant de se diriger vers Chloe, qui semble aussi embarrassée qu'amusée par toute la scène.

— C'est aussi mon avis, déclare Miles en me prenant la main.

La tradition vient de souffrir un peu, mais quand ai-je jamais respecté les conventions ? Et puis, qui s'en soucie alors que mon cœur éclate d'amour pour toutes ces personnes merveilleuses qui m'entourent ?

Je suis heureuse, si excitée, si reconnaissante d'être ici que le reste de la cérémonie se déroule dans un brouillard. Je sais que je réponds « oui » à la question fatidique, que Chloe me tend l'alliance de Miles et que je la lui passe au doigt au bon moment. Mais tout le reste n'est qu'un souvenir brumeux, jusqu'au moment où le prêtre nous déclare mari et femme.

Lorsqu'il annonce que Miles peut embrasser la mariée, je me mets sur la pointe des pieds et penche la tête en arrière. J'attends que les lèvres de mon époux rencontrent les miennes. Mais Miles m'attrape et m'attire vers lui, puis il glisse les mains vers mes fesses et me soulève du sol.

Je suis serrée contre lui, de la poitrine aux cuisses, et je le regarde avec de grands yeux, alors même que mes bras se nouent autour de son cou par réflexe.

— Qu'est-ce que tu fais ? dis-je dans un murmure.

— Je résous ce problème de différence de taille qui t'inquiétait tant, répond-il avec un clin d'œil.

Je suis sur le point de lui rétorquer que ce n'est pas ce que j'avais en tête, mais il pose la bouche sur la mienne, et j'oublie tout ce qui n'est pas lui, tout, sauf le fait qu'après vingt-quatre ans de solitude, j'ai enfin trouvé la place parfaite pour moi.

Remerciements

Il aura fallu beaucoup de temps pour que ce livre paraisse, et je voudrais remercier mes lecteurs de la patience dont ils ont fait preuve, alors que je traversais une période difficile de ma vie.

Je dois remercier mon éditrice, Sue Grimshaw, et la merveilleuse Gina Wachtel de s'être montrées si patientes. Je vous estime toutes deux plus que je ne saurai jamais le dire.

Merci du fond du cœur pour votre soutien, et pour tout ce que vous faites pour moi.

Je veux aussi remercier mon agente, Emily Sylvan Kim. Je sais que j'ai mis tes nerfs à rude épreuve pendant les dix-huit derniers mois, et je suis vraiment heureuse que tu ne sois pas seulement mon agente, mais aussi l'une de mes meilleures amies. Merci, merci, merci. Pour tout.

Et pour finir, je remercie ma mère et mes trois fils, qui m'ont soutenue à travers tout cela. Je vous aime tous énormément.

Achevé d'imprimer en octobre 2023
Par CPI Brodard & Taupin à La Flèche
N° d'impression : 3054147
Dépôt légal : novembre 2023
Imprimé en France
81122042-1